L'AVEUGLÉ

Anne Lorho

L'AVEUGLÉ

ROMAN

MERCVRE DE FRANCE

I

L'âge des commencements

J'ai deux âges, celui de ma naissance d'enfant normal, celui de ma naissance d'enfant handicapé. Pour l'un j'ai trente-huit ans, pour l'autre j'en ai vingt-neuf. L'âge de mon visage refait, c'est vingt-neuf. J'ai vingt-neuf ans. Inscrit dans mes organes, j'en ai trente-huit. C'est au choix. Quand on me demande mon âge, je dis, l'âge de mon visage ou l'âge de mes organes ? Les gens sont désarçonnés. J'aime que les gens soient désarçonnés. Et souvent, ils enchaînent, passent à autre chose. Sauf Carol. La première fois que je lui ai parlé, elle n'a pas enchaîné, elle a ri de son rire cristallin. Oui, elle a ri, j'ai fait rire Carol. Comme je n'ai rien ajouté, elle a demandé l'âge du visage et j'ai dit vingt-neuf. Elle aussi a vingt-neuf ans, ça m'a rendu heureux, Carol a l'âge de mon visage.

J'ai le visage brûlé. C'est comme ça que j'ai perdu la vue. Brûlé et déformé. Un accident. Ça m'est venu quand j'avais neuf ans. À Courbevoie, en France. Un truc qui arrive comme certains l'âge de raison. Pour moi le drame absolu. L'accident. J'ai voulu faire cuire des pommes dauphine, mon plat préféré, auquel je n'avais droit que dans les grandes occasions, en cas de zéro faute en dictée ou au moment des fêtes, et comme je n'avais jamais zéro faute, il fallait attendre mon anniversaire et Noël, et c'était pas terrible parce que mon anniversaire était le 23 décembre. Deux fois, coup sur coup, et après, un an à attendre, un truc affreux quand t'es gosse.

Alors, la première fois que j'ai été seul à la maison, j'ai fouillé le congélo, chipé les pommes dauphine et allumé le four. Puis tout a explosé et je me suis réveillé à l'hôpital avec un énorme pansement sur le visage. Des jours et des jours ça a duré, très longtemps, je ne sais pas combien de temps. J'avais mal, je gémissais, je n'en pouvais plus de ce pansement qui m'empêchait de voir. Ma mère était là, elle me guidait pour tout, me faisait tout. Maman, j'ai mal, maman, on me l'enlève quand ce pansement ? Je ne sais pas Guillaume. Maman, pourquoi j'ai ce pansement ? Ça te soigne les yeux Guillaume. Mais qu'est-ce qu'ils ont mes yeux ? Je ne sais pas Guillaume. Docteur, je vais garder ce pansement longtemps ? Je ne sais pas Guillaume. Je n'en pouvais plus de leur « je ne sais pas ».

Quand l'infirmière m'a dit « Guillaume, je t'enlève le pansement », j'étais tout excité.

Au moment où le pansement quitte mes yeux, à cet instant précis, durant cette seconde-là, cette seconde que jamais je n'oublierai, je sens qu'il ne se passe rien d'autre que la sensation de ne plus rien avoir sur ma peau. Je touche mes yeux et je comprends qu'il n'y a plus rien dessus. Je touche encore, je touche mon visage, ça dure un temps infini, je sens de drôles de choses sous les doigts, des choses molles et douloureuses, je ne sais pas encore que ce sont des cicatrices.

J'entends ma mère murmurer « oh mon Dieu », et l'infirmière ne rien dire mais un rien tellement chargé que c'est pire encore. Et là, je comprends. Et là, je crie.

À mon réveil d'aveuglé, j'ai gémi, j'ai crié. J'ai gémi mon cri d'enfant aveugle, j'ai gémi ma deuxième naissance. « Calme-toi Guillaume », a dit l'infirmière avec un accent compassionné qui résonne encore vingt-neuf ans plus tard.

J'ai toujours eu la nostalgie de ce gémissement. J'aimerais tellement savoir le reproduire. Comment un corps si petit et si massacré a pu produire un cri si parfait. Je n'ai toujours pas la réponse, mais pour moi, mon accident est devenu ce cri.

Depuis, lorsque j'entends un enfant gémir dans la rue, j'écoute, avec une délectation qui doit transparaître sur mon visage. J'écoute de toutes mes forces jusqu'à l'extinction du cri, et je pars vite, pour ne pas entacher mon plaisir des remontrances des parents qui n'entendent rien à la beauté des cris.

Avec l'explosion des pommes dauphine, mon nez a lui aussi disparu. Je vis sans. Petit, après qu'on eut quitté la France, j'ai longtemps imaginé que ce nez resté en arrière – j'ignorais où – s'animait et se mettait en route pour me rejoindre. Au terme d'un voyage aussi périlleux que mouvementé, il me retrouvait enfin et reprenait sa place, des années plus tard. Bien sûr, il y avait un petit décalage, c'était un nez de l'enfance et il avait mis longtemps avant de me retrouver, mais je lui en étais malgré tout reconnaissant.

C'est terrible, il me vient d'irrésistibles envies de me moucher, de me frotter le nez, de le presser, ou simplement de le toucher. Je me console comme je peux, je me dis que, pour boire du champagne, je suis le seul à être tout à fait à l'aise. Et pour embrasser les filles, rien ne gêne. Mais je ne suis pas sûr que les filles veuillent m'embrasser. Les filles. Qu'est-ce que ma mère a pu m'énerver avec ça. Guillaume, tu as une *girlfriend* ? Question posée sur tous les tons depuis mes treize ans.

J'ai le handicap en moi, au fond de moi, affreusement ancré, et pas seulement sur mon visage. Il est aussi au fond du ventre, au centre de mon corps, au plus profond et pour toujours. Et je ne peux en vouloir à personne, c'est moi qui ai allumé le four, c'est moi qui ai voulu faire ce que ma mère me refusait.

Le handicap s'est mis à me manger le cœur, avec une certitude noire, du noir de la nuit devenue perpétuelle. Les gens croient que la vie d'aveugle est faite de petits oiseaux, de musiques tendres, de vent dans les feuilles, d'odeurs raffinées, de grains sous les doigts, de matières douces et délicates. Les gens se trompent.

Parfois, pour me consoler, je vais aux putes. J'adore la formule. Certains vont au marché, moi je vais aux putes. C'est ça la *girlfriend* de ma mère ?

C'était mon pote Phil qui m'avait introduit. À l'institut pour déficients visuels, c'était mon grand ami, le seul que j'ai revu après mes études. Ma mère l'aimait bien, dommage qu'il ait quitté les États-Unis. Il y voyait suffisamment pour pouvoir me décrire les filles du club. Ce qu'il disait me donnait envie, il me racontait leurs guêpières, la couleur de leurs bas ou de leur rouge à lèvres, leurs chaussures. Il était accro à leurs chaussures, les talons aiguilles, le velours, les brides qui affinent la cheville, il en parlait comme personne.

Elles m'appréciaient, les putes. Au début, elles avaient été surprises, elles aussi, personne n'échappe à la surprise face à mon visage, même si mes prothèses oculaires sont, paraît-il, tellement bien faites qu'on s'y tromperait. Tu parles. Mes paupières ouvertes sur le monde ne font pas illusion très longtemps. Quant au nez, il n'a hélas pas trouvé d'ersatz et je me demande si ce n'est pas pire que le reste. Même ma mère, je la surprenais parfois à me dévisager silencieusement, un silence lourd, que je reconnaissais entre tous, le silence de celui qui ne s'habitue pas. Mais ces femmes en avaient vu d'autres, elles avaient fini par s'y faire et riaient de ma tronche.

— William, t'as attrapé cette tête comment ?

— Dans un four.

Elles éclataient de rire, je les calmais avec mes mains. Elles disaient « toi, t'as de l'or dans les mains », et elles se battaient presque pour m'avoir. Alors, bien sûr, je croyais avoir un filon avec les femmes, et je me disais que c'était bien dommage de ne l'utiliser qu'avec celles qui se faisaient payer.

Depuis quinze ans j'y vais régulièrement, dans ce club de Brooklyn, officiellement bar et salon de massage. Bien spécial le massage. Je ne vois plus Phil, mais je vois ses prostituées, c'est le seul lien que je garde avec lui.

Je ne vais pas me voiler la face, j'aime ça. Bon, bien sûr, c'est loin de chez moi et c'est toute une expédition. Baiser, ça se mérite.

Les réceptionnistes me reconnaissent, ils me saluent toujours très poliment. Il y en a toujours un pour m'accompagner le long du large couloir qui relie l'entrée à la grande salle. Je pourrais avancer seul, je m'y repère très bien, mais ils semblent y tenir. Quand, arrivé au bout du couloir, mon guide ouvre la porte, j'ai beau être averti, je me prends toujours une claque en pleine figure. Le bruit, la musique, l'alcool, la sueur, les parfums, les voix qui jaillissent et assaillent, l'impression subite d'avoir mis le pied en terre étrangère. En général, il hèle Brenda qui vient à ma rencontre.

— William, quelle surprise, je suis contente de te voir.

Elle me souffle à l'oreille ses mots de bienvenue. Elle joue un rôle, je le sais, malgré tout j'adore les entendre. Il y a au moins un lieu à New York où mon arrivée est toujours remarquée. Son « très très élégant, comme d'habitude » est peut-être ce dont je raffole le plus.

Brenda me guide à travers la salle. Il doit y avoir toutes les langues là-dedans, et tous les rires, des plus expressifs aux plus discrets, je les entends hoqueter tandis que je passe entre les tables. J'aime cette ambiance brutale de bar bondé, j'aime l'ambiance feutrée du salon privé quand, enfin, on quitte le brouhaha ambiant, j'aime tout là-dedans.

Il y a Lucy, ma préférée, plus discrète que les autres. Son parfum me met dans un drôle d'état. L'odeur de ses cheveux m'environne dès que je m'approche. Fleur d'oranger mêlée à cette saveur si particulière de peau chauffée au soleil. Même en cas de pluie diluvienne, Lucy a les cheveux saveur soleil. Je les respire. Elle me laisse faire.

Elle rit, j'adore son rire lorsque je m'émerveille, avec elle j'ose m'émerveiller. Ce n'est pas une vraie prostituée, j'en mettrais ma main à couper. Tandis qu'elle caresse mon costume et ses détails, le très léger relief du tissu – elle aime le détail vestimentaire, ce n'est pas courant, ça non plus –, je la sonde.

— Comment on en vient à faire ce métier, Lucy ?

La question directe, à un handicapé on pardonne ça. Faut bien que ça serve ce statut nauséabond qui te poursuit partout, où que tu sois. C'est inscrit sur ta gueule, t'es handicapé, tu n'y échappes pas, faut juste t'y faire.

— Tu sais William, c'est un job comme un autre.

Je ne l'avais pas envisagé sous cet angle, mais si elle le dit. Je lui demande de me décrire les hommes qui viennent la voir, c'est vrai quoi, j'aimerais savoir qui elle se tape quand je ne suis pas là. Elle me répond en me déshabillant. Lucy aime me déshabiller, défaire mes costumes choisis avec un soin d'orfèvre quasi pathologique. Et moi, j'aime ses mains s'affairant sur ma chemise en lin autant que sa bouche sur mon sexe.

Elle se lance dans une explication sur la proportion d'hommes mariés, de célibataires et de puceaux, puis enchaîne sur ceux qui ont un déficit d'estime de soi, un discours tout droit sorti d'un magazine de psycho pour femme au foyer. Ça n'a rien à voir avec ce que je voudrais savoir.

— Lucy, est-ce que je leur ressemble ?

— Bah non, évidemment.

Et elle éclate de rire.

Je sens sa main sur mon visage. Lucy aime passer ses doigts sur mes cicatrices, ce nez qui n'en est plus un, ces sourcils absents, ces yeux que je ferme pour mieux sentir sa caresse. Elle touche un moment, légèrement, parfois de façon plus appuyée. Ça me donne envie d'elle.

— Tout le monde n'est pas, comme toi, un gentleman, me murmure-t-elle à l'oreille, d'une voix de prostituée au travail, pointe de sensualité et lenteur maîtrisée.

Elle attend un moment et ajoute, encore plus langoureusement :

— J'aime ta gueule de gentleman.

Je sens son souffle sur ma nuque et je bande comme un forcené. La fille efficace.

Elle se déshabille. J'entends les étoffes glisser sur sa peau.

— Les autres, je peux te dire qu'ils ne mâchent pas leurs mots. Ils te donnent des ordres, te traitent de tous les noms, bref, ils achètent du pouvoir le temps d'une passe.

Elle est lancée et déroule son article sur la double vie de ses clients, à la maison la femme respectable qu'ils baisent à la classique, voire qu'ils ne baisent pas, et dehors la prostituée hypersexuée qu'ils baisent de façon indécente.

Pourquoi tu me parles de ça Lucy, tu fais des passes pour payer tes études de socio ? Tu scrutes la population masculine ? Tu fais des typologies et des classements ?

En tout cas, moi, je dois faire chuter ses quotas, je n'ai pas de femme à la maison, je ne sais pas si elle est hypersexuée, je ne suis pas vulgaire et j'ai un sexe normal, enfin je crois. De toute façon, je m'en fiche, si j'avais la possibilité de baiser à la maison, je ne viendrais pas, ou si, je viendrais peut-être, pour elle. Parce qu'elle me manque quand je ne l'ai pas vue depuis plusieurs jours. J'ai presque envie de lui demander son numéro de téléphone. Qu'elle m'inscrive sur son répertoire, rubrique « aveugle ». J'espère d'ailleurs être le seul dans ma catégorie et plus que jamais affoler ses statistiques éculées. Il doit bien y avoir quelques gentlemen, certes, quelques handicapés, certes, mais des aveugles, ça ne doit pas être si courant. Enfin, je me fourre peut-être le doigt dans l'œil, et comme je me le fourre tous les jours pour nettoyer mes prothèses oculaires, ça ne serait guère qu'une fois supplémentaire.

Aveugle sans nez, là c'est sûr, je suis le seul, rassure-moi Lucy. Il y a au moins un endroit dans ma vie où ne pas être comme les autres a du sens.

De tout temps j'avais eu, pour le corps des femmes, une curiosité formidable. Et plus encore pour le corps des voyantes. À l'institut, j'avais certes touché quelques filles, mais elles étaient rares et surtout toutes aveugles. Rien à voir avec le fantasme de la femme qui voit, qui me regarde la toucher, qui regarde mon sourire, mon plaisir, qui s'y abandonne, malgré ma tronche. Faut pas que je me voile la face, si Lucy n'était pas pute, j'aimerais qu'elle ait ce rôle. Mais elle est de ces femmes qu'on paie, alors ça change toute l'affaire.

Dès l'adolescence je l'ai eue, cette envie de toucher les femmes. Elle me tenaillait nuit et jour avant les putes. J'imaginais ce que je pourrais faire à leurs corps abandonnés, je rêvais à la façon d'utiliser mes mains, je rêvais la douceur de leur peau. Encore maintenant, dès que je côtoie une femme, j'ai envie de la toucher, de la goûter, de la faire exister à travers mes doigts entraînés. C'est handicapant, surtout quand certaines me prennent le bras pour me faire traverser, je dois réfréner mes envies, ça demande une sacrée concentration.

À partir du moment où j'ai enfin eu le droit de toucher des vraies femmes voyantes avec mes vraies mains – quand bien même je le monnayais, ce droit – j'ai commencé à rêver les femmes. Et plus encore depuis l'arrivée de Lucy chez Brenda.

Je rêvais à toutes sortes d'intimités. Je m'imaginais regarder la façon dont elles abandonnaient leur corps fatigué sur le canapé, le soir, après le travail. Je les voyais toucher l'eau de la baignoire pour en apprécier la température avant le bain et je sentais sur ma peau le contact voluptueux de leur eau. Je les entendais se préparer à manger, l'esprit ailleurs. J'avais tellement envie de les consoler d'être des putes qui se faisaient mettre toute la journée que mes mains sont devenues savantes.

Depuis que je vois Lucy, elle a remplacé toutes les autres. C'est elle que j'imagine dans la salle de bains ou dans la chambre, dans la cuisine ou dans la rue quand elle court pour rentrer. Mais une chose est sûre, je déteste l'imaginer au lit avec un homme, et parfois c'est moi que je vois dans son lit.

Si seulement j'avais une femme avec de vrais yeux et un vrai nez, une femme de la vie ordinaire qui aimerait que je la touche, la baise et la lèche, que je mette mes mains sur ses bas et ses jambes, sa bouche et ses espoirs enfouis, une femme qui choisirait d'être là en lieu et place de celles qui se font payer.

Parfois, la solitude est tellement dure que j'ai la tentation de renoncer à tout. Et puis ça passe, comme le reste, et l'instant d'après je me félicite d'être ainsi protégé des désagréments amoureux qui peuplent les conversations des gens ordinaires.

Faut pas que je me raconte d'histoires, si je rêve d'une femme, d'une voyante, ce n'est pas seulement pour le sexe, c'est pour tout lui montrer. Mon visage, mon absence de nez, mes pensées, mon corps et mes bas.

Depuis des années j'y pense, j'en rêve. Montrer mes jambes avec des bas. Le summum de la consécration.

J'ai les bas en adoration. Les putes le savent, elles me disent avec du rire dans la voix, « touche mes bas William ». Les bas sont une terre d'asile, un paradis improbable, la douceur incarnée. J'aime caresser les bas. Les filles croient que je leur caresse les jambes, non, c'est leurs bas que je caresse. Elles rient, rapport au fait que je ne les baise pas direct, vite fait bien fait, en dix minutes c'est plié. Je prends mon temps et elles ne me pressent pas, c'est le seul avantage d'être handicapé. Il en faut un. T'es handicapé, les putes te laissent faire. Lucy surtout. Je caresse longuement ses bas et leur transparence sous les doigts. Ça me fait bander.

J'aime sentir les bas sur ma peau, j'aime par-dessus tout le moment où je les enfile, leur lent déroulé sous mes doigts, contre mes pieds, mes mollets, mes cuisses. Je ralentis le mouvement et le savoure. Pour les mettre comme pour les enlever. Ce n'est pas un vêtement fonctionnel, non, c'est un habit d'apparat, un apparat du cœur de mon intimité.

Mes bas, je les porte tous les jours sauf quand je vais voir Lucy, eh bien dorénavant, je les porterai tous les jours y compris quand j'irai là-bas. C'est ma résolution du moment, ça vient de tomber, je suis aveugle et je mets des bas pour aller aux putes.

J'ai l'air comme ça, mais je n'en mène pas large avec mes bas sous mon costume trois pièces. C'est la première fois et je serre les fesses durant tout le trajet, dans la rue autant que dans le métro, ça me fait les muscles. J'alterne entre l'excitation à l'idée des mains de Lucy sur moi et la peur qu'elle se moque, qu'elle soit déjà prise ou bêtement absente. Je crains de me retrouver comme un con avec une autre ou avec personne parce que je ne suis pas sûr d'en supporter une autre. Il faudrait pouvoir appeler Brenda pour réserver, si ça se trouve c'est possible, je n'ai jamais osé.

Je sors du métro et je marche, le vent siffle dans mes oreilles et m'empêche de penser à autre chose qu'à garder mon cap. J'avance péniblement. Je connais le trajet par cœur, bien sûr, comment se déplacer autrement quand on est aveugle. Je marche au milieu des passants, cette partie de Brooklyn n'a plus de secrets pour moi, les gens m'évitent sans me bousculer, ce parcours a la fluidité d'un jour de chance.

— Bah William, tu en fais une tête aujourd'hui, me dit Brenda.

Je ne réponds pas, elle me guide et les filles m'accueillent avec des cris de joie. De l'art de se monter heureuse de voir les clients. L'une d'elles se penche sur moi.

— J'adore ce costume bleu William, et la lavallière, quelle classe.

Comme toujours, elles détaillent mes vêtements, les touchent. Là, j'ai peur qu'elles sentent les bas à travers le pantalon, j'essaie vaguement de les repousser, mais j'échoue lamentablement. Elles ne font heureusement que tripoter mon torse. Ma chemise est soignée faut dire, en soie sauvage, la toucher est un plaisir subtil.

— Lucy est là, me souffle Brenda.

Je l'embrasserais presque. Dieu merci, Lucy est libre. Sinon, ma décision était prise, il aurait fallu attendre ou repasser. Je ne veux pas risquer de louper la réalisation de mon fantasme avec une remplaçante de fortune.

Je la laisse me déshabiller. J'aurais aimé le faire moi-même, mais je ne sais pas comment font les hommes pour avoir l'air inspiré quand ils se déshabillent. Lucy a compris qu'il se passait quelque chose, elle mesure ses gestes, elle ne dit rien. On est dans la chambre lavande, c'est moi qui l'appelle comme ça, elles doivent y placer des bouquets, histoire de masquer l'odeur de sperme. Et ça monte, l'excitation, celle d'ignorer la façon dont elle réagira. Le frisson de la chose interdite. En quelques secondes ça devient incroyable. Elle dégrafe mon pantalon qui tombe à mi-cuisse, dévoilant la naissance de mes bas. Elle suspend son geste un moment, à peine, mais j'ai le temps de sentir sa surprise. Je suis partagé entre la crainte de ce qu'elle va dire et le plaisir de m'exhiber. Plus rien d'autre n'existe que moi, mes bas et les mots de Lucy. Le monde pourrait exploser autour de nous que je ne m'en apercevrais pas.

Elle ne dit rien, je crois seulement qu'elle sourit. Une fois le pantalon tombé à mes pieds, elle touche. Mes bas, mes jambes. Mon excitation est abyssale, je suis sous ses doigts, à la surface de sa peau, contre son visage, je bande. Mes mains touchent son visage pour sentir ce qu'elle ressent, son sourire, sa concentration. On dirait qu'elle aime ça.

— C'est beau, dit-elle, sobrement.

Les gestes se sont succédé comme un enchantement, moi avec mes bas et elle avec les siens. Lucy a été parfaite.

Durant deux jours, j'ai repassé dans ma tête les sensations, les mouvements, les mots, les gestes, avec, à chaque fois, le même plaisir. Je n'ai pas pu faire autrement que d'y retourner.

— Tu les portes William ? murmure Lucy à mon arrivée.

— Oui bien sûr.

Et mes yeux pourraient briller s'ils en étaient capables, mais on n'a encore jamais vu des prothèses le faire.

Elle me déshabille. Je prends un peu d'assurance, je fais mon show, jambes gainées, aveugle marchant avec ses bas, tous les sens en alerte. Avec un leitmotiv vibratoire, et si elle se moquait ? Elle ne se moque pas.

Si ça continue, je vais être accro à cette fille. Son parfum de fleur d'oranger s'impose à moi. Ce parfum, je sais ce qu'il me rappelle à présent, comment ai-je pu l'oblitérer – faut vraiment avoir voulu tout effacer. Ça refait surface brutalement. C'est le parfum de la danse. Mary avait ce parfum de fleur d'oranger avec pointe de jasmin. Mary, c'était ma cavalière, celle dont j'étais secrètement amoureux. Le truc idiot, être amoureux de sa cavalière de danse, le comble de l'homme qui ne sait pas où rencontrer des femmes. On dansait des heures, les autres devaient se dire, un aveugle qui danse comme ça, ça fait rêver. Ou peut-être que ça ne faisait rêver que moi. Mais quand même, parfois je surprenais leurs conversations, leur « comment fait-il ? » incrédule. J'adorais sentir Mary contre moi, portée par moi, soulevée par moi, tenue par moi. Elle me suivait, se laissait guider, espérait mon bras, le truc à faire fantasmer tous les aveugles du monde. Jusqu'au jour fatidique. Une soirée épouvantable, l'humiliation, l'envie de mourir.

Ça avait bien commencé ce soir-là, on dansait à perdre haleine, Mary riait, on dansait plus proche que d'habitude, peau contre peau. La valse, le rock, elle aimait beaucoup le rock, la rumba aussi. Je sentais son souffle, sa peau douce, un peu humide, avec cette odeur qui me rendait fou. Elle parlait très peu, seulement, à la fin des danses, elle mettait sa tête contre moi un instant et disait, l'œil brillant – enfin je crois l'œil brillant –, c'était bien William, hein, on a bien dansé. J'entendais son sourire, je croyais le voir dans ma tête.

Mary, ce soir-là, avait chaud, je le sentais, elle avait bu, deux verres, trois peut-être, elle était volubile, elle riait. Soudain, elle m'a pris la main.

— Tu viens, William ? On va s'aérer ?

Une fois dehors, on a marché, elle a ralenti, le corps aux aguets. J'ai ralenti avec elle, croyant à une invitation. Je m'en souviens comme si c'était hier. Une voyante, ma première voyante, j'espérais au-delà du possible. Elle s'est arrêtée. Et moi, stupidement, j'ai pensé que c'était le moment.

Je l'ai plaquée contre moi pour sentir davantage son corps et son odeur de fleur d'oranger, sa bouche et ses mots, ses seins.

Elle m'a repoussé avec une violence contenue qui m'a cisaillé le corps. Je suis resté interdit, abasourdi. Je me suis senti terriblement seul. Seul avec ma monstruosité au cœur du visage, seul avec mon handicap, seul avec ma honte. Quand elle a été enfin sûre que je resterais loin d'elle, elle s'est mise à rire. D'un rire nerveux et froid, d'un rire d'agacement et de dégoût.

— Tu n'es pas bien, William.

Elle a failli ajouter quelque chose, je l'ai bien senti son « t'as vu ta tête » qui n'est pas sorti de sa bouche, mais qui se tenait là, au bord des lèvres. Le sol vacillait, j'ai quitté la soirée. C'était comme si le handicap me tombait dessus une deuxième fois, froid et implacable. J'ai complètement cessé de danser, de la voir. Elle m'a rappelé, je n'ai pas pu répondre, elle a écrit des mails censés recouvrir ma vexation, je n'ai jamais repris contact.

Comment peut-on être aveugle et romantique à la fois ? Aveugle encore, passe, mais sans nez ! Pas possible, les putes, c'est plus sûr.

Cela fait tellement d'années que je n'ai pas dansé, que j'ai oublié ce plaisir de la danse, que j'ai voulu l'oublier. Pour oublier Mary, son geste, son rire, ce rire effrayant de femme dégoûtée. L'odeur de Lucy est un parfum d'amertume, la trace du passé, l'oubli que j'ai voulu orchestrer. Alors, avec ce parfum de Lucy, me revient le désir de danser, danser avec des bas, danser infiniment. Mais avec qui, et où ? Avec Lucy ? Je dois être fou.

Lucy m'aide à me dérouter de la danse en posant ses lèvres partout sur mes jambes, comme je fais avec ses bas à elle. Je suis là, entièrement, sans concession, contre sa bouche. Sa respiration s'arrête un moment.

— C'est excitant, Guillaume, tes bas.

Elle dit « Guillaume ». Avec mes bas, elle dit mon prénom français. Je raffole de ce moment suspendu, il est dans son regard, c'est sûr. Je le sens dans sa façon de se taire tandis qu'elle continue à me toucher. J'écoute, je tremblerais presque, c'est quoi ce truc. Réveille-toi mon vieux, n'oublie pas que tu as toujours joué au cynique, alors ce n'est pas le moment de flancher.

Elle rit un peu, un rire de plaisir, elle aime. Mais elle aime quoi au juste ? Cette image d'homme féminisé ou la façon dont j'attends, dont j'ai peur ? Je n'en sais rien, je m'en fiche, seul compte l'éclat de sa voix. Ce n'est pas la petite voix aigre de sa copine quand je lèche ses bas ou le rire gras des autres. Non, elle aime ça, c'est tout. Cette précipitation dans la voix, cet éclat qui se dérobe. Quelque chose se passe, quelque chose vibre en elle, je crois presque la sentir cette vibration, sur son visage, dans son corps. Pourvu que je ne me fasse pas un film.

Quand je la baise, c'est comme si je dansais. Nos corps se prennent, s'éloignent puis se rapprochent, c'est un emportement dans la danse, au rythme des saccades ou de la fluidité des gestes. Je vais vraiment être accro si je pense à ça. Il s'agit de faire machine arrière, et vite fait, de se concentrer sur les bas et de lui demander de changer de parfum. Le pire serait de tomber amoureux d'une pute, tout ça parce qu'elle sent la fleur d'oranger.

J'hésite à lui proposer de fourrer un bas dans sa chatte, je crois que je vais attendre un peu. Pourtant Dieu que cette idée me fait bander.

Comme je veux rattraper le temps perdu, je vais régulièrement voir la petite pute sociologue, cette fille qui aime se faire mettre par un aveugle défiguré qui porte des bas. Ça devient un vrai budget cette affaire.

Mais Lucy ne me suffit pas, et surtout, Lucy ne sera jamais à moi. Cesse de rêver Guillaume, comme dirait ma mère, atterris. Oui, j'atterris, et une nostalgie du fond des âges me prend.

Déjà, gamin, j'aimais les bas. Bien sûr, il y avait aussi les jeux vidéo et les copains. Mais les bas, ça comptait sacrément. J'avais cinq ans, six ans, sept peut-être, plus jeune, comment savoir. Bien avant le handicap en tout cas. Un trajet en bus, c'est ce dont je me souviens, comme un moment inaugural. La minute où le fantasme a fait son apparition. Il s'est accroché comme une teigne à mon esprit naïf avant de s'installer définitivement.

C'était dans le bus 27, avec ma mère. Ma main tenant ses jambes, s'accrochant pour ne pas tomber, la tête contre ses bas, soyeux au possible. Un frisson dans le corps, comme un programme. Un souvenir sur la joue, dans la main, sur les lèvres, une odeur sur la bouche. Bref, j'aurais voulu que ça dure des heures ce trajet. Après, dans tous les déplacements, je posais la tête sur les genoux de ma mère. Dans le train, dans la voiture, dans le bus, chez le docteur, dans les grands magasins, ma main sur ses jambes, ma joue, pour sentir ses bas.

Un jour, ça s'est accéléré. Depuis des semaines je tournais autour de la commode de ma mère sans franchir le pas. Le lendemain de mes neuf ans, j'osai. Elle était sur la terrasse avec une copine. J'avais peur qu'elles me surprennent. Mes battements de cœur, je les sens encore.

J'ouvris le tiroir, glissai la main, la sentis se perdre dans la douceur de la soie, errer d'un bas à l'autre. Un délice. Et cette odeur de ma mère. Je pris avidement un bas, y plongeai mon visage, tous les sens en éveil. Je restai un moment ainsi, jusqu'à ce que j'entende une porte claquer. Quelqu'un arrivait. Alors, rapide comme l'éclair, je pris mon bas et m'enfuis dans ma chambre. Je le cachai sous mon matelas. C'était fait.

Je le reniflai longuement, le mis contre ma joue, m'y baignai. Puis le lendemain je continuai, et comme ça pendant une semaine. Je finis par l'enfiler. Un rêve, je croyais avoir le corps de ma mère sur moi, en moi, contre moi, je ne sais plus. Il m'a fallu le deuxième bas. Je n'ai pas eu le temps d'aller le chercher, deux jours après, l'affaire des pommes dauphine éclatait.

À l'hôpital, les jours qui suivirent mon réveil d'aveuglé, je ne pensais qu'à cela, la douceur des bas sur ma peau. Je voulais les sentir, mais ils n'étaient pas là. Une obsession, comme une façon de ne pas croire à ce qui m'arrivait. Ma mère avait beau m'apporter tout un tas de choses, jouets, histoires à écouter, musique ou chocolat, ça ne me suffisait pas, il me fallait ses bas. Elle venait en pantalon. Trois jours comme ça, trois jours à attendre les bas comme une délivrance. Je croyais que si je les mettais sur mes yeux, je retrouverais la vue. Quand tout te lâche, il te reste la superstition pour survivre.

Le quatrième jour, elle en portait. Miracle. Je me suis jeté sur elle pour avoir ses bas sur les yeux. Ils ne m'ont pas rendu la vue. C'était trop tard. Je l'ai détestée. Alors son bas, je lui ai filé, une basse vengeance. Puis j'ai replongé dans mon hébétude que cette histoire de bas avait un temps éloignée. Elle était tout énervée, elle l'a jeté à la poubelle, en a ressorti d'autres qui traînaient dans son sac. Après son départ, j'ai farfouillé dans la poubelle et l'ai récupéré. J'ai passé des heures à le caresser en douce. Ça me faisait la solitude moins cruelle, le temps d'attente moins long avant de recouvrer la vue, car je croyais dur comme fer que j'allais revoir.

Quelque temps après l'affaire du bas filé, mon père est venu nous chercher à l'hôpital, ma mère et moi. On est rentrés à la maison.

— Ça y est Guillaume, tu es là, avec nous, ça va reprendre comme avant, avait dit mon père à peine la porte franchie.

Un terrible « comme avant » qui me descendit droit dans le cœur comme du chiendent.

Avant, avant quoi ? Avant l'accident ? Quand j'étais un enfant satisfaisant pour mes parents, pour ma mère ? Quand j'étais un enfant de la joie ? Le plus beau, le plus fort, le plus grand, le plus tout.

Après l'accident, je suis devenu un enfant des jupes de sa mère. C'est ça la destinée.

Quand ils croyaient que je n'entendais rien, mes parents parlaient de moi. Mon père s'exprimait un peu plus que d'habitude, comme si mon handicap l'avait réveillé à ce que j'étais. Du moins au début, parce que ça n'a pas duré, ma mère a vite recommencé à parler pour lui, par-dessus lui, contre lui.

J'entendais des bribes, des « maintenant qu'il est aveugle » qui m'effrayaient. Mon père voulait que j'aille dans un institut spécialisé, ma mère refusait. Le temps passait.

Des amies de ma mère venaient nous voir, soi-disant pour l'aider. Tu parles. Pour me voir moi, pour voir ce que j'étais devenu. C'était d'interminables séances de thé et de petits gâteaux, de conseils sur l'aménagement de la maison et de silences contrits, de gestes brusques, de « tu m'as fait peur Guillaume » quand je frôlais un fauteuil ou une bibliothèque. Mais laissez-moi me cogner en paix, j'avais envie de leur dire, lâchez-moi, je n'en peux plus de vos regards rivés sur moi.

— Maintenant que Guillaume est comme ça, il faut que tu changes ton salon, disaient les copines.

Ce « comme ça » était pire que le reste. Et puis franchement, changer le salon, je ne voyais pas pourquoi, il m'allait très bien ce salon, je le connaissais, et les obstacles, je m'y faisais peu à peu.

Ma mère, je l'entendais parler à mon père après le départ de ses amies.

— Je les hais celles qui me soutiennent, je les hais avec leurs regards compatissants. Elles n'ont rien d'autre à faire que de me rappeler ce que j'ai perdu ?

Je savais qu'elle voulait parler de sa splendeur maternelle. Et j'étais tellement triste de provoquer cela chez ma mère.

Peu à peu j'ai compris, peu à peu j'ai su que rien ne serait plus jamais « comme avant ». Marcher dans la rue, rire avec les copains, courir à perdre haleine dans les collines du parc, faire du patin, attraper le chat de la voisine du cinquième dans les escaliers, se bagarrer, cacher les boucles d'oreilles préférées de ma mère, fini tout cela. J'avais neuf ans et mon enfance s'était brisée. Seuls les bas – ce dernier coup d'éclat de mon existence de voyant – allaient rester, et ce fut ce à quoi je m'accrochais pour que quelque chose perdure, comme le seul endroit où survivre.

Parfois, quand on sortait pour un rendez-vous ou pour une course, j'entendais des enfants dans la rue. Ils riaient, couraient, et quand leur mère les appelait, ils se cachaient. Elle leur parlait doucement ou les grondait, ça dépendait. Moi, je ne me cachais plus jamais, j'étais comme un objet, trimbalé au bout d'une main. J'avais peur de ne plus jamais être un enfant, seulement une chose arrimée à ma mère, comme un prolongement de ses bras, ou de ses sacs, quand ses mains étaient occupées.

Sur mon passage, j'entendais les enfants. Il est bizarre ce garçon, qu'est-ce qu'il a ? Ah bon, disaient certaines mères, les plus sympas, je n'avais pas remarqué. D'autres répondaient, le plus bas possible, mais pas assez pour que je n'entende pas, il ne voit pas, il est aveugle. C'est quoi aveugle ? demandaient les plus petits avec leur voix fluette. Le pauvre, disaient les plus grands, c'est pas drôle. Ah ça non, répondaient les mères. Pas un pour vouloir ma place, pas un. Parfois, ils parlaient de mon nez aussi, et ça, j'aimais encore moins. Mais il a quoi à la place du nez ? Il n'a rien, deux trous, c'est l'essentiel disaient certaines, dans le nez, ce qui sert, c'est les narines. Et moi j'ai suffisamment de narines pour sentir les odeurs, alors l'essentiel est sauf. C'est vrai franchement, ça sert à quoi ce truc qui dépasse, cette antichambre nasale, à part différencier un profil d'un autre. Moi, au moins, je n'ai pas de profil. Si j'étais un criminel, mes photos seraient spéciales. Faudrait penser à ça, avoir un casier judiciaire juste pour faire parler les flics, pour qu'ils n'aient pas d'endroit où me classer.

En fait, je ne savais plus comment faire pour être un garçon de neuf ans, j'étais un accidenté, rien d'autre.

Quand ma mère relâchait un peu sa surveillance, je me terrais dans ma chambre. Là, je mettais la *Walkyrie* de Wagner et, emporté par la musique, je châtiais mes jouets avec hargne. Les Lucky Luke ou autres héros du même acabit en prenaient pour leur grade. J'en avais toute une flopée. Je leur coupais tout ce qui dépassait, les pieds, les mains, le chapeau, les cheveux, parfois même la tête. La violence que je ressentais à ce moment-là m'habitait tout entier. J'attrapais les bouts de corps découpés et les lançais le plus fort possible contre les murs de ma chambre. Je les dispersais sciemment dans tous les coins, pour qu'ils soient perdus, oubliés, jetés, piétinés.

C'était ma nouvelle façon de jouer. Le soupir de consternation de ma mère quand elle a découvert le truc. Faut dire que ma chambre était un champ de bataille avec des amputés dans tous les coins. Le savon qu'elle m'a passé. C'était des jouets hors de prix, Guillaume. Et mes yeux à moi, et mon nez, ils n'étaient pas hors de prix par hasard ?

Mes yeux et mon nez, je me demandais bien ce qu'ils en avaient fait à l'hôpital, où ils les avaient balancés, ça ne se jette pas à la poubelle impunément, quand même. Cette question m'a hanté longtemps.

Au début, quelques copains avaient essayé de venir me voir. Je sentais sur moi leurs regards abasourdis, comme chargés d'un questionnement lourd. Leur effarement face à mon visage déformé. Leur stupéfaction lorsque je me levais et me cognais. Leur silence face au mien. Depuis qu'on m'avait enlevé les pansements, je ne parlais plus. La perte des yeux m'avait coupé la parole, complètement. Les copains ne revenaient plus, découragés.

Les opérations, le noir, le vide, ma mère toujours et encore. J'avais l'impression que les copains, je n'en aurais jamais plus, que j'étais seul, définitivement. Seul entre quatre murs, seul dans la rue, seul sous le vent ou les odeurs éteintes. J'ai mis un an à me réveiller de l'accident. Un an pour apprendre à écouter, pour apprendre à chercher avec les mains, pour apprendre à ne pas trop me cogner. Après, tout a été plus vite. Sauf la parole. Le silence s'était installé en moi, il allait s'accrocher.

Depuis mes neuf ans, je multiplie l'ombre. Depuis mes neuf ans, la nuit est descendue sur moi. Deuxième naissance. Il y a vingt-neuf ans naquit un homme dans le noir.

Pour ma deuxième naissance, j'ai crié. Un bébé crie, un bébé gémit, un bébé tempête, harcèle, hurle. J'ai gémi, j'ai crié, j'ai tempêté, j'ai harcelé, j'ai hurlé. Le feu avait enfermé le silence sous mes paupières. Je ne parlais plus, je gémissais. Je crois que j'ai passé des jours entiers à gémir, souffreteux, dans un coin, sans vouloir qu'on m'approche, ni les médecins ni les psys. Il fallait me tenir pour les soins.

Ma mère me montrait aux spécialistes, il a reçu un choc disaient-ils, ça reviendra, ajoutaient-ils, vous le faites suivre par un psy ? Elle avait peur ma mère. Elle répétait inlassablement, c'est les yeux que tu as perdus, pas la langue. Et le nez, elle n'en parlait pas du nez, mais je l'avais perdu aussi. Elle m'a emmené voir une psy. Je ne parlais toujours pas, la psy parlait pour moi, elle disait des trucs idiots, mais je ne pouvais pas le lui dire, je ne savais plus comment faire pour parler.

La nuit avait emporté mes mots, ils s'étaient engouffrés dans l'extinction du monde visible. Tous, sans exception, sauf le gémissement premier.

Pour ma seconde naissance, je n'ai pas demandé qu'on me donne un nouveau nom. Mes parents n'y ont pas pensé. C'est plus tard que j'ai eu envie d'en parler, quand les mots sont peu à peu revenus. Mais ce n'était plus le moment. Parce qu'ils ont fini par revenir les mots, il fallait bien. Et tous à la fois, d'un coup, comme un paquet bien ficelé que j'ai pu rouvrir quand il m'a été renvoyé. Presque deux ans plus tard. J'ai mis deux ans à retrouver les mots. Deux ans à les tenir au chaud dans le creux de mon corps blessé. Deux ans à ne laisser échapper que çà et là de timides gémissements.

Une nuit sans trêve plane sur mon existence d'homme ordinaire. La lumière n'est plus autorisée, la nuit ne bouge pas, ne faiblit pas, jamais. Nuit noyée dans l'orage de mes tâtonnements, nuit d'errances, nuit de pluies intérieures, nuit noire. Une procession interminable de nuits sans cesse recommencées.

Le manque, c'est toute ma vie à présent, le manque. Je croyais m'en être relevé, avoir fait le deuil. On ne s'en remet jamais. Le manque est là, toujours, accompagnement permanent. Une vie dans le manque. Une vie entière. Le manque, sidéral. Tout ce que je ne suis pas, tout ce que je n'ai pas, tout ce que je ne verrai pas, tout ce que je ne vivrai pas. Un destin d'homme sans lumière. Mes images emmurées tournent dans mon cerveau devenu une prison déformante. Elles pourrissent et s'étiolent, laissant une trace noire d'amertume éclatée.

Un jour, vers douze ans, j'ai creusé un trou dans le sol, derrière la maison, un grand trou, j'y ai mis ma tête et j'ai demandé à toutes mes images de sortir pour cesser de me tourmenter. J'ai attendu longtemps, elles ne sont pas sorties, elles ont préféré la tombe que j'étais devenu pour elles. J'ai fini par les accueillir vraiment. Maintenant qu'elles s'effacent peu à peu, je voudrais les retenir, mais je n'y parviens pas. Tout devient flou. Oubli des couleurs, oubli des visages et des corps, oubli des châteaux, qu'ils soient en Espagne ou ailleurs. Oubli général.

Mon père était déjà réservé. Après mes neuf ans, il est devenu inexistant. Il ne parlait déjà pas beaucoup, après mon accident et quelques sursauts sabordés par ma mère, il s'est tu davantage encore.

Je n'avais plus les yeux pour voir sur son visage les traces que ses silences laissaient, alors j'ai écouté. Et je dois dire qu'il m'a beaucoup appris sur les silences. C'est pour comprendre mon père que j'ai commencé à travailler les vides dans les conversations, c'est pour le rejoindre que j'ai ausculté les silences, c'est pour le connaître que je me suis demandé ce qu'il aurait dit si, au lieu de se taire, il avait parlé.

Depuis ma naissance, il n'existait quasiment plus pour ma mère. Elle avait pris tout ce qu'il pouvait donner et s'était désintéressée de lui, elle ne s'occupait que de moi. Je le voyais assez peu, il travaillait beaucoup, parfois il s'enfermait pour peindre. Quand il réapparaissait, il se taisait la plupart du temps. Il ne faisait presque jamais rien avec moi sauf une balade le samedi matin, à l'étang, pendant que ma mère faisait le ménage. Elle nous chassait, allez ouste, sortez, vous m'encombrez.

Il aimait me montrer les insectes qui peuplaient l'étang et ses abords. Les araignées d'eau, les larves, les grenouilles, les oiseaux. Ces moments étaient pour moi comme un enchantement. On ne parlait pas beaucoup. Tais-toi Guillaume, tu vas effrayer la faune. Je me taisais, et on regardait. Quand une libellule pointait son nez, il s'arrêtait, me la désignait du doigt. L'autre doigt sur la bouche me faisant signe de me taire. On observait longuement. Parfois, il attrapait une araignée d'eau et me la montrait, puis il me la donnait pour que je la relâche. L'été, on s'amusait à regarder sauter les sauterelles, à faire un geste pour les voir jaillir. J'adorais ça, j'avais beaucoup de mal à m'empêcher de rire, il me laissait faire, riait aussi. C'était nos samedis à nous, on était joyeux quand on retrouvait ma mère.

Tout s'est arrêté après mon accident. Mon père venait à l'hôpital, il me serrait le bras, me disait « sois fort » et m'embrassait. Quand il était là, ça permettait à ma mère de souffler, elle partait un moment. Mon silence ne dérangeait pas mon père, lui au moins ne me le reprochait pas. Il restait avec moi le temps que ma mère revienne, mais je sentais bien qu'il était embarrassé, qu'il ne savait pas quoi faire. Un jour, il m'a apporté un jeu d'encastrements. Après, on y jouait à chacune de ses visites. Je ne sais plus si ça me plaisait, je crois que j'aimais seulement faire quelque chose avec mon père. Je l'ai encore ce jeu, j'ai réussi à empêcher ma mère de le jeter. Quand ma mère revenait, mon père était presque soulagé. Il soupirait en me murmurant « bonne nuit fils, ça va aller », puis il partait. Mais ça n'allait pas, vraiment pas.

Quand je suis rentré à la maison, ma mère était survoltée, elle s'occupait de tout partout, brassait de l'air et prenait quasiment tout l'espace. Je me faisais le plus petit possible et ce plus petit était encore trop. Parle Guillaume, te taire ne sert à rien, je sais que tu peux, ne fais pas semblant, on n'est que toi et moi, tu peux y aller. Je ne faisais pas semblant, je ne pouvais pas. Et elle qui ne comprenait rien.

Elle enchaînait sans répit. Elle meublait tellement les silences de tout le monde, et surtout le mien, que j'étais découragé à l'avance. Je crois que mon père aussi l'était. J'écoutais ses silences comme s'ils étaient la chose du monde la plus précieuse. Nous n'allions plus le samedi à l'étang, ma mère avait pris une femme de ménage et mon père était devenu encore plus silencieux et absent. De temps en temps, il rapportait un têtard ou une araignée d'eau et me les mettait dans la main. C'est nos samedis à l'étang, mais ça se passe à la maison, me murmurait-il, parce que ta mère ne veut pas. J'aimais ça, sentir le têtard dans ma main. J'ignorais ce qu'il en faisait, je soupçonnais ma mère de les jeter ou de les écraser, mais peut-être que mon père les relâchait, comme on faisait ensemble. Nos samedis lui manquaient presque autant qu'à moi, je crois.

Ma mère se voulait une mère parfaite, avant l'accident, comme après l'accident, et encore maintenant.

Parfaite elle l'était, mais à sa manière. Elle s'occupait de tout pour moi, comme si, en perdant la vue, j'avais perdu tout le reste. Non, mon cerveau était toujours là. Mais j'avais perdu les mots, alors je ne disais rien.

Elle me nourrissait elle-même, à la cuillère, comme les bébés, encore heureux qu'elle n'ait pas pris un biberon, ça aurait été le comble. Je me laissais faire, hébété. C'est une infirmière, à l'hôpital, qui a mis les pieds dans le plat. Mais madame, il mangeait tout seul avant l'accident, il n'a pas oublié. Ce terrible « avant » l'accident qui a laminé toute mon enfance d'aveuglé. Madame, il sait toujours tenir la cuillère, tenez, on va essayer. Elle m'a mis la cuillère dans la main et j'ai mangé tout seul. Ma mère n'a rien dit, on venait de lui enlever sa deuxième chance d'avoir un nourrisson, elle qui aurait tant voulu un deuxième enfant.

Pour savoir où et comment remplir la cuillère, c'est mon père qui a expliqué à ma mère qu'elle devait me laisser faire, c'est lui qui s'est renseigné sur le truc de l'heure. Allez Guillaume, tu as ta viande à six heures et il te reste deux pommes de terre à dix heures. Le tour était joué. Je n'avais effectivement pas perdu la mémoire.

Les premiers mois, ma mère m'a gardé à la maison. Elle m'a fait la classe, tout à l'oral. Je me rappelle seulement une histoire d'objets. Elle me donnait des objets et je devais deviner ce que c'était. Comme je ne parlais pas, je devais écrire, la belle affaire, écrire au stylo quand on n'y voit pas. Je m'en souviens comme d'une torture.

Pour que ma mère m'aime malgré ce visage perdu pour la normalité, je faisais tout ce qu'elle me demandait et après, j'imaginais qu'un sorcier débarqué d'un univers surnaturel venait me rendre la vue en récompense de ma conduite exemplaire. Le sorcier n'est jamais venu.

Seule la musique m'offrait un peu de répit. Je m'y baignais dès que ma mère cessait ses cours. Classique, pop, jazz, funk, rock, house, tout y passait, sans discrimination.

Quand mon père rentrait, ma mère lui expliquait ce qu'on avait fait, il me gratifiait d'un c'est bien Guillaume qui devait sûrement lui faire plus de bien à lui qu'à moi. Il m'embrassait, puis il repartait s'enfermer dans son bureau pour peindre. Il peignait le soir, c'était sa façon de parler. Il laissait des traces sur les toiles, des harmonies de couleurs, des touches impalpables. Avant mon accident, j'allais les regarder à la dérobée. Je me glissais en catimini dans son bureau et les examinais de près, de très près. Parfois, je les éloignais pour mieux les contempler. C'était des soupirs, des promesses de mots, des balbutiements. J'avais l'impression que les couleurs dialoguaient. Je ne savais pas ce qu'elles se disaient, mais elles parlaient, c'était sûr. J'y ai souvent repensé après la perte de la vision. Avec mes yeux, j'avais aussi perdu les peintures de mon père. Alors, pour les avoir quand même un peu avec moi, j'allais les toucher et j'essayais de les imaginer.

Les peintures de mon père parlaient dans ma tête et ce qu'elles disaient était si triste que les larmes me venaient, amères et froides.

Je me suis séparé en deux petites personnes pas tout à fait distinctes. Celui d'avant, celui d'après, celui de mes neuf ans, celui qui a grandi depuis.

C'est ça les deux âges. Et les deux hommes, celui qui s'appelle et celui qui change de nom, Guillaume chez les Français, William pour les Américains. Et les deux mondes, celui que j'ai vu, celui que je ne vois pas. D'ailleurs, puisque je ne me vois pas, je me touche. Alors il y a l'homme qui a vu et l'homme qui touche. Et sous mes doigts, mon corps fait de drôles de bosses, des angles, des creux, des fixations, des appendices, des extrémités.

J'ignore ce que j'ai pu devenir. Le temps se promène dans l'ombre de mon visage sans que j'en sache rien. L'image de mon corps s'est brisée un soir de mes neuf ans. Je me reconnais quand même quand je me touche, mais c'est tout juste. Ah, c'est vous, monsieur, enchanté. Mon ami, vous sentez mauvais, allez vous laver. Ne me prenez pas la main comme ça, je sais me débrouiller tout seul.

Je frôle la vie en permanence.

À neuf ans, c'est aussi l'âge où j'ai commencé à être guidé pour tout. Je n'étais rattaché au monde que par la main que les uns tiraient, que les autres poussaient, qu'en tout état de cause ils attrapaient sans prévenir, lâchaient de même. Et quand ce n'était pas la main, c'était le corps entier qu'ils baladaient, comme un paquet sans volonté ni conscience, un petit paquet amolli, rendu docile par l'habitude, la peur de se cogner et les interdits maternels. Jamais ils ne pensaient à me dire à l'avance ce qu'ils allaient faire.

Prévenir un aveugle qu'on va le toucher, mais pensez-y merde, ça vous plairait à vous qu'on débarque sur votre corps sans crier gare, comme s'il appartenait à tout le monde sauf à vous-mêmes ? Ma mère était passée maître en la matière, mon corps était devenu sa propriété personnelle, et les tentatives timides de mon père, ses « laisse-le faire tout seul » n'y pouvaient rien. Au début, j'avais des peurs terribles d'envahissement corporel, de submersion généralisée, d'attentat tactile. Je devais lutter pour avoir le droit d'avancer seul chez moi. Il a fallu des mois pour qu'elle me laisse seul dans une pièce, et des années pour qu'elle me laisse seul dans la maison, ne serait-ce que dix minutes. Une seconde naissance, c'était bien ça.

Quand on sortait, ma mère était ma canne. Elle m'embarquait et m'enveloppait d'un flux continu d'informations qui me perdaient et que je ne parvenais plus à écouter. Cette logorrhée était comme un vomissement. Me venaient des images de dégueulis de lettres sortant de la bouche de ma mère. Une fois au sol, elles se dispersaient sur la chaussée glissante, puis l'eau du caniveau les poussait dans les égouts, les supprimant à jamais. À d'autres moments, j'imaginais les mots s'envoler, emportés par des oiseaux sauvages. Et je voyais même l'un d'eux, par maladresse, excès de zèle ou sournoiserie, couper la langue de ma mère tandis qu'il tentait d'attraper une phrase au vol. Que ma mère se taise, au moins une fois dans sa vie. Moins je parlais et plus elle parlait, le truc qui te submerge du matin au soir, sans répit, dès le réveil et jusqu'au coucher.

Ajoutez à cela le changement de pays. Tu verras Guillaume, ils vont s'occuper de toi à New York, il y a le meilleur spécialiste de chirurgie réparatrice post-traumatique, j'ai obtenu un rendez-vous, on utilisera l'argent de l'héritage de mamie, ils vont te refaire un visage, tu seras tout beau comme avant. Comme avant. Comme s'ils allaient me faire pousser le nez. J'y ai cru pourtant, au coup du nez.

Alors on a changé de pays, on s'est installés là-bas, dans le New Jersey, tout près de New York. Autour de moi, on parlait américain. C'est là que j'ai vu que ma mère parlait anglais, ça ne limitait pas sa logorrhée, cette affaire-là. En plus, au début, elle me traduisait tout, alors ça rajoutait aux mots. C'était dur, les mots étrangers et les mots de ma mère, un envahissement pire que tout. Les bruits de la ville leur faisaient concurrence, inconnus et invasifs, inquiétants et ténébreux. Je me perdais en moi-même, dans un silence dont je ne savais plus comment sortir. Inutile de lui parler, disait ma mère quand on rencontrait des gens, il ne dit plus rien depuis l'accident, c'est à moi qu'il faut parler.

Quant aux opérations, ça a lamentablement foiré, même si, paraît-il, j'ai une peau de bébé à la place du nez. Une peau de bébé, je ne sens rien moi, juste des excroissances bizarres, c'est comme ça les bébés ? C'était un vrai nez qui m'intéressait, pas ces trucs étranges. Un vrai nez et des yeux tout neufs, j'ai même imaginé un moment qu'ils allaient m'en réimplanter. Ça n'a pas duré, j'ai vite déchanté. Trois opérations, il paraît que le résultat n'est pas si mal. Mais je n'en crois rien, je fais toujours un sale effet quand j'apparais.

Et ma mère de me regarder avec un soupir à chaque réveil d'opération, de me raconter pendant des heures ce qu'ils ont voulu faire, ce qu'ils ont réussi ou raté, surtout raté. Et moi de me renfrogner encore plus. D'autant que mon nez avait absorbé une partie de l'héritage de mamie et que ma mère me le rappelait régulièrement. Quand je pense que l'argent de mamie est dans ton visage, Guillaume. Pourtant, quand je me touchais, ce n'était pas des billets de banque que je sentais, mais plutôt un léger gonflement autour de mes narines, et des creux à peine comblés, mon visage comme un paysage vallonné à demi dévasté. Au niveau des sourcils, des sortes de lambeaux de peau, de curieuses boursouflures sans poils me rappelaient cette sinistre journée du mois d'avril. Qui sait, un billet s'était peut-être logé sous la peau par inadvertance, si je me découpais le visage, je pourrais peut-être le récupérer.

Mon nez, j'en rêvais la nuit, le cauchemar du siècle. Le nez qui te pousse, te pousse tellement qu'il envahit tout. Au début tu es content, tu as enfin un nez à la place du trou de la mort. Puis ce nez pousse davantage, tu le trouves un peu gros mais c'est pas grave, c'est mieux que rien. Puis il pousse encore et là, tu ne peux plus boire, et pour manger, il faut passer les aliments par le côté. Quand le nez t'arrive à la poitrine et que tu ne peux plus porter ta tête tellement elle pèse, tu te dis que décidément, c'est pas normal et tu en viens presque à regretter le temps où tu n'en avais pas. Le cauchemar se finissait toujours par la chute du nez dans les toilettes. Bref, ça n'allait jamais, même dans les rêves.

Un matin, ma mère m'a réveillé en toute hâte. Mon père était parti à l'hôpital durant la nuit et nous devions aller le voir.

En attendant le taxi, elle m'a pris contre elle, m'a embrassé avec un soupir de lassitude que je ne lui avais jamais connu, elle qui mettait un point d'honneur à toujours faire front. Ma gorge était serrée comme jamais, c'est à peine si je pouvais avaler ma salive.

À notre arrivée à l'hôpital, on nous a recommandé la plus grande prudence, mon père était très faible.

Je suis entré dans la chambre avec ma mère. Tout de suite après, une infirmière est venue la chercher, le médecin voulait lui parler, c'était urgent.

Seul avec mon père, j'ai entendu un souffle imperceptible. J'ai cherché sa main. Je me suis penché sur lui et je lui ai dit, moi qui ne parlais plus depuis des mois, « merci pour les samedis à l'étang, papa ». Il y a eu un moment suspendu, il écoutait comme jamais, je crois. Et le silence est retombé, plus grand encore qu'il n'avait jamais été. Mon père venait de mourir, sa main dans la mienne, alors que ma mère était dehors avec le médecin.

Quand ils sont revenus, le médecin s'est affolé, il a parlé d'arrêt cardiaque.

Ils n'ont rien pu faire. Le silence de mon père s'était définitivement imposé.

J'ai continué à survivre, mais un petit bout de moi est resté du côté des silences de mon père.

Ma mère a tout reporté sur moi, si c'était encore possible. Sa perfection était une torture, et plus encore depuis que mon père n'était plus là. À me prévenir de tout, à faire attention à tout, à tout penser, à tout anticiper. Comment j'ai pu supporter ça. Tiens, enfile ça pour ne pas prendre froid, t'as pas assez mangé, le pauvre petit, pas bien gros, montre-moi ta mine, pas terrible, à partir d'aujourd'hui, cure de vitamines. Regarde-moi ça, toujours pas développé, pauvre petit bout, quand est-ce que tu deviens un homme ? Et moi, bien sûr, je ne pouvais rien dire car, aux yeux de tous, elle était formidable. À me soigner, à me dorloter, à se sacrifier pour moi, elle avait acquis une gloire dont elle était, elle-même, jalouse. La médecine m'aurait rendu mes yeux, qu'elle en aurait été déçue. Elle se croyait angélique à force d'être parfaite et, en secret, je l'appelais « Angélique ».

Si on me disait « tu sais où est le balai ? », je répondais en moi-même « demandez à Angélique ». Et j'imaginais les dialogues qui s'ensuivaient. C'est qui Angélique ? Vous ne vous en doutez pas ? Oh Guillaume, après tous les sacrifices de ta mère. Je m'en fous de ses sacrifices, vous ne le voyez pas que je m'en fous de ses sacrifices ? C'est vous qui êtes aveugles, ma parole.

Mais comme j'étais toujours muet, je ne disais rien. Et puis je m'imaginais dire « Angélique » devant elle, dire mon premier mot d'aveuglé, qui serait celui-là, Angélique. J'imaginais son silence parce que j'avais dit Angélique et non maman. Un silence mortifié dont je me délectais d'avance.

Les silences, j'avais déjà appris à les ausculter grâce à mon père, je m'y cramponnais avec rage depuis sa mort. C'était comme un hommage que je lui rendais. Ceux de ma mère étaient rares, alors je devais les imaginer pour qu'ils existent quelque part.

Encore aujourd'hui, quand elle m'a bien échauffé le cerveau avec ses commentaires, j'attends qu'elle franchisse la porte pour l'appeler Angélique. Je répète ce nom en découpant les syllabes avec délectation. An-gé-li-que. Je le répète sur tous les tons, j'entonne des airs d'opéra, je slame, je crie ce nom, je me lève, je danse, je saute, me rassois, me relève. Et quand je me suis bien défoulé, je m'effondre sur le canapé. Mais là, souvent, une tendresse me prend. C'est vrai, après tout, comment faire pour se réinventer mère quand le handicap débarque dans votre vie. Ça ne s'apprend pas, ça ne se partage pas, ça ne se raconte qu'à peine, c'est de l'ordre de la survie. Je l'ai appris avec ses mots. Elle tentait de survivre à mon handicap. Vivre dedans, vivre avec, vivre malgré. Elle ne savait pas trop, vivre quoi qu'il en soit, comme toutes ces mères blessées de ne pas être comme les autres. Et encore, elle, elle m'avait fabriqué ordinaire au départ. Sinon, je n'imagine même pas ce que ça aurait été.

Un jour, ma mère, poussée par la nécessité de reprendre un travail et de subvenir à nos besoins – parce que l'héritage de mamie avait ses limites –, a eu la bonne idée de me mettre dans un établissement pour aveugles.

C'est là que tout a changé. Dans l'institut. C'est là que je suis né une seconde fois, une vraie seconde fois. Guillaume, il faut que je te dise quelque chose, Guillaume écoute-moi, c'est important. Guillaume, tu vas aller dans une école pour aveugles. J'ai peut-être souri. Tu as compris Guillaume ? Et pour la première fois j'ai fait oui de la tête, et pour la première fois ma mère a moins parlé.

J'allais sur mes onze ans, j'avais passé plus d'un an avec ma mère, j'allais enfin retrouver des copains.

Je suis entré à l'institut. Et surtout, ma mère n'a plus été là nuit et jour. Je rentrais le soir à la maison et, au bout de quelques mois, je ne rentrais que le week-end, ma mère travaillait trop loin. Elle avait pleuré, j'avais été ravi.

À l'institut, il y avait des enfants comme moi. Comme moi, c'était ça qui me plaisait.

J'ai appris à marcher seul avec une canne, moi qui ne marchais plus qu'accompagné, j'ai appris que je sentais les obstacles avec mon sens des masses et je me suis senti fort, j'ai appris à manger proprement et à me servir à boire sans en mettre partout, j'ai appris le braille, j'ai appris à lire des illustrations en relief, j'ai appris à dessiner avec un poinçon, j'ai appris l'informatique spécialisée, j'ai appris tout un tas de trucs, et j'ai adoré. Je pouvais enfin y arriver tout seul, comme ces enfants de deux ou trois ans qui passent leur temps à revendiquer. Tout seul, maman, tout seul. Je ne parlais toujours pas mais j'étais actif. Ma mère ne s'en rendait pas vraiment compte, je m'en fichais.

Six mois après mon arrivée, il y a eu l'internat, et là, j'ai été libéré de ma mère pour de bon. La joie que j'ai ressentie le jour où l'éducatrice m'a fait visiter ma chambre. Il y avait Phil dans celle d'à côté, c'est là que notre amitié a commencé.

J'ai passé la première nuit dans un drôle d'état d'excitation, je guettais tous les bruits, les passages dans le couloir, le veilleur qui faisait sa ronde, les frappadingues du bout de l'institut qui hurlaient, même pas peur. Je me suis cogné pour aller aux toilettes, à moitié perdu, peu m'importait, j'étais enfin seul, sans ma mère pour m'accompagner faire pipi. Même la nuit, elle m'accompagnait. Je me suis réveillé sans même savoir si j'avais dormi ou rêvé. On m'a aidé à trouver mes vêtements, j'ai pu m'habiller seul, j'ai pris le petit déjeuner avec Phil, je nageais dans le bonheur.

Le lendemain, j'avais cours d'informatique avec un remplaçant, un qui ne savait pas que l'accident avait emporté mes mots. Les autres adultes s'étaient habitués à ma façon de ne pas répondre, ils décodaient comme ils pouvaient, ça fonctionnait tant bien que mal. Mais lui, le remplaçant, m'a pris de front.

— Alors William – ils m'appelaient comme ça, c'était plus facile que Guillaume, et moi j'avais aimé ce nom qui résonnait comme une nouvelle vie – qu'est-ce que tu connais en informatique ?

— Je sais me servir de la synthèse vocale, ai-je répondu, le plus naturellement du monde.

En anglais qui plus est. Dans le flot environnant, j'avais appris l'anglais. J'en ai été moi-même surpris. C'était le début de la pelote, elle s'est déroulée tranquillement et j'ai pu me remettre à parler. Le prof n'a rien dit, les autres élèves ont juste écouté plus fort, et c'est passé comme une lettre à la poste.

Quand l'éducatrice est arrivée, elle a demandé si tout allait bien, un autre élève m'a dénoncé.

— William a parlé.

— Bah oui, j'ai parlé, maintenant je parle, c'est tout.

— *Great*, a dit l'éducatrice, sans plus.

Ils ne se sont pas extasiés outre mesure, ils devaient être habitués aux chocs et autres traumas psychologiques, ils ont juste aimé mon accent.

Ma mère est venue me chercher le vendredi soir, elle m'a demandé pour la forme si ça s'était bien passé, prête à enchaîner sur tout un tas de trucs. C'est moi qui ai enchaîné. Eh bien ma mère s'est tue, j'ai fait taire ma mère, je lui ai coupé la chique. Elle a moins parlé après, j'ai pu raconter, et ma langue déroulait des mots que je ne savais pas connaître, et ma mère m'a dit « tu parles bien anglais, Guillaume ». C'est comme ça que ça s'est fait. Au début, je ne parlais qu'anglais, puis le français est revenu aussi, tout avait été conservé dans un coin de ma mémoire, tout a refait surface comme par magie.

J'ai un souvenir très vif de ces années-là, voire carrément ému. Je crois même que c'était les années du bonheur, quand tu découvres que tu n'es plus seul au monde.

J'ai aimé ce concentré de déficients visuels, les éducs et les profs, ces gens qui te réapprennent la vie en groupe, la lecture et le sport spécialisé, le rire et l'espoir d'un truc autre que les jupes de ta mère, même si, dans les jupes, il y a les bas. Ces fameux bas que j'ai dû laisser de côté un temps, pour éviter que les éducs ne tombent dessus. Parce que, boulot oblige, ils mettent le nez dans ton armoire, alors tu ne peux pas vraiment thésauriser des bas incognito.

Ce fut un temps où je me sentais moins exclu, juste avec mes potes et personne pour me dire que j'avais une sale tronche. Finis les « pourquoi t'as plus de nez » ou les « tu n'y vois vraiment pas ? On dirait que tu triches », tout ça parce que je tourne la tête quand quelqu'un arrive ou que je reconnais un pas sans que la personne ait besoin d'ouvrir la bouche.

Ce furent les années de l'anonymat. Ils avaient tous des particularités, un œil énorme ou une cicatrice en pleine tête pour cause de tumeur récidiviste, alors un garçon sans nez, ça n'émouvait personne. J'étais bien là-dedans. Les deux premières années du moins, avant l'inclusion. Après, j'ai retrouvé l'ambiance du milieu ordinaire, ça n'a plus été pareil.

— Tu vas aller en inclusion, William. Il n'y a pas de *middle school* à l'institut, et puis tu as rattrapé ce que tu devais rattraper, tu sais le braille, l'informatique et tout le reste, tu es prêt. Tu seras bien, tu reviendras ici le soir pour dormir.

Bien ? Ils ne savaient pas de quoi ils parlaient. Mon repos était fini, ma drôle de tronche refaisait surface.

Ma mère m'a accompagné le premier jour, et j'ai été lâché dans le monde des voyants avec, de temps à autre, un assistant pour m'aider à travailler ou me déplacer. En son absence, je devais compter sur la bonne volonté de mes camarades, toute une affaire. Comme je ne comprenais pas grand-chose à ce qui se passait dans la cour de récréation ou les couloirs, je bossais mes cours, j'écoutais en classe et je zappais le reste. Je suis devenu un vrai bon élève. Les autres se moquaient en catimini mais jamais assez bas pour que je sois épargné. Parfois, ils me fuyaient en étouffant un cri dégoûté quand j'approchais. Je les entendais m'appeler le monstre, de loin, au milieu des messes basses. Alors, même si les profs disaient que j'étais au top, bon élève et tout ce qui va avec, on n'a jamais vu un aveugle si fort en géométrie, c'était dur, ça ne compensait pas tout. J'étais la plupart du temps seul, sauf quand les profs exigeaient qu'ils me guident, mais là c'était gratiné parce qu'ils le faisaient du bout des doigts et s'enfuyaient dès que possible. Même le prof spécialisé que je voyais régulièrement ne pouvait rien pour moi face aux autres. De toute façon, je ne lui en parlais jamais.

Une fois, ils m'ont lâché au milieu de nulle part avec un « *Bye bye William* » et des rires affreux tandis qu'ils détalaient. Je ne savais absolument pas où j'étais, je me suis senti seul au monde comme jamais. Je me suis assis par terre et je crois bien que j'ai pleuré. J'ai dû attendre longtemps avant qu'on ne me découvre.

— Mais qu'est-ce que tu fais là, William ? a demandé un *monitor*.

— Je ne sais pas.

— Tu es loin des bâtiments, tu es au fond du parc.

Et là, j'ai fondu en larmes. C'est sorti tout seul, je ne pouvais plus m'arrêter. Il m'a accompagné jusqu'au bureau de l'assistant principal, Mr Halow. Ils voulaient savoir ce qui s'était passé, comment j'étais allé là-bas. Au début, je ne voulais rien dire, ils ont insisté et j'ai craqué. J'ai tout raconté, comment les autres m'avaient perdu, la façon dont ils me traitaient, les sobriquets et leur silence lorsque je m'adressais à eux. Je reniflais, tremblais à moitié, le spectacle devait être pitoyable. Ils m'ont dit qu'ils allaient m'aider, que j'aurais dû venir plus tôt les voir. J'ai donné le nom de ceux qui m'avaient accompagné, je les ai tous balancés. Quand je suis revenu en cours, accompagné par Mr Halow, il y a eu un silence glacial. Le prof a dit « Mais William, où étais-tu ? ». Et Mr Halow a parlé, longtemps. De la différence, de la honte qu'il y avait à ne pas l'accepter, du respect que l'on doit à chacun. Et ceux qui m'avaient perdu ont eu un blâme. Je ne sais pas ce qui leur a été dit, mais ça a été un peu mieux à partir de ce moment-là. Et, quelques semaines plus tard, les personnes du centre pour aveugles sont venues bander les yeux de tout le monde et leur faire essayer ma canne. Je me suis senti un peu moins mal. En tout cas, plus personne ne m'a jamais perdu et il y en a même eu un ou deux pour discuter avec moi.

Dans ma solitude de la *middle school*, pour vivre ailleurs que dans les quolibets ou la distance effarée des autres, j'ai développé de curieuses compensations.

Un jour que les moqueries avaient été plus marquées, lors d'une récréation, je me mis à farfouiller la terre autour d'un arbre, la boule au ventre. Je dégottai un truc visqueux qui bougeait. Dans mes souvenirs de voyant, je vis un ver de terre et, j'ignore pourquoi, j'eus envie de le manger. Je le mis dans ma bouche.

J'adorai cette sensation. Ma boule au ventre se dégonfla d'un coup, j'eus l'impression d'être plus fort que tous les autres. Je faisais un truc que personne n'osait faire, c'était jouissif. J'ignorais si on me regardait, je prenais juste un plaisir de dément à bouffer mon ver. Même le goût, un peu salé et crayeux, avec en prime la terre qui crisse sous les dents, me sembla divin.

Après, j'eus envie de continuer et, durant les pauses, je farfouillais. Vers ou autres bestioles, je m'en fichais. J'aimais cette sensation de la bête qui s'affole dans la main puis dans la bouche, qui meurt sous les dents. Je le faisais en vacances aussi, quand on allait à la campagne. Asticots en tous genres faciles à attraper – car dans mon état je ne pouvais pas tout me permettre –, scarabées, fourmis ou gendarmes. Jusqu'au jour où ma mère m'a découvert. Mon Dieu, c'est ça son handicap, mon petit, crache, crache, et elle de vouloir me desserrer les dents et moi de résister, et elle de passer le doigt, et moi de continuer à grignoter, et elle de tirer sur ma mâchoire, et moi d'avaler, et quand je me suis laissé faire et qu'elle a pu m'ouvrir la bouche, c'était trop tard, les bêtes avaient disparu au fond de mon corps. Après, elle ne cessait de surveiller ce que je m'enfournais, et c'était pas facile pour moi de le faire à son insu, alors on imagine la frustration, infernale et gigantesque, et la fixation qui suivit.

Le gémissement, les bas, les bestioles, ça commence à faire comme signes distinctifs, mais c'est pas fini, il y a aussi les cheveux.

Les cheveux, toute une histoire. Neuf ans, c'est l'âge où j'ai commencé à refuser qu'on me les coupe.

— Guillaume, un coiffeur va venir te couper les cheveux, m'annonça ma mère, quelques mois après l'accident.

Un coiffeur ? Ah non, pas ça ! Je pris ma tête dans les mains, abasourdi et dégoûté. Je ne voulais pas qu'on m'ampute encore, ne serait-ce que d'un poil. Non, pas mes cheveux. J'essayai de le lui expliquer. Mais sans parler, c'est moins simple.

Quand le coiffeur arriva, je voulus résister mais ma mère me demanda sèchement de me laisser faire et j'abandonnai la lutte. C'est comme ça que ma mère décida de la coupe et de la longueur de mes cheveux.

Quand mon père rentra du travail, c'était fait, il me regarda et me dit doucement « Guillaume, je sais que tu aurais préféré les garder longs, mais c'est une jolie coupe, le coiffeur a bien travaillé ». Alors je me blottis contre mon père, et je crois que ce geste l'a presque fait pleurer. C'était mon allié, je voulais qu'il le sache. Après, il n'était plus là pour plaider ma cause.

Il a fallu attendre l'âge adulte pour me laisser pousser les cheveux. Bien sûr, les cheveux longs, ça ne cadre pas avec mon métier dans une banque. Mais je ne veux pas les couper. C'est comme ça. Ça fait partie de moi, je les aime, et comme je suis handicapé et sans nez, ils ne disent rien.

J'aime me brosser les cheveux. Je me mets la *Symphonie du Nouveau Monde* et je me brosse les cheveux. Je le fais longtemps, sans m'arrêter. Et au fur et à mesure que je les démêle, leur résistance lâche, ils deviennent dociles. Ils me descendent jusqu'à la taille, j'en ai une fierté de gonzesse. Pour aller travailler, je les attache. Parfois, dans la journée, je les touche, pour me sentir moins seul.

Mes cheveux m'accompagnent, me réconfortent, me donnent à penser. Chez les Amérindiens c'est une source d'intuition extrasensorielle, alors quitte à être aveugle, autant avoir un sixième sens. Et puis ça me plaît. J'aime l'idée d'une chevelure débordante, enveloppante de caresses permanentes, de frôlements légers ou de lourdeurs emmêlées, une masse ardente, de laquelle émanerait une force suave, iconoclaste, quasi sacrée.

Je vais quand même chez le coiffeur pour me faire couper les pointes, j'aime mon élégance et détesterais un endroit non soigné de ma personne.

Alors que je viens de m'installer dans le fauteuil en attente des conseils de mon coiffeur attitré, une dame entre dans le salon. Je suis saisi, l'odeur, l'odeur est là, fleur d'oranger et pointe de jasmin. Je suis tellement surpris que j'ai un geste maladroit et une pile de magazines dégringole brutalement. En tâtonnant sur le sol pour les ramasser, ma main rencontre une masse incroyable de cheveux. Je reçois une décharge électrique dans tout le corps. C'est voluptueux, mousseux, presque fluide, indéfinissable en fait. Ça se mêle follement à l'odeur, sans que je sache si c'est moi qui l'ai inventée ou si elle existe bien. Le coiffeur se précipite pour m'aider mais j'ai le temps de toucher et cette douceur me transporte.

Je rumine tout le long du rendez-vous, je les veux ces cheveux, je veux m'y baigner, y plonger mon visage. Mais j'ignore comment faire. Vous me donnez votre stock de cheveux coupés, s'il vous plaît ? Pour en faire quoi, monsieur ? Me vautrer dedans. Je m'y vois bien.

Je ne parviens pas à penser à autre chose, c'est à peine si je peux soutenir la conversation. Je tente d'improbables justifications que j'abandonne une à une, coussin, couette, perruque, ma nièce en fait collection. Je suis obligé de partir, la queue entre les jambes, vexé de n'avoir pas pu ou pas su demander. C'est sur le chemin du retour que j'ai l'idée lumineuse, mais s'il faut attendre de revenir chez le coiffeur, c'est vraiment raté. Ça me fait tellement envie que je décide de tenter le tout pour le tout, je ne vais pas attendre des mois que ça repousse, j'y retourne.

J'entre.

— Bonjour monsieur, vous avez oublié quelque chose ? On a mal travaillé ? demande le coiffeur d'un ton légèrement inquiet.

— Je n'ai rien oublié et vous avez été parfait, mais je voulais vous demander s'il vous était possible de me donner des cheveux.

J'ai la voix mal assurée. Un silence interloqué plombe l'atmosphère et je vois bien qu'il faut s'expliquer. C'est le moment de tenter ce que j'ai ruminé durant tout le trajet.

— Je suis artiste, je travaille avec des matières organiques, j'aurais besoin de cheveux, si vous aviez la gentillesse de me donner ceux que vous coupez.

On pardonne tout aux artistes.

— Artiste ? Mais c'est fantastique ça, bien sûr, on va vous en donner, je suis justement en train de couper des cheveux longs. Tenez, touchez-les, qu'en dites-vous ?

Je me sens incroyablement soulagé et balbutie des remerciements tandis qu'il me met les cheveux dans les mains. Ils sont somptueux, doux, légers, soyeux. Je touche leurs boucles, leur légère humidité. J'ai l'impression qu'une odeur de fleur d'oranger s'en dégage mais là, j'en suis certain, c'est mon imagination qui parle. J'ai envie de me mettre ces cheveux sur le visage mais je résiste, rapport au fait que je vais avoir l'air bizarre, disons encore plus bizarre. Je bredouille un « c'est parfait » et la cliente me dit qu'elle est heureuse de participer à une œuvre d'art.

— Vous nous apporterez des photos, ajoute le coiffeur dans l'enthousiasme.

Puis il a peur d'avoir gaffé et me pose la main sur le bras avant d'ajouter :

— Enfin, si vous pouvez.

Je n'en reviens pas. L'idée lumineuse. Ils se passent tous le mot et viennent me voir à tour de rôle avec une sorte de déférence.

— On ne savait pas, monsieur, que vous étiez artiste, et ça, ça vous irait ?

Il y a des cheveux drus, d'autres plus fins, des courts et des longs. En un tour de main je me retrouve avec un sac plein.

— Vous voulez qu'on vous en garde d'autres ?

Ils sont juste exquis, je n'en attendais pas tant. Je passe commande, blonds, bruns, châtains, gris, roux, toutes longueurs et tous styles. Je donne mon adresse car mon coiffeur se propose pour me livrer et je quitte le salon.

Ils auront de quoi raconter, le soir, chez eux. L'aveugle défiguré, tu sais, je t'en ai déjà parlé, toujours très soigné et élégant, eh bien c'est un artiste, chérie, il est venu chercher des cheveux pour des œuvres d'art.

Sur le chemin du retour, je jubile. Le truc qui vous donne un statut, voire qui pose son homme. Je suis artiste, vous comprenez. Pour un artiste, on est prêt à tout. Pour un artiste aveugle, n'en parlons pas. L'excuse parfaite pour les excentricités, je devrais y penser plus souvent. Et puis j'ai aimé cette petite gloire qui ne mange pas de pain.

Putain comme c'est bon cette nouvelle idée de bain capillaire, putain comme j'en ai envie. Il faut juste que je trouve comment faire avec ces cheveux. Il ne s'agirait pas de les disperser dans tout l'appartement et de réduire à néant ce début de collection avant d'avoir pris le moindre bain dedans. L'excitation monte tandis que je me dépêche de rentrer.

À la maison, je me passe les cheveux en pluie sur le visage, sur fond musical Chick Corea. C'est doux et odorant, une odeur de shampoing, sans aucune trace de fleur d'oranger.

Des sensations anciennes me reviennent, ma façon de me blottir dans la chevelure de ma mère, l'odeur du cuir chevelu de mon père quand il rentrait d'avoir couru. C'est délicieux cette plongée dans mon passé d'enfant voyant. Durant de longues minutes, je me mets la tête dedans. J'en prends des poignées et les frotte sur ma peau.

C'est le moment que choisit ma mère pour entrer. Dans mon effervescence, je n'ai pas fermé à clef. Je me lève d'un bond.

— Bah Guillaume, qu'est-ce qu'il y a ? Mais qu'est-ce que tu fais ? Tu as des cheveux partout !

— T'occupe, je me lance dans l'art.

— Dans l'art ? Avec des cheveux ? s'interroge ma mère.

J'opine du chef, elle se contente de cette explication. J'ai même l'impression d'entendre un silence impressionné. Elle va pouvoir frimer auprès de ses copines, mon fils se lance dans l'art, ça a l'air très bien ce qu'il fait.

C'est comme ça que j'ai commencé à me prendre pour un artiste, tout seul dans mon coin. Quand tu crois que tes manies personnelles peuvent se transformer en objets d'art.

Je suis avec Lucy, j'ai eu envie d'aller la voir pour un prolongement de mon bain capillaire. Pour un bain, cette fois, dans une chevelure vivante. Elle est assise, devant moi, elle me suce et, pendant ce temps, je touche ses cheveux. Je n'avais jamais osé le faire comme ça, plonger à ce point mes mains et mon visage dans son odeur, chiffonner ses cheveux sur mon visage, mes yeux, mes joues, mon cou, les balancer sur ma nuque, les tenir au creux de mes mains et m'en repaître à nouveau.

Mon bain de cheveux coupés m'a libéré, je peux à présent jouir des cheveux d'une femme, et quand je jouis dans sa bouche, je crois que ses cheveux sont devenus les miens, partie intégrante de mon corps. Fleur d'oranger contre ma peau. Je plane à des mille du sol terrestre, embarqué dans des effluves devenus si subtils que je me demande s'ils ne sont pas complètement inédits. Le plaisir a tout magnifié et je suis soudain devenu le roi du monde.

Un bruit lancinant m'extirpe de mon extase. On frappe à la porte.

— Lucy, ton client est arrivé.

C'est Brenda. Elle a presque la voix agacée, ça urge.

Je redescends d'un coup et atterris avec pertes et fracas dans la vraie vie. Comment ça « son client », ça veut dire qu'il y a des clients tellement importants qu'il faut expédier vite fait bien fait les autres ? Je suis affreusement vexé, alors même que je viens de me prendre une montée de drogue dure. Me faire ça à moi.

C'est comme si je découvrais que je ne suis pas le seul à visiter Lucy. Il y a tous les autres, et ce « tous les autres » me déprime d'un coup. Alors j'ose, pour compenser cette perte irrémédiable, ce rêve de Lucy, cette folie d'avoir imaginé que Lucy pouvait être seulement à moi. Je lui demande ce que la veille encore je n'aurais jamais osé.

— Lucy, quand tu te couperas les cheveux, tu me les donneras ?

Elle éclate de rire, d'un rire joyeux et amusé, presque tendre.

À elle je peux le dire que je collectionne les cheveux, à elle je ne sers pas le coup de l'artiste, pour elle je suis sincère. C'est le seul lieu de sincérité dont je dispose. Parce qu'avec ma mère, on en est loin.

Elle est silencieuse, sérieuse à présent, et puis elle le fait, elle se lève et, tandis que je me rhabille, vient tout contre moi. Elle me prend la main.

— William, je vais me couper une mèche pour toi.

Je suis interloqué, j'entends les ciseaux, elle se coupe effectivement une mèche.

Je reste sans voix, avec la mèche de Lucy entre les mains, une longue mèche, un cadeau vrai de vrai, odorant avec ça. Les cheveux de Lucy.

Puis elle me pousse dehors, pas folle la guêpe, elle choisit son moment, mais j'ai la mèche, alors je survis.

Le coiffeur m'appelle, tiens, c'est quoi ce truc bizarre ? Il a peut-être tout compris, je ne suis pas un artiste, je suis un fondu des sensations archaïques, il vient me dire qu'il m'a démasqué.

— Vous avez écouté les infos ? On a retrouvé un type enfermé dans sa maison avec sa mère morte depuis quelques jours, un homme qui ne sortait jamais.

Pourquoi me parle-t-il de ça, qui plus est de cette voix excitée, bizarre ce coiffeur.

— Alors j'ai bien fait de vous appeler, ça va vous intéresser. Figurez-vous que le type avait une chevelure de trois mètres de long !

Le coiffeur de rêve. Et comment que ça m'intéresse.

Le type existe bien, internet le dénonce. Trois mètres, un frappadingue. Je lis son histoire. On a retrouvé un homme de quarante-quatre ans, hébété, seul chez lui avec son chien et la dépouille de sa mère, près de Baltimore. Ce sont des habitants du quartier qui, étonnés de ne plus voir leur vieille voisine, ont donné l'alerte. Personne ne savait pour le fils, personne ne le voyait jamais. C'est curieux comme on peut échapper au regard parfois, même quand tout le monde voit.

Dans l'article, ils parlent de ses cheveux, c'est d'ailleurs le sujet essentiel. Son père lui avait intimé l'ordre de les couper quand il avait quatorze ans, il n'a pas supporté, le début du refus. Un blocage complet, une folie. Il est à l'hôpital, on le retape un peu. Trente ans sans bouger à regarder pousser ses cheveux et à ne voir que sa mère, la sortie a dû être un choc. Je vais aller voir, il a raison ce coiffeur.

C'est difficile de partir sans trop baliser les choses quand on ne voit pas, normalement ça se prépare, les voyages. Difficile de débarquer sans bétonner qui te guide, où tu dors, où tu vas minute par minute. Là, je ne fais que réserver le train. J'omets de mentionner mon handicap, je me lance, fébrilement. Je compte sur les taxis et, il faut bien le dire, la BA que les quidams auront envie de faire, faut que ça serve la canne blanche.

Le chauffeur me parle durant tout le trajet de son neveu qui perd la vue, comme si j'en savais quelque chose, moi, des glaucomes.

Il m'accompagne jusqu'à la porte d'entrée et je me retrouve à l'hôpital, toujours aussi confiant, l'incongruité de ma quête ne m'effleure pas un seul instant.

— Je viens voir le monsieur aux cheveux longs.

— Si vous n'êtes pas de la famille, ce n'est pas possible. Il y a eu trop de journalistes, maintenant on limite les visites, ce n'est pas une bête curieuse, monsieur.

— Non mais regardez-moi, je suis aveugle, je ne viens pas me rincer l'œil.

Oui, elle en convient.

Heureusement, le nouveau statut se rappelle à moi, je reprends un peu d'assurance et tente l'un des dialogues répétés dans le train.

— Je suis artiste. J'utilise des matières organiques, je les prends directement sur les gens, c'est le concept de ma prochaine exposition, alors vous imaginez bien que je ne pouvais pas laisser passer ça. Je viens demander la permission d'avoir une mèche de cheveux.

Plus tu dis la vérité sur un truc de fou, plus ça risque de marcher. Elle hésite un peu, j'imagine qu'elle m'examine de plus près. Je suis, comme d'habitude, ultra-apprêté, costume trois-pièces, chemise en soie rose et nœud papillon. Elle murmure un « dans ce cas ce n'est pas pareil » qui augure bien. Puis elle appelle le service pour plaider ma cause. Elle se montre tellement efficace qu'elle obtient non seulement le feu vert mais aussi un accompagnateur. J'ai aimé son « euh, il ne peut pas monter seul », et sa façon d'ajouter, en catimini, « il est aveugle ». J'ai entendu le silence de l'autre côté. L'artiste aveugle, le truc qui maintient les gens en respect. Dommage que ce soit du pipeau. Je suis tellement heureux que mon sourire béat doit prêter à rire.

J'arrive dans la chambre, tous les sens en alerte. Je ne sais pas trop ce que je vais dire ou faire, d'habitude c'est moi le plus bizarre, là il va peut-être me coiffer au poteau.

— Bonjour.

Il ne répond pas. Il est silencieux et je ne parviens pas à décoder son silence. Aucune surprise en me voyant, juste rien. Un silence vide.

Je prends sur moi et me présente, j'explique le coup de l'artiste.

— Vous comprenez, j'adore les cheveux, mais ni leur aspect ni leur couleur bien sûr, ce qui me plaît, c'est leur texture, leur velouté, leur odeur.

J'y vais franco, je parle des détails, je me dis qu'il va aimer, je parle assez longtemps. Et puis je me tais. J'attends. Le type ne dit toujours rien. J'ai peur que ça dure. Ce serait horrible qu'il me congédie sans rien me donner, mais je ne vois pas comment le convaincre en plus de ce que je viens de dire.

— Je suis d'accord, répond l'homme, au bout d'un long moment.

Je dois avoir l'air ravi. J'ose lui demander si je peux toucher, il me prend la main et la pose sur sa tête. Je touche la masse incroyable de cheveux. Je ne sais même pas dans quel sens toucher. Ils sont beaux, pas abîmés par la pollution, d'une douceur sans limite. J'ai une envie folle d'y plonger mon visage et je crois qu'il voit que j'aime ça au-delà de ma soi-disant œuvre d'art parce qu'il a une sorte de joie dans la voix quand il me demande si ça me plairait qu'il s'arrache une mèche. J'adore la proposition, cette façon d'aller au bout, ce refus de la coupe, même là. Je suis d'accord pour me l'arracher, il dit, ce n'est pas pareil que couper. Que répondre à cela, il a raison. Je le remercie. Il tire, j'entends un claquement sec, ou je l'imagine. Et il me tend la mèche. Prenez. Je la prends dans ma main, ce n'est pas un cadeau, c'est beaucoup plus, c'est une part de lui, une vraie part, et pourtant il ne s'ampute pas. C'est une offrande, une offrande à un homme sans nez, quelque chose pour me compléter.

Je suis tout ému. Cet épisode est comme un moment sacré. Entre frappadingues, on s'est reconnus. J'ai presque envie de lui demander son mail, un truc idiot vu qu'il ne doit pas en avoir.

Je ne sais pas comment prendre congé, je suis perdu, je ne sais pas choisir entre dire merci et lui proposer quelque chose en échange.

— Vous pouvez partir maintenant.

Ah d'accord, il me congédie.

— Revenez si vous la perdez.

C'est simple et incongru à la fois, comme s'il allait rester à l'hôpital avec ses cheveux de trois mètres en libre-service pour un aveugle sans nez. Comme si j'allais perdre sa mèche. Je bredouille des remerciements et j'appelle l'infirmière.

Elle m'enveloppe la mèche dans une alèse jetable. J'adore l'alèse jetable. Je repars, accompagné de la fille. Finalement, ce n'est pas difficile de voyager.

Je suis heureux de cette histoire, un peu secoué par cette folie douce du type qui donne une mèche à un inconnu. Je me dis que je ne l'ai pas assez remercié, je ne connais toujours pas son nom. J'ai oublié de le lui demander, de le retenir quand la femme de l'accueil l'a prononcé. L'émotion.

La mèche de trois mètres est un peu volumineuse, elle me tient chaud durant tout le voyage en train. Je l'ai sur les genoux, dans mon sac. Mais quand même, trois mètres, ça arrive comment ? Je vais faire des recherches. Il y en a peut-être d'autres ailleurs.

Je pars au boulot, le souvenir de cette rencontre loufoque dans la tête, la sensation encore vive de mon corps nu enveloppé dans une mèche de trois mètres. J'ai fait plusieurs tours assez serrés, ça m'a tenu le corps ficelé tel

Pharaon dans ses bandelettes. J'ai donc un nouvel hobby, même s'il est à peine avouable.

Pour le reste, je suis informaticien dans une banque. Le seul métier que j'ai pu dégotter est lié à mon état. Mon fils banquier. Quand j'entendais ma mère dire ça, j'avais envie de lui faire avaler ses mots. Une banque, ça pourrait faire distingué, mais non, je travaille pour le handicap. Il est toujours là celui-là, quoi qu'on fasse. Je m'occupe de l'accessibilité informatique, tous handicaps confondus, bien qu'a priori je ne sois spécialiste que du mien. Ils ne voient pas la différence. Pour eux, je fais juste partie du gang, celui des déficients.

À l'accueil, Jennifer me lance, comme chaque matin, un *Good morning William* avec un accent sur le *i* qui me plaît et, comme chaque matin, elle me demande si j'ai fait un bon trajet.

Mes trajets sont souvent épiques et je me retiens de lui expliquer, à Jennifer. Bah non, le trajet était pourri, à la station Union Square, mon pied a heurté un truc visqueux, j'ai glissé et on m'a rattrapé sans ménagement et j'ai détesté être touché et c'était un gros et il m'a aboyé dessus et à son « vous allez où ? » j'ai répondu Wall Street et il m'a embarqué avec un « je vous emmène » et il m'a perdu alors que je connais le métro de New York par cœur et quand je suis entré dans la rame j'étais vraiment énervé et j'ai dû demander à des gens où j'étais et je n'en peux plus de ce trajet et j'ai envie de déménager mais tout est hors de prix alors je reste à Tompkins Square. Je ne vais pas lui raconter ça à Jennifer, ça lui ouvrirait un abîme d'incompréhension, alors je dis « oui, c'était un bon trajet ». Et aujourd'hui c'était vrai.

Pour l'ascenseur, il faut toujours qu'elle me l'appelle et qu'elle l'attende avec moi, comme si je ne pouvais pas me débrouiller seul. Ça m'agace mais je laisse tomber, ça lui fait tellement plaisir. Si quelqu'un arrive, elle le fait attendre. « Veuillez patienter, je suis avec William » et, à voix basse, elle ajoute « il est aveugle ». Là, je sais que c'est un étranger à la banque. Elle se figure que je n'entends rien, du coup je ne bronche pas, je réajuste tranquillement mes vêtements en attendant de monter dans les étages.

À la banque, je suis connu pour mes tenues aux détails étudiés, ils se demandent tous comment je fais pour l'harmonie des couleurs. Ils ne comprennent pas que j'ai vu les couleurs jusqu'à neuf ans, que c'est assez pour se souvenir. Et puis il y avait mon père et ses touches de peinture, m'habiller est peut-être un hommage aux tableaux de mon père. Mais comment vous débrouillez-vous, me demande régulièrement Helen, la chef.

Je n'ai aucun mérite, j'ai un détecteur qui me nomme les couleurs. Et surtout, j'ai de vrais doigts d'aveugle qui se respecte. C'est comme ça, je sais marier les alternances de tissus, les rayures, les aspérités et les reliefs. Comme tous les aveugles. Enfin non, pas comme tous les aveugles, que je ne me raconte pas d'histoires. En fait, c'est mon dada les costumes et les appariements, les détails qui font toute la différence et les subtilités costumières. Il paraît que j'ai un goût très sûr, dit ma mère, alors si ma mère le dit. Mais je ne vais pas raconter ça à Helen.

Aujourd'hui, j'ai eu besoin d'un soupçon de rêve, j'ai mis mon grand manteau vert sombre en laine peignée. Un manteau droit, très long, boutons nacrés vert, martingale dans le dos, larges revers, il a de la classe, dit ma mère. J'ai mon chapeau haut de forme noir, j'aime que le regard des gens se déporte de mon nez vers mon chapeau, ou l'inverse, je ne sais pas, comment savoir. J'ai mis mes chaussures préférées, en cuir noir, surpiquées de coutures latérales. Pour aller avec, des chaussettes en coton noir, décorées sur le côté par un motif d'ellipses blanches emboîtées les unes dans les autres. Mon costume est bleu marine avec de fines rayures noires, je l'agrémente d'un gilet du même tissu à douze petits boutons et d'une montre à gousset tactile. Pour le reste, une chemise en coton blanc cassé et un nœud papillon, bleu pétrole a dit la vendeuse, très vif a précisé ma mère. Lors de mes achats, elles rivalisent de détails sur mes tenues et je me fais un plaisir de tout mémoriser. Avec cet habit, j'ai l'impression d'être un magicien digne de figurer dans les aventures d'Harry Potter, bas en prime. Je sens le tissu de mon costume frotter contre mes bas, je l'entends, et je me souviens que c'est moi qui suis comme ça, moi, William-Guillaume, l'homme sans nez. J'existe bien dans cet habit qui me fait les heures plus excitantes et l'attente d'événements exceptionnels plus douce.

Quand je sors de l'ascenseur, au dix-huitième étage, l'ambiance de vastitude et de chuchotements me tombe dessus. La salle est immense, une aile entière en open space, avec des recoins parfois délimités par des vitres, parfois par des cloisons phoniques. J'ai mis des semaines à tout comprendre et mémoriser. C'est George, mon collègue, qui m'a fait tout visiter. Il y a passé du temps, il est dévoué quand j'y pense, ou tout simplement gentil, ça existe des vrais gentils.

Mon bureau est assez loin, je traverse ceux des autres, je connais l'ordre par cœur, Gil, Andy, June, Lauren, etc. Ils sont des dizaines à me saluer quand je passe, comme ça je sais qui est là, c'est bien. Il y en a toujours une pour dire quelle élégance William, comme d'habitude répond une autre, tu es superbe dit une troisième, et je me félicite de savoir autant choisir et marier les vêtements. Je laisse mes doigts traîner le long de la cloison séparatrice qui forme comme un couloir au centre de la pièce. C'est mon guide. Parfois des espaces pleins s'intercalent, salons ou salles de réunion. J'aime cette sensation des cloisons sous mes doigts, cette longueur, ces trouées qui servent de portes. C'est le meilleur moment de la journée. Tandis que je marche, je sais que tout le monde me regarde. Je fais un léger bruit d'ongle sur la cloison et ils se disent tous qu'ils ne s'habituent pas à ma tête. Je le sens au vague silence que mon passage installe. J'aime leur faire cet effet, ce blanc dans leurs conversations.

Hormis ces arrivées remarquées, je m'étiole dans le travail.

Quand je suis entré à Wall Street, ma mère a eu un regain d'espoir. Elle a bien cru que je serais un peu comme tout le monde. Finies les bizarreries, les ambitions au placard, son fils allait réussir. Mais dix ans que je n'ai pas bougé d'un pouce dans cette boîte, dix ans sans avancement, dix ans sans rien d'autre que venir chaque matin et repartir chaque soir, dix ans déjà à moisir au dix-huitième étage. Dix ans à faire semblant quand ma mère m'interroge.

Pour la banque, je crois que je sois là ou non, c'est la même chose. Seulement ça leur donne bonne conscience. Nous, on en emploie un. Ce n'est pas pour mon travail que je suis là – d'autres pourraient le faire –, c'est pour mon handicap. Voilà, la messe est dite, c'est politiquement correct d'avoir quelqu'un pour l'accessibilité. Tout doit être accessible, c'est la marche du temps. C'est même devenu incontournable. Alors autant que ce soit un handicapé qui le fasse, quelqu'un de la maison, celle du handicap. Moi, donc.

Pas très palpitant ce métier, d'autant qu'il n'y a pas tous les quatre matins quelque chose à adapter. Entre deux missions, je n'ai pas grand-chose à faire mis à part de la veille technologique. Alors, bien sûr, le désœuvrement me guette. J'ai beau proposer mes services pour d'autres tâches informatiques, ça ne débouche jamais sur rien. À chaque fois que je tente, Dylan, le bras droit d'Helen, coupe court à toute velléité de nouvelle mission avec un « peaufine ton travail » qui m'horripile.

Je peaufine. Et ma façon de peaufiner n'a sans doute rien à voir avec ce qu'il imagine. Je passe des heures à aménager des surprises aux collègues, de vagues cerises sur le gâteau sous forme de slogans personnels, des clins d'œil qui, je l'espère, leur rendront la journée plus amène et ma tête moins désagréable.

À leur entrée sur le serveur, une délicieuse voix d'hôtesse de l'air les accueille en murmurant diverses propositions que je fais varier en fonction des personnes et des services. *Avec ça même les aveugles seront rois – Vocal à tous les étages – Tu parles, j'exécute – Des doigts en berne ? Ça clique quand même – Overdose d'infos ? Je masque ce qui est en trop*. Chacun sa phrase personnelle. Cette jubilation quand j'en trouve une ajustée, inédite et bien sentie, voire en correspondance étroite avec leurs préoccupations du moment.

Ça m'oblige à repérer les détails et à épier les conversations à la machine à café. Je finis par connaître tous les recoins de leurs vies privées, je pourrais avoir honte, mais ça leur fait un tel effet que je ne parviens pas à renoncer. Quand je balance un *organise les vacances de tes enfants clic droit*, et que Gil, qui recherche une colo pour son fils, clique droit et vient me remercier chaleureusement, « mais comment tu as su William ? », j'ai gagné ma journée.

Bon, c'est quand même long à traiter. Enfin, comme j'ai du temps, je traite. Je conclus par un joyeux *l'accessibilité à votre service* qui, j'espère, les fait au moins sourire. L'énergie que je passe à ces clowneries. Le jour de leur lancement, c'est l'avalanche de mails, d'accolades dans le couloir et de « merci William tu nous égaies la journée ». Bon, c'est quand même un peu bizarre d'être félicité pour des bouffonneries.

Depuis plusieurs mois, je me surprends à espérer des manières différentes de faire de l'accessibilité. Inventer du nouveau, révolutionner le système, changer nos façons de procéder, en bref, devenir une star de l'accessibilité. Que ce boulot me redore le blason une bonne fois pour toutes.

Des idées disparates affluent, vont et viennent, vivent leur vie, parfois meurent, puis renaissent. Rien ne se forme vraiment, mais quelque chose s'amorce.

Ces nouveaux projets, je crois que c'est pour ma mère. Pour elle, j'aimerais être quelqu'un de bien, quelqu'un dont elle pourrait être fière, comme avant l'accident. Rêve de gosse, à neuf ans aussi je rêvais de ça, inventer un truc nouveau qui fasse de moi une star.

Je viens à peine de m'installer à mon bureau que George arrive, il me guettait ma parole. Depuis des jours et des jours, il me poursuit pour que je bosse avec lui. Je me demande bien pourquoi, d'habitude on teste chacun dans son coin. Là, pour ce nouveau logiciel dont tout le monde nous rebat les oreilles, il veut qu'on travaille en binôme dès le départ. Il se lance dans une série d'arguments, une ribambelle de mots compactés et d'idées enchaînées les unes aux autres. Je ne parviens pas à en suivre quoi que ce soit, malgré mes efforts. Je ne fais qu'observer son flot de paroles qui explose, se déplie en spirales et tourne sur lui-même à la façon des toupies.

— Même dans une équipe on est seul, alors à quoi bon faire semblant.

J'ai réussi à en placer une, voix tranchante, ton péremptoire. La vérité sort de la bouche des handicapés.

Il se tait. Son flot a buté sur un obstacle et brutalement cessé. Je goûte un moment son silence. Il fait mine de quitter la pièce. Alors, pris de remords, je le rattrape, m'excuse, lui dis que, pour une fois, j'essaierai. Il ne répond toujours pas. Ma phrase a avalé tous ses mots.

Bon, OK, je vais bosser avec George, et alors ? Il n'empêche que j'en ai marre de mon univers étriqué et que travailler avec lui ne va rien arranger.

J'arrive à neuf heures tapantes dans la salle de réunion en faisant bien attention à être ponctuel. C'est bizarre, je n'entends pas le bonjour insistant d'Helen, rappelant à toute personne entrant dans la salle qu'il est en retard. Ne me dites pas qu'elle n'est pas encore arrivée. Elle est toujours là dix minutes avant le début des réunions et, même quand on est à l'heure, on a l'impression d'être à la bourre. Je flaire un bug et vérifie l'heure du rendez-vous. Une demi-heure trop tôt, pas de chance. Je pourrais revenir dans mon bureau mais, franchement, ça me fatigue à l'avance de retraverser tout le service. Ça va lui faire drôle, à Helen, de me voir là. Finalement, je ne suis pas mécontent de la surprendre.

J'entends de loin ses talons, très décidés, c'est un jour de bonne humeur, tant mieux. Elle s'arrête net en arrivant. Je lance un *Good morning Helen* très calme et son silence, un instant figé, me permet de comprendre qu'elle est juste estomaquée, genre il m'a doublé et en plus on dirait qu'il me voit. Non, Helen, c'est les talons et le parfum qui annoncent ta venue. Je souris intérieurement tandis qu'elle me dit bonjour et pose ses affaires avec un drôle de « déjà là Guillaume ? ». Elle m'appelle Guillaume quand on est tous les deux. J'aime entendre son accent américain prononçant ce prénom de mon enfance. Là, je crois qu'elle se demande si mon avance est du lard ou du cochon.

Elle s'approche de moi, tire la chaise qui se trouve sur ma droite. Ce n'est pas sa place habituelle. Elle s'assoit, tourne son visage vers le mien, son souffle est tout proche. Elle murmure, sur un ton de confidence ému, « Guillaume, je voulais vous demander... ». Mais elle n'a pas le temps de finir, Dylan, son bras droit, est entré dans la salle. Il s'étonne de ma présence et, sans se demander le moins du monde ce qu'il vient troubler, envahit Helen de questions d'organisation. Elle répond du bout des lèvres. Son émotion s'estompe, la mienne grandit. Je n'ai pas le temps de m'appesantir, la salle se remplit et Helen a regagné sa place.

La réunion tambour battant, c'est le style d'Helen. Son trouble a totalement disparu, elle organise le travail. Elle a beau avoir plus de cinquante ans, elle a une vivacité dans la voix qui la rend presque juvénile.

— On va lancer le logiciel de contrôle dans trois mois, William et George, il va falloir mettre les bouchées doubles pour les tests d'accessibilité.

— William, tu vas avoir un stagiaire, il arrive demain, tu le formeras avec ce logiciel, vous ferez équipe tous les trois avec George.

Dylan vient de parler, toujours aussi lapidaire. Je ne le supporte pas, parce qu'il en faut bien un qu'on ne supporte pas au travail, c'est dans l'ordre des choses, et peut-être que lui, c'est pareil, il ne me supporte pas. C'est simple, quand il parle, je fais comme si je n'entendais rien.

— Oui, comme d'habitude, on se verra avec George quand j'aurai fait les premiers tests.

Je me tourne ostensiblement vers Helen, espérant encore échapper au travail d'équipe malgré la promesse faite à George. Mais Dylan insiste avec une pointe d'agressivité. Je lui fais face et, avec mon petit air mauvais, celui que je prends parfois quand on m'agace, je lui demande pourquoi. Un silence s'installe.

— William, on a décidé que vous travaillerez en binôme sur ce logiciel. Avec le stagiaire en plus, ce sera parfait, tranche Helen, on est pressés.

Je me tais en rongeant mon frein avec hargne. Voilà qu'ils me collent un travail urgent alors que je voulais me consacrer à mon projet révolutionnaire. Et un stagiaire avec ça, moi qui déteste avoir quelqu'un dans les pattes. Mais je ne vais pas trop râler, il faut que je fasse attention, je ne suis peut-être pas si intouchable, tout handicapé que je suis. Ils pourraient s'aviser de remplir le quota avec un autre.

La réunion se termine, je vais alpaguer Helen avant qu'elle ne quitte la salle.

— Helen, vous souhaitiez me parler, moi aussi j'ai des choses à vous dire.

— J'ai un rendez-vous en suivant, mais j'aimerais prendre plus de temps avec vous.

Elle hésite à poursuivre et finit par ajouter :

— J'aimerais que vous me parliez de ce que vous vivez. Vous croyez que...

Sa voix se perd, comme si elle se brisait, comme si quelque chose venait de faire surface et lui explosait à la figure, et je me demande bien d'où lui vient une telle émotion.

Elle part, me laissant seul avec mes questions.

— Bonjour, je cherche William.

Une voix jeune. J'ai le dos tourné. Je me lève et me tourne vers lui. Il se tait un court instant. Je ne dis rien, c'est clairement le nouveau stagiaire et je n'ai pas envie de faire le moindre effort. On me le colle de force, il n'a qu'à trouver comment faire. Le silence est légèrement abasourdi. Je fais toujours le même effet.

— Je m'appelle Johnny, je suis votre stagiaire.

Sa voix tremble un peu. Il bégaie à moitié, certes, il est surpris par ma tronche et ne sait pas masquer sa surprise, mais il ne demande pas confirmation de mon identité, et ça, ça me plaît. C'est l'aveugle sans nez, tu ne peux pas le louper. Il ne m'a pas loupé et n'a pas fait semblant, bonne pioche Johnny, tu commences bien.

— Tu es là pour quoi exactement ?

— Je m'intéresse à l'accessibilité.

— On se connaît ?

— Non.

— J'aime mieux ça.

Silence décontenancé.

— Allez, assez parlé, j'ai à faire.

Je le plante là. Il attend un peu, je l'entends attendre. Je reprends mon travail.

De toute la matinée j'ignore ce qu'il a fait. Je l'ai entendu aller et venir, il a dû aller voir George. Il a allumé un ordinateur dans le bureau voisin du mien, pour le reste je ne sais pas. On a dû le prévenir, faut pas le brusquer, ça fait des années qu'il freine des quatre fers dès qu'il est question d'un stagiaire. Quand je me suis levé pour aller déjeuner, il est venu me demander s'il pouvait m'accompagner. Je l'ai précédé, aveugle guidant son stagiaire, ça m'a fait plaisir. On est allés ensemble au réfectoire, en passant je l'ai présenté. C'était simple.

Au bout d'une journée j'ai compris, Johnny ne va pas me gêner, il est tout tendre d'hésitations sommaires, discret, prêt à tout pour se faire une petite place dans mon univers. Finalement, il m'amuse avec ses airs de timidité bégayante, sa façon de me dire au revoir, prudente.

Helen a convoqué une réunion extraordinaire pour le fameux logiciel qu'il faut soi-disant traiter en urgence. Elle s'est assise à côté de moi, ce qui en soi doit déjà faire jaser, tellement changer de place est contraire à ses habitudes. Elle commence par me donner des cachous, comme pour m'apprivoiser. Helen a toujours des cachous sur elle, je ne sais pas si elle aime vraiment ça ou si c'est un instrument de négociation. Elle pose parfois sa main sur mon bras pour retenir mon attention et me décrit ce qui se passe de sa voix légère et joyeuse. Elle est douée pour ça, j'ai l'impression qu'elle se met à ma place. Aujourd'hui, je ne parviens pas à apprécier, je suis vexé de ne pas avoir les coudées franches. Helen a beau faire, je ne me départis pas de mon humeur caustique des mauvais jours, surtout que Dylan enchaîne. Sur un ton suffisant et directif il parle pour ne rien dire, phrases ampoulées pour présenter des évidences.

Dans ces réunions, il faut toujours qu'ils montrent des images, comme s'ils ne pouvaient pas se contenter des descriptions. Il y a toujours quelqu'un pour me dire « désolé pour toi William, on va montrer des slides ». Je réponds toujours la même chose, un « comme d'habitude » qui les dédouane, assorti d'un sempiternel « pas de souci si on me les décrit ». En général George s'y colle. George décrit comme personne les visuels, menus et autres arborescences. Mais cette fois, c'est Helen qui parle et ses descriptions sont presque poétiques, ou du moins c'est sa voix qui l'est, car le contenu de ce qu'elle dit reste pro. Sa voix se pose quelques instants, se fait désirer, poursuit soudain, accélère avant de ralentir à nouveau, comme mue par des émotions intérieures qui n'ont rien à voir avec ce qu'elle présente. Je suis curieusement sous le charme, comme si je la découvrais. Elle a en tout cas réussi à me calmer et c'est un grand pas. Je prends des notes pour intercaler des propositions d'accessibilité et je pose des questions, parce que, en fait, ça m'intéresse plus que je ne saurais l'avouer. Leur soulagement est tangible.

L'image est reine ici, c'est une réalité que, contre toute attente, j'apprécie. Je crois que ça me rappelle mes écrans d'avant mes neuf ans, j'en ai une mémoire très nette, ce sont sans doute les seules images dont je me souvienne vraiment. Est-ce parce qu'elles sont constamment réactualisées par mon métier ? J'aime imaginer les images à rendre accessibles.

Ils ont présenté leur nouveau logiciel, pas de quoi casser trois pattes à un canard, je vais voir si je peux glisser une ou deux nouveautés, on ne sait jamais.

Je suis revenu dans mon bureau, détendu comme je ne l'ai pas été depuis plusieurs jours. Je peux enfin parler à Johnny.

— Ton accessibilité doit permettre aux aveugles d'y voir malgré leur état, tu comprends, Johnny, on va chercher les images qui attendent en souterrain dans leur cerveau, on les réveille du néant dans lequel la perte de la vision les a plongés, parce qu'il y a peu d'aveugles de naissance, la plupart le sont devenus, c'est eux notre cible, et pour les aveugles de naissance on rajoute des fioritures sonores. Nos cerveaux, Johnny, c'est notre caverne de Platon avec des images qui s'y reflètent malgré nous.

Je ne sais pas si Johnny comprend mon langage. Mais moi, j'en suis sûr, mon cerveau est devenu ce mur du fond avec ces ombres qui s'allument dans ma tête, ces ombres que je prends pour de vraies images. J'adore ça. Alors les réunions, quand ça parle d'images, j'aime. Et le boulot avec George, je finis par aimer aussi. Comme quoi.

Helen passe et repasse devant mon bureau, je repérerais ses talons entre mille. Je me rends bien compte qu'elle attend quelque chose, qu'elle a envie de me parler. Elle ne franchit pas le cap, je me demande ce qui se trame. Je l'écoute s'éloigner. Si je pouvais comprendre ce qui lui arrive.

Helen est une sorte de bourreau de travail, toujours partie plus tard que tout le monde et arrivée avant les autres. Il se murmure même qu'elle y passe ses nuits. Fanny, la femme de ménage du service, a un jour trouvé sur le canapé de son bureau un je-ne-sais-quoi de froissé, signe d'une nuit de veille passée à travailler. D'aucuns auraient pu y voir des signes plus romantiques. Pas moi, je mettrais ma main à couper qu'elle a une vie sentimentale proche du zéro. D'ailleurs, en ce qui me concerne – et ça ne cesse de me surprendre –, elle ne me déclenche aucune tension érotique, encéphalogramme plat, elle est juste ma supérieure, une femme brillante, précise, remarquablement efficace. Elle se montre très compréhensive à mon égard, d'une douceur étrange, presque maternante, elle fait la même chose avec Fanny qui est sourde, le handicap la touche. C'est sans doute pour elle que j'hésite à quitter la banque définitivement. Pour elle et, il faut l'avouer, pour ses talons qui m'émerveillent.

Je les entends de très loin, dès qu'elle sort des zones de moquette je les capte et tends l'oreille avec un plaisir particulier. C'est très utile, ils m'indiquent l'humeur du jour et, même si cette humeur ne transparaît quasiment pas dans sa voix ou ses mots, elle est bien là, manifestée par ses pas. Décoder les talons d'Helen est un atout pour savoir lui parler. D'ailleurs, je les ai classés.

Les talons de l'agacement, secs, pointus, clac elle passe, clac elle repasse. Garde à vous me voilà. Les talons de l'activité concentrée, tout dans l'urgence, souples, rapides, directs. Les talons du détail persistant qui emmerde tout le monde mais personne n'ose le dire, tenaces, crissants. Helen est une amoureuse du fignolage, tout doit fonctionner à la perfection. Les talons de l'impatience contenue qu'elle enfonce tellement fort que le sol doit en garder l'empreinte. Un jour j'ai tâté, tant et si bien qu'on est venu me demander si je n'avais pas perdu quelque chose. Non, je tâte les marques des talons d'Helen. Je ne peux pas répondre cela, alors je ne réponds rien. Et puis, quand j'ai perdu un objet, je le trouve. De temps à temps, on ignore pourquoi, passent les talons de la nonchalance acceptée, de la langueur des voix, de l'abandon ordonnateur. Ils sont râpeux, traînants, beaucoup trop lents, rarissimes. Enfin, il y a mes préférés, les talons joyeux, qui préfigurent toujours un petit rire pétillant.

Johnny se tait. J'ai fini par accepter de lui montrer mon travail, je lui explique ce qu'on a mis en place. Il est parfait, il prend des notes, il respecte mon silence lorsque j'écoute ce qui se passe dans les autres bureaux.

Je traîne dans le couloir, morose. Mon projet grandiose est en *stand by* faute d'idées. En fait, je suis sec. En remontrer à ma mère était sans doute ma seule motivation. Finalement, elle a raison Helen, ça marche bien comme ça. Désolé maman, ton fils célèbre, ce n'est pas pour maintenant.

II

Le temps des rencontres

Légèrement abattu par ma journée de travail, je décide de rentrer à pied. En général, il me faut près d'une heure pour rejoindre East 10th Street et mes quartiers généraux.

Mon trajet, je le connais tellement que je m'invente des variantes. C'est un peu risqué mais j'adore. J'ai surtout à cœur de fuir les grands axes. Broadway et son trafic assourdissant est le pire de tous. C'est insupportable. Les avertisseurs en tous genres, klaxons, moteurs de bus, freins ou je ne sais quels vrombissements me sortent par les yeux. C'est fou le nombre d'accidentés ou d'urgences de cette ville, les sirènes percent à tout bout de champ et me laminent les oreilles.

Bien sûr, suivre de longues lignes droites serait plus direct en termes de trajet, mais tant pis, je préfère slalomer d'une rue à l'autre, pourvu qu'elle soit calme. J'improvise régulièrement de nouveaux parcours, ça me donne le sentiment de partir à l'aventure à moindres frais, dans la rue avoisinante. Je dévie de mon trajet initial en tournant un block plus tôt, il faudra juste rajouter une étape, compter un block de plus, et le tour sera joué. New York, ville bénie pour aveugle en mal d'expérimentation. Rompre l'ennui, je n'ai envie de rien d'autre.

Là, je suis la variante numéro trois, un petit slalom via Thompson Street, West 3rd Street et LaGuardia Place avant de rentrer dans Washington Square, de suivre un moment University Place puis de bifurquer vers East Side. C'est un trajet qui demande de l'attention mais c'est mon préféré, car il s'y passe toujours quelque chose d'incongru et de plaisant, rien qui ne m'ait jamais dérouté ou perdu, que des choses bon enfant, un couple qui chante des airs de blues ou un quidam qui laisse tomber ses clefs devant moi, un régal pour un trajet d'aveugle aux contours ultra-codifiés. L'autonomie, foutaise oui, apprendre par cœur les trajets, c'est tout.

Je marche donc pépère dans la rue, à peu près à mi-chemin entre la banque et chez moi, sur LaGuardia Place. Et soudain, je me cogne à des voix agglutinées et animées, on pourrait dire une sorte d'attroupement. Des gens ont l'air d'attendre, je me colle dans leur groupe et, discrètement, plie ma canne avant de l'empocher. Je vais me lancer dans le grand semblant de la vie.

— Tiens, tu vas chez Carol aussi ? demande l'un d'eux.

Je ne suis pas sûr d'être le destinataire de la question, mais, histoire de prendre au bond l'événement fortuit de la journée, je réponds par l'affirmative. Il y a un curieux blanc. Je connais ça, mon visage, l'effet classique. Alors, comme d'habitude, je fais semblant de ne m'apercevoir de rien et attends avec eux en me délectant du silence gêné. Les conversations reprennent rapidement. Ça papote de tout et de rien et surtout de l'expo de Pedro. Je fais comme si j'étais au courant en opinant du chef. Soudain, j'entends un « ça y est, Pam est là, on peut y aller ». Je suis le mouvement. Personne ne me demande rien, je monte quelques marches à leur suite et entre dans la maison. Il y a une sorte de couloir qui assourdit les sons et je débouche dans une salle que je n'identifie pas. Une femme coupe sa conversation téléphonique pour lancer un *good evening* sonore et des gens sur place saluent de loin. On répond tous, et moi avec. Je me fonds dans la masse, conversations animées et musique d'ambiance. C'est délicieux. Je me crois soudain devenu comme tout le monde. C'est excitant, et beaucoup mieux que les événements ordinaires qui jalonnent habituellement mon trajet, cette affaire. Ce parcours est décidément une bonne pioche.

La femme qui téléphone reprend sa conversation, je l'écoute. Et là, j'ai un électrochoc. Quelque chose me tombe dessus d'un coup, m'aimante et me rive là, près d'elle.

Sa voix. Elle a une façon de prononcer les consonnes qui me fait presque frissonner. Elle les donne à écouter avec une délectation toute spéciale. Je suis quasi hypnotisé. Certains mots sont feutrés, on ne sait pas pourquoi ceux-là, d'autres plus appuyés, d'autres encore à peine esquissés invitent à espérer les suivants. Les sons glissent ou s'entrechoquent discrètement, les voyelles sont prises dans une douceur sensuelle, délicate. J'imagine sa bouche s'approchant des mots, les caressant du bout de la langue, les enrobant. Je l'entends appuyer légèrement sur les *t*, relâcher les *s* avec une lenteur mesurée et un plaisir tout personnel. Parfois, un soupir s'esquisse au moment où le mot entier est libéré. C'est comme si elle sondait la saveur des mots avant de les lâcher, comme si elle teintait chaque son d'un goût nouveau plus subtil encore que le précédent. Et parfois, elle inflige à certaines syllabes une légère morsure, si légère qu'elle en est exquise. Bref, les mots qu'elle prononce, j'ai juste envie de les avoir moi-même dans la bouche. La première fois que je ressens un truc pareil.

Elle raccroche pour embrasser certaines personnes, ne s'approche pas de moi. Bien sûr, je me demande si c'est ma tronche qui la fait ainsi battre en retraite, mais comme un certain Denis a fait son apparition, je lui laisse le bénéfice du doute. D'autant qu'elle va vers lui avec des cris de joie. Je suis prêt à tout croire pour me consoler de mon état repoussant pour qui n'aime pas la monstruosité ordinaire.

Je continue à faire semblant de rien et comprends qu'on est chez elle. Elle s'appelle Carol. Je suis déçu, je n'aime pas ce prénom. Dans ma classe de CP, en France, il y avait une Carole, je la détestais.

À peine les embrassades finies, Carol reprend sa conversation téléphonique, je l'écoute. Je laisse sa voix vivre et voyager en moi. Il n'y a pas que la voix qui me plaît, les rires aussi. Ils jaillissent çà et là, dégringolent et s'éteignent brutalement. C'est des rires de cristal brisé, des rires éclatants puis soudain fragiles, qui s'arrêtent au moment où l'on ne s'y attend pas. Un rire comme je n'en ai jamais entendu. Elle parle d'une expo, j'ai l'impression qu'elle est galeriste, enfin c'est ce que je me raconte. C'est pénible ces conversations dont on n'a que des bribes.

Je frissonne, quelqu'un me bouscule, murmure des excuses. C'est Pam, je reconnais sa voix, j'ai même le temps d'identifier son parfum. J'ai envie de m'approcher d'elle – ce sempiternel besoin de toucher les femmes. J'avance de quelques pas prudents tout en tendant l'oreille vers la maîtresse de maison, histoire de la garder en ligne de mire. J'essaie de prendre des repères. Concentration maximale, aveugle sur le pied de guerre, oreilles aux aguets.

Sur fond de rire de Carol, j'entends un homme parler avec animation. Je vais vers lui, attiré par sa voix rauque et grave – décidément, tout me fait de l'effet ici. Il a un langage châtié dont la moitié m'échappe. Pourtant, à chaque remarque, tous s'esclaffent. Et des « Bob tu es incroyable » par-ci, « Bob tu nous fais mourir » par-là. Sans doute pour masquer qu'ils n'y comprennent rien, à moins que ce ne soit moi, l'inculte, le dépassé, le pas bien débrouillé dans les affaires de la langue. Apparemment, il a tout vu de New York et des lieux à la mode, il connaît tout le monde, il est l'incontournable de la scène artistique locale. Il peut se permettre d'être abscons, son public est captif. Comme il insiste sur une veine parfaitement hermétique et que je suis vraiment largué, je m'engouffre par une porte ouverte de laquelle émane une odeur caractéristique, facile à identifier, la cuisine. Omelette, pizza et café. Je m'y sens moins ridicule. Je vais m'y reposer un peu. Sauf qu'il va me falloir laisser traîner mes doigts pour tenter de grignoter et que ça ne va pas être discret.

Dans la cuisine, il y a une femme. Je l'entends mâchonner, découper, tartiner, croquer, tartiner à nouveau.

— Tu veux un truc à manger ? Je suis en train de faire des toasts.

— Oui, je veux bien.

— Tiens, prends celui-ci.

Elle ne me touche pas et je comprends qu'elle ne m'a toujours pas regardé. Je tâtonne, elle lève le nez de son tartinage et sa surprise me saute à la figure.

— Ah d'accord... tiens, la voilà, c'est de la tapenade.

Elle assume sans commentaire et me fourre une tartine dans la main. J'aimerais bien la toucher pour tâter où elle passe tout ce qu'elle avale, mais je ne suis pas aux putes et je sens que ça ne va pas être possible. Et c'est bien dommage, car ça me permettrait de toucher une voyante. En tout cas, et peut-être à cause de ce qu'elle ingurgite, il se dégage d'elle une drôle d'odeur, ça me console de ne pas oser poser la main sur elle.

Elle se met à raconter l'histoire de son fils parti au Népal comme bénévole dans un centre pour orphelins. Elle a une tristesse effrayante dans la voix et me met mal à l'aise. Finalement, l'odeur me fait battre en retraite. À vrai dire, j'ai envie de retrouver la voix de Carol, je me sens amputé de quelque chose depuis que je ne l'entends plus.

Sur le chemin, un homme à la voix cynique, que, aussi sec, j'imagine efflanqué et fantasque, accroche mon esprit un temps engourdi par l'avaleuse de petits fours. Mick. Il a une façon de raconter captivante, son ton, sa voix, son air de ne pas y toucher avec un je-ne-sais-quoi d'avidité, bref, en l'écoutant, j'ai l'impression que le monde s'anime et que mon existence prend enfin tout son sens. Et je ne suis pas le seul à le penser, car il organise un silence religieux autour de lui. C'est un sculpteur de renom, réfugié. Il a connu tous les fronts artistiques et tisse d'étranges récits dans lesquels se mêlent guerres d'idées et mondanités. Je reste un moment. J'ai bien fait d'entrer dans cette baraque de dingues. De loin, j'entends Carol en grande conversation. Je tente de m'en approcher, mais Dieu que c'est compliqué dans ce lieu que je ne connais pas avec des inconnus à chaque coin.

Une voix de femme perce à l'autre bout de la pièce. Elle suspend d'un coup les conversations, il y a une sorte de mouvement et certains s'esclaffent.

— Leila, enfin !

Ils bougent, je suppose qu'ils s'approchent d'elle. Ça me demande une de ces concentrations de tout comprendre, c'est fou. La banque est loin. Je me laisse emporter jusqu'à la fameuse Leila. Elle a une voix traînante, sensuelle et alanguie, presque bestiale. Pourtant, elle me plaît nettement moins que celle de Carol. J'essaie de me rapprocher et y arrive tellement bien que je sens son souffle près de moi. J'ai une érection. Elle fait de drôles d'amalgames entre une grande banque new-yorkaise et le « lieu des plaisirs » comme elle l'appelle. Je risque un mot sur le pouvoir des banques. Un silence interloqué s'ensuit, j'ai loupé une occasion de me taire, la vie est sinistre pour les handicapés. Je bats en retraite du côté de Carol et me retrouve tout près d'un drôle de bonhomme vif et excité qui parle fébrilement.

— Tu peux rien contre Pedro, c'est le génie du groupe, il a eu sept vies, faudra revenir un autre jour pour avoir le droit de parler à la maîtresse de maison, me glisse à l'oreille la tartineuse. Au fait, je m'appelle Frida.

Je lui tourne le dos sans me présenter, mortifié d'avoir été percé à jour.

Pedro, faut s'y faire, un accent mexicain à couper au couteau. Il raconte de drôles d'expériences sur les poules et je comprends qu'il est généticien, mais quand il se met à entremêler tout cela de récits douteux sur son insubordination politique, la cocaïne et les exactions des peintres muralistes, je préfère me retirer. Ce n'est peut-être que deux ou trois vies, mais c'est déjà trop pour moi.

C'est alors qu'on sonne. Comme personne ne bouge et que je ne sais vraiment plus quoi faire, j'y vais. Je m'aperçois en passant que j'ai réussi à mémoriser l'organisation de la pièce, je n'en reviens pas moi-même et parviens à me diriger vers l'entrée sans difficulté. C'est un nouveau groupe, des jeunes gens légèrement avinés vu l'odeur. Comme si l'on n'était pas déjà assez nombreux. J'en profite pour filer en douce. J'ai peur de paraître envahissant, j'ai quand même débarqué là sans y être invité.

Dès que je franchis la porte pour partir, cet endroit me manque affreusement. J'ai le sentiment d'avoir tout loupé et de m'être sabordé moi-même. La voix de Carol me manque avec une violence qui me fait presque vaciller.

Avant de reprendre mon trajet, je cherche un repère pour pouvoir revenir et retrouver facilement les lieux. Jour de chance, le bateau devant la maison est particulièrement granuleux, un défaut du trottoir, on ne peut rêver mieux.

LaGuardia Place, *Carol's home*. Pour plus de sûreté, j'explore les environs immédiats. Je tombe sur une boîte aux lettres, à droite de la grille. Comme s'ils avaient prévu le coup, chez Carol, à gauche de la boîte aux lettres, un vrai repère pour aveugles. Bon, mon GPS me donne malgré tout le numéro, mes velléités d'aveugle autonome ont leurs limites.

Je rentre chez moi. Ça me fait tout bizarre d'être allé là-bas, comme si ma vie s'ouvrait d'un coup, comme si j'allais enfin avoir des amis alors que personne ou presque ne m'a parlé et que celle qui m'a adressé la parole m'a fait fuir.

La voix de Carol me hante. Dans mon lit, je repasse tous les moments de la soirée et j'ai vraiment envie de les retrouver, Pam, Pedro, Mick, Leila, et bien sûr Carol, pour enfin me présenter, sentir sa voix contre moi, pour moi, en moi, sentir son rire déferler contre mon oreille et ses mots s'attarder sur mon visage. Cette façon de téléphoner, être autant appelée, c'est pas normal, elle doit sacrément valoir le coup.

Au réveil, ma décision est prise, je vais y retourner, et le soir même. Ça devrait être possible, Pedro parlait de retrouver tout le monde pour l'apéro. Tout le monde, après tout, je peux aussi me sentir concerné.

Avant de partir à la banque, je choisis mes vêtements précautionneusement, un mélange osé de vert et de bleu. Costume vert bouteille à rayures tactilo-visuelles, bandes en laine foncées alternant avec bandes en soie plus fines et plus claires, l'ensemble tellement doux et velouté au toucher que j'ai envie de me caresser les cuisses à tout bout de champ. Chemise en soie, bleu très pâle, a dit ma mère, poignets mousquetaires. Cravate lavallière à fond bleu sombre avec surimpression de motifs abstraits, sorte de virgules en léger relief doré et bleu clair. Je la pique en son centre avec une perle bleue qui en assure le maintien. Bas vert foncé, chaussettes que je choisis de la même couleur. Coton très fin avec sur le côté une fleur de lys dorée. Je prends des chaussures marron, pointues, en cuir plissé, un peu comme ces chiens dont la peau fait des plis, m'a dit ma mère, oubliant que je n'ai jamais touché ce type de chiens. Une jolie tenue de dandy qui, j'imagine, va faire un tabac chez Carol. Je colle sur l'ensemble, au cas où la soirée serait fraîche – l'intersaison réservant toujours des surprises –, un très long manteau ouvert, léger. Le tissu est comme le costume, à base de laine et de soie, un tissage doux et légèrement granuleux, chiné marron clair, marron foncé et écru, col large. J'imagine que c'est inconvenant pour un aveugle de connaître jusqu'au moindre détail ses vêtements, ça m'enchante.

Au boulot, je ne pense qu'à revenir chez Carol. George me trouve un peu ailleurs, mais comme il parle pour deux, je laisse faire.

L'heure tourne à la vitesse d'un escargot sur une terrasse sèche. La journée se termine. Il va enfin être l'heure de partir. Je vais aux toilettes ajuster ma tenue. Le téléphone sonne, ma mère.

— Mon chéri, on reprend nos dîners du mercredi comme convenu, je passe vers vingt heures. Je t'appelle juste pour te dire que je t'ai concocté un rôti de derrière les fagots, et puis je te raconterai mon voyage, c'était formidable tu sais ! Allez, à tout à l'heure.

La plaie. Comment ai-je pu l'oublier, faut vraiment que je sois perturbé. Obligé de rentrer chez moi, sans compter qu'il me faut ranger. Moi qui étais tellement excité à l'idée de retourner chez Carol. Ma mère m'aura tout fait. Ça me fait rire de dire ça, en général c'est elle qui le dit. Entre mon accident et le coup des insectes, les cheveux et tout le reste, elle le répétait à qui mieux mieux, « il m'aura tout fait cet enfant ».

Ma mère entre sans frapper à vingt heures pétantes, avec ses clefs. Ça me met hors de moi, surtout depuis le coup du bain chevelu. Entrer sans frapper, c'était bon quand j'étais gosse, mais à mon âge. Le handicap n'autorise pas tout, qu'elle se l'entende dire une bonne fois pour toutes.

— C'est pas parce que je suis aveugle que tu as le droit de rentrer chez moi comme dans un moulin, j'ai trente-huit ans, c'est bon, dorénavant tu feras avec moi comme tu fais avec tout le monde, tu frapperas avant d'entrer.

Je lui tourne le dos, le cœur battant. C'est la première fois que j'ose.

Elle a un silence estomaqué. Elle retient des mots que je crois deviner, soupire et murmure comme si elle se parlait à elle-même, « après tous mes sacrifices, j'ai bien fait de venir, tiens ».

J'ai l'agacement au bord des lèvres et une envie de l'épingler comme jamais, pourtant je m'abstiens du moindre commentaire. Je comprends juste combien j'ai été tranquille durant ce mois sans elle.

— Mais tu as vu ton désordre, c'est insensé la façon dont tu vis.

Pour des retrouvailles, ça se pose là.

— Mon pauvre chéri, jamais une femme ne s'y retrouverait dans ce capharnaüm.

Sa voix a des relents de consternation, je me crispe de plus en plus.

— Ça tombe bien, aucune femme ne s'annonce.

— Bah justement, je t'ai inscrit dans un club de rencontres, ajoute-t-elle, triomphante.

Alors là, la moutarde me monte au nez, je la pousse dehors avec pertes et fracas.

— Tu peux te le mettre où je pense ton club de rencontres, je me débrouille très bien tout seul.

Elle a pris la porte, la première fois que je m'autorisais ça. Incroyable, le soulagement que j'ai ressenti quand elle est partie.

Bon, du côté de la porte, elle a laissé son panier de légumes avec le rôti et ses clefs, n'a pas eu le cran de les reprendre, ou le temps. Illico j'apporte les légumes à Peter Byron, mon voisin. Il m'aime bien Peter Byron, il est d'une politesse exquise, un gentleman, très précautionneux, prévenant, un peu trop, ça a même tendance à m'énerver.

Avec Peter, on commence toujours par se raconter des trucs sans intérêt, conversation de voisinage, le chat du premier, l'odeur de cuisine des Mexicains du deuxième, les pleurs du bébé du troisième, la vie trépidante de la quadra juste en dessous de chez moi. Il aimerait bien me caser avec elle mais sa voix m'agace, une crécelle à la Donald Duck. Bref, on se dit tout un tas de choses ineptes et reposantes.

C'est surtout moi qui l'écoute. Je ne parle pas trop, j'observe les silences, comme d'habitude. Parfois, je suis légèrement désagréable, pour compenser ses excès de gentillesse. Il ne me rembarre pas, je suis handicapé, il n'ose pas, encore un qui ne sait pas faire.

On tarde un peu à aborder le seul sujet qui vaille le coup et qui nous fait vibrer à l'unisson, sa collection de sauterelles. En fait, c'est ça qui me plaît chez Peter Byron. Il est biologiste, spécialiste de la biomécanique des orthoptères, rien à voir avec sa conversation ordinaire. J'adore ses sauterelles, voire, elles me fascinent. Mais moi, contrairement à lui, je n'ai pas d'excuses. Déjà qu'on me soupçonne d'un peu tout, français, aveugle, sans nez, alors si par-dessus le marché je révèle que j'aime les insectes, j'imagine la consternation.

J'aimerais vérifier si oui ou non Peter les grignote, ses sauterelles, mais je me demande si je ne projette pas un peu. Enfin, pourquoi en a-t-il chez lui ? Ça ne lui suffit pas d'en avoir au labo ? J'enrage de ne rien voir, j'imagine qu'il y aurait plein de choses à observer. Leur vivacité, leur façon de se nourrir, les naissances, leur mort imminente. Qu'est-ce qu'il en fait quand elles meurent ? Surtout que ça ne vit pas très longtemps ces bestioles, six mois dit Peter.

On parle de leur alimentation, de la reproduction, et bien sûr de leur déplacement, de ce saut majestueux dont il raffole et qu'il pourrait me décrire sans se lasser. C'est ça qu'il aime en fait, il les prend chez lui pour avoir sous le nez leurs sauts et toutes ses variantes, il thésaurise les sauts de sauterelles comme une passion inavouable, il les collectionne. D'ailleurs, je crois qu'il les filme, j'entends parfois un très léger ronronnement qui doit provenir d'une caméra. À une soirée, ça ferait bien, j'aime le saut de la sauterelle, je donnerais tout pour un saut. Je l'imagine chez Carol.

Ses sauterelles, je n'ai pas droit de les tripoter et, à l'oreille, je ne distingue pas grand-chose, ça me frustre beaucoup. J'aimerais qu'il m'en donne une à croquer au moment où elle trépasse. Je ne sens pas ces choses-là, le silence de fin de vie d'une sauterelle. Je devrais l'interroger dessus, mais je n'ose pas. Bref, à tous points de vue, je reste sur ma faim.

Cela dit, je crois que Peter Byron voit ma fascination sur mon visage, rapport à son silence à chaque fois que je pose la question fatidique, comment vont-elles ? Il attend toujours un peu avant de répondre. De temps en temps, il m'autorise à en prendre une dans la main. C'est bien parce que c'est toi. Et je salive à mort. J'ai une envie pas possible de la gober, sa sauterelle, j'espère seulement qu'il ne s'en aperçoit pas. Je le soupçonne d'avoir des doutes car il la reprend vite fait. Il y tient comme à la prunelle de ses yeux, expression idiote.

Bon, je fais diversion avec les légumes de ma mère. Je les lui apporte toujours, il sait mieux que moi quoi en faire. Il cuisine et me livre des plats tout préparés que je déguste avec ravissement. Je ne bosse pas l'autonomie mais qu'est-ce que c'est confortable.

Il y a juste une contrepartie un peu douteuse, Peter Byron m'embrasse pour me remercier, et ça, je m'en passerais. Le contact de sa peau doucereuse me fait croire qu'il est aussi imberbe que moi, ça me déconcerte, parce que, c'est sûr, ça ne lui vient pas d'une explosion de pommes dauphine.

Bref, j'entretiens des relations de bon voisinage avec lui. Comme ça, quand j'ai perdu quelque chose, il vient plus volontiers m'aider à le chercher, car j'ai beau faire le fier, parfois je perds quand même des choses sous les meubles ou dans un repli de la cuisine.

Voilà, je suis dans la rue après une journée interminable, enfin sur la route de LaGuardia Place. J'ai passé Prince Street, compté deux blocks, me suis à moitié cogné à la boîte aux lettres et, devant la porte de Carol, je cale. Je m'arrête net, comme paralysé. Impossible de franchir la grille. Je me tiens là, sur le pauvre bateau granuleux, avec de la glu sous les semelles. L'idée même d'entrer m'oppresse, me catastrophe, me terrorise. Personne pour m'emmener ou m'inviter à le suivre. La mort dans l'âme, je passe mon chemin. Prise d'initiative zéro pointé.

Samedi. Une sale journée s'annonce, j'en ai comme l'intuition. Rien n'est venu compenser ma déconvenue de l'avant-veille. Bregović, que je me passe en boucle, ne parvient pas à me dérider, Philippe Katerine non plus. D'habitude rien ne lui résiste, aujourd'hui c'est peine perdue. Mes seuls événements, utiliser mon four neuf sans me brûler, rechercher mes chaussures que j'ai balancées je ne sais où en rentrant de la banque, réviser l'appariement de mes vêtements, renouveler ma série de pinces pour ne pas dépareiller les chaussettes lors des lavages, congeler les restes sans oublier d'étiqueter les paquets, et j'en passe. Horizon totalement bouché. Personne en vue, Peter Byron en conférence internationale, ma mère je ne sais où, pas revue depuis notre dispute, Lucy hors circuit – le VIP m'a vexé – et je n'ai pas d'amis. Même les cheveux me lassent, c'est dire.

L'ennui me tombe dessus, il envahit tout. Je crois entendre le rire de Carol, les éclats de voix de Pedro, et même sentir l'odeur de Frida. Sans conteste, ce lieu a créé quelque chose en moi. Comme une transe intérieure, un manque qui taraude. Tout le monde semble aimanté de la même façon, ce n'est pas normal ces gens qui viennent tous les jours, ils n'ont rien d'autre à faire, pas de famille ?

Le téléphone sonne, c'est ma mère, ça me ferait presque plaisir, je suis vraiment désœuvré. Elle a laissé passer quelques jours et m'amadoue. Elle fait comme si de rien n'était. C'est sa tactique.

— Et si on faisait un tour dans Bleecker Street ? Ton anniversaire arrive, mon chéri.

Bleecker Street, c'est l'endroit à New York où je m'habille. Elle sait par où me prendre. Le bonheur me vient d'un coup. Elle profite de mon ennui sans le savoir et, bien sûr, j'accepte. La joie doit percer dans ma voix car elle est aux anges.

Elle rapplique aussi sec, elle est aussi excitée que moi. La perspective de faire les boutiques nous galvanise.

Avec ma mère, c'est là seulement que l'on s'entend, mais une complicité totale, uniquement là, accrochée aux tissus, tissages, dessins et reliefs, matières et textures.

Nous sommes à Greenwich, il n'y a pas à dire, c'est quand même reposant de se faire guider.

Nous marchons en silence. C'est moi qui vais choisir la boutique. Je flaire, j'hume l'odeur du tissu à travers les portes closes. Je me laisse attirer. Ce ne sont pas les devantures qui m'appellent, en fait j'ignore totalement ce qui m'appelle, mais je me laisse appeler. Ma mère ne dit toujours rien. Pour une fois elle est silencieuse. Je crois qu'elle est subjuguée par ce qui se déroule là, devant elle, je crois qu'elle est au bord de l'hallucination lorsqu'elle me voit, avec mon air d'aveugle, m'arrêter devant une boutique et, parmi toutes les autres, la choisir. C'est complètement fou, mais l'état dans lequel je suis lui inspire du respect. Je ne le sens que là, jamais ailleurs, et je donnerais tout pour continuer à vivre ces moments du respect de ma mère.

J'entre dans la boutique de Mrs Faye. Elle vient me voir, elle me reconnaît. Son excitation est à peine perceptible, elle est d'une politesse exquise. Elle sait que je vais dépenser quelques milliers de dollars chez elle – enfin aujourd'hui ce sera ma mère. Mais son respect est au-delà de l'argent, c'est le respect de l'incompréhension. Le coup de folie qui va s'opérer, là, dans sa boutique, sous ses yeux, sans que jamais elle manifeste le moindre étonnement. Elle est admirablement affable et déférente.

Je laisse mes doigts errer sur les portants. Je ne pense à rien, je laisse mes doigts trouver. Sentir la douceur des textures, l'appel de la laine, la surprise du viscose, la tentation de la soie sauvage, l'âpreté du lin, les cotonnades, le satin. Aujourd'hui c'est un peu long. Le silence de la patronne se teinte d'une légère angoisse. Elle s'agite en silence, doit regarder partout pour me proposer quelque chose.

Elle finit par me glisser un pantalon dans les mains. Et là, c'est l'enchantement. C'est comme si le tissu rayonnait, me parlait, me disait le désir d'être porté, par moi seul devant tous. Elle l'a trouvé, alors que j'allais lui avouer ma crainte de ne pas rester, elle l'a trouvé, celui que je cherche, la pièce maîtresse, celle qui déclenche le désir de s'habiller, celle qui appelle toutes les autres. Je souris.

Elle me demande si je veux passer dans le salon. C'est le nom qu'elle donne à la pièce dans laquelle je vais choisir le reste. Elle a une petite excitation dans la voix. Dans le salon, elle fait une chose incroyable, elle m'apporte la totalité des chemises, gilets, cravates, nœuds papillons et autres lavallières de la boutique, sans oublier les chaussettes. Enfin je ne sais pas si c'est la totalité, mais je me plais à le croire. Elle apporte aussi les manteaux, impers et capes. Le salon est inaccessible durant le temps de mon choix, elle le sait. Elle est fascinée, sa fascination a ce prix.

Les tissus sont là. Mes mains entrent en scène. Ma mère ne parle plus du tout, ma mère est dans la sidération, je sidère ma mère, j'empêche ses mots. Ça m'a toujours étonné, son silence de Bleecker Street.

Il me faut tout sentir sous les doigts. Personne n'émet d'avis, ne me donne la moindre indication. Je suis seul face à la totalité des tissus, sortis pour moi, chacun dans l'espoir d'être choisi. Mes doigts vont et viennent, explorent le désordre d'un froissé, les saccades d'un pli, la sévérité d'un tombé, la saillie d'un bouton. Les tissus me parlent, murmurent leur histoire, leur désir d'assemblage, leur espoir d'un mariage heureux. Mes mains cherchent, décryptent, écoutent. Mes mains choisissent. Mes mains sont expertes.

Elles s'arrêtent au bout d'un temps et tout se marie. Ma joie est totale.

Après seulement, la patronne me fait une description extrêmement détaillée de mon assemblage, motifs et couleurs compris. Avec de l'admiration dans la voix, elle me dit que c'est parfait. J'essaie. Il n'y a jamais de retouches à faire. Toutes le savent, mais j'essaie quand même. Je pourrais partir sans essayer, mais c'est ma façon de remercier la patronne. Elle adore me voir sortir de la cabine d'essayage et ajuster les nœuds, vérifier les boutons, tirer légèrement un pli. Je prolonge ainsi le silence de ma mère qui ne parle qu'une fois que nous sommes sortis pour me féliciter de mon choix.

Sur le chemin du retour, je flotte comme dans un rêve. Je pense au bureau, au coiffeur, aux putes, là où je vais m'amuser à faire sensation, ce sera l'occasion de se réconcilier avec Lucy. Chez Carol aussi, je vais quand même essayer d'y retourner. Une nouvelle tenue ? Quelle élégance. On ne vous connaissait pas ce costume. Et la chemise, et le nœud papillon non plus. Ils me détailleront. La broche est magnifique, les chaussures également. Je me laisserai faire, ravi.

Ma mère m'a raccompagné chez moi, elle me raconte enfin son voyage. J'écoute à peine, je ne pense qu'aux sensations à venir sur ma peau.

Elle ne reste pas, un peu gênée, et moi je m'habille avec ravissement. Je vais tester ma nouvelle tenue chez les putes. Je ne me voyais pas passer la soirée du samedi seul chez moi.

Avant d'arriver à Brooklyn, je me rase le corps entier, pas un poil. Je ne peux pas supporter le moindre poil quand je vais là-bas.

Je passe ma main sur mon corps et il est lisse, totalement lisse, sans accident. Il est doux. Je passe la main sur ce corps doux, mes deux mains, mes lèvres. Partout où je peux. Ma peau frémit sous mes lèvres, ma peau a presque envie de se froisser, mais non, elle se laisse caresser. Je passe mes lèvres très lentement, c'est mieux que les mains. Tellement plus doux, tellement plus lent. Une lenteur infinie, une lenteur effroyable. Je ralentis le geste jusqu'à ce qu'il devienne parfait. Mes lèvres errent tellement lentement que chaque parcelle de mon corps existe. Mon extase est quelque peu freinée par ce qui demeure, malgré tous mes efforts, des zones inatteignables, creux poplités, coudes, dos, chevilles. Cette impuissance à s'embrasser soi-même partout. Je suis obligé d'avoir recours à d'autres, ces femmes que je paie. Je le fais pour l'odeur. Oui, je me fais embrasser partout pour l'odeur que leurs baisers laissent traîner sur moi. Des odeurs animales, des odeurs d'océans morts, de lave sèche, et surtout des odeurs de jardins d'hiver.

Lucy n'est pas là, tant mieux finalement, pas de nouvelle déconvenue en perspective. J'en prends une autre, et aujourd'hui je lui bande les yeux pour que la vue ne la dérange pas. Je la guide et elle pose ses lèvres sur les parties inatteignables de mon corps, je les lui offre. L'arrière des cuisses, le bas du dos, l'omoplate, l'épitrochlée. Parfois le sexe, mais pas forcément. Elle est docile et sans épaisseur, je sais à peine qui c'est. Quand ce sera fini, je ne me souviendrai pas d'elle, je ne me souviens que de Lucy. Ces femmes, toutes interchangeables, ne sont là que pour les traces qu'elles laissent sur ma peau.

À présent, elles sont toutes au courant pour les bas et ça leur fait un certain effet, elles semblent s'être donné le mot pour me flatter. Il y a au moins un endroit dans ma vie où je suis exceptionnel. Enfin, peut-être que tous les hommes se croient exceptionnels quand ils vont chez les putes.

En fait, ce qui est facile avec les putes, c'est que, quoi que tu fasses, elles t'adorent, tu les paies pour et elles jouent le jeu à fond. On les croirait sur parole quand elles se disent ravies de te voir, quand elles te caressent la nuque et t'appellent mon petit William, quand elles te fourrent leur langue dans l'oreille. J'adore leur vulgarité, elle me fait bander. Si ma mère savait ça, moi si bien élevé, si respectable avec mes costumes trois pièces, si elle savait à quel point la vulgarité m'excite. Elle a raison Lucy, après tout.

Avant de sortir, j'enfile les bas imprégnés de l'odeur d'une femme, le sexe d'une pute. Et je garde cette odeur des heures durant, elle environne mes jambes, elle les fait moins seules. Un parfum qui va s'évanouissant au fur et à mesure du temps qui passe, un parfum qui n'est plus qu'une trace pour l'esprit. J'aime ça. L'odeur des bas dans la commode de ma mère, les bas volés, tellement portés, par elle, par moi, tout confondu jusqu'au jour de l'accident. Vingt ans que les bas m'accompagnent.

Je retourne chez Carol, avec mes bas et ma tenue de combat, celle de mes derniers achats.

J'espère, comme toujours, que mon image déroute de mon visage. Je suis même galvanisé par ce costume passé par les putes. Un vent fort souffle en provenance de 6th Avenue et me pousse vers LaGuardia Place. Cette fois-ci, je ne vais pas flancher.

Je sonne, la porte s'ouvre. J'entends la voix de Carol. Mon sang ne fait qu'un tour, c'est elle, devant moi, seule devant moi. Je balbutie *good evening Carol* mais elle ne répond pas. Elle a ouvert machinalement, ne s'est pas arrêtée de parler. Elle réussit quand même à glisser un « fais comme chez toi » mais impossible de savoir à qui elle l'adresse, elle a le dos tourné. Ça me laisse un goût amer de celui pour lequel on ne prend pas le temps. Pas la peine, il attendra. Pire que le reste, elle n'a pas remarqué mon visage. Je n'ai rien senti du côté du silence que ma tête n'aurait pas manqué de produire si elle l'avait seulement regardée. Je suis devenu transparent.

Puis Leila arrive, avec un « c'était ouvert, je suis entrée, ça va mes chéris ? » qui me détourne un peu de Carol. Je ne comprends pas grand-chose à la façon dont les échanges s'organisent autour d'elle. Elle manie l'implicite avec un art consommé. Il faudrait au moins des yeux pour pouvoir suivre. Je sens parfois son souffle se poser sur moi un moment, toujours très fugace, puis elle passe à autre chose. Après avoir tant voulu être comme tout le monde, voilà que je souffre de ne pas être remarqué.

Tout ce qui passe par le regard dont on ne sait rien, parce que pour interpréter les silences dans cette maison pleine de bruits, je peux toujours aller me rhabiller. La solitude de l'aveugle, parfois.

J'explore chaque recoin, je gagne au moins cela. Carol a un intérieur fouillis. Ça traîne partout sur les tables et les étagères. Je touche discrètement. La douceur âcre de la poussière me saute aux doigts.

Tout en écoutant les conversations, j'essaie les fauteuils. C'est le deuxième que je teste, comme le précédent il est mou et d'un grain délicieux. À vous dégoûter de repartir. Les conversations ondulent tandis que la mollesse du fauteuil me retient. La voix de Carol est toujours aussi suave. Pourtant, à de très brefs moments, elle devient aiguë et coupante, je ne l'avais pas encore remarqué. Ce sont peut-être les rires qui la cisaillaient. J'en mesure les effets dans le corps des autres, silences discrets et conversations moins vives. Parfois, entre deux éclats de rire, il y a comme un abîme de tristesse qui s'ouvre dans sa voix. Une inflexion fugitive. Et cet abîme creuse mon corps plus définitivement encore que ne l'ont fait les pommes dauphine. Tous ces gens qui la regardent, qui peuvent la voir, qui savent son sourire, l'altération à peine visible lorsque quelque chose lui manque, quand elle cherche quelqu'un ou seulement ses mots, et moi qui ne vois rien.

Avec Carol, je m'invente un amour comme on s'invente un drame, pour avoir l'air intéressant. Le drame, je l'ai déjà, mais trop ancien, déjà usé, il ne déclenche plus la compassion et je m'ennuie grandement à son contact, n'y voyant plus que les désavantages et limitations qu'il engendre. Alors il me semble qu'un amour, malheureux, passionné, voué à l'échec, que sais-je, remiserait pour un temps l'ennui incommensurable qui m'atteint régulièrement quand je songe à moi-même. Un amour qui me donnerait un peu de relief. Cela fait si longtemps que je ne me trouve plus de circonstances atténuantes.

C'est quelques jours plus tard que ma mère me propose sa « diversion maritime » comme elle l'appelle. Un rituel deux fois l'an, aller se poser en bord de mer. Ça ne peut pas mieux tomber, l'occasion ou jamais de me détourner de Carol et de mon incapacité notoire à lui adresser la parole.

Nous marchons quelque temps jusqu'à la plage. J'entends autour de moi les gens s'exclamer et dire à quel point c'est beau et ça doit l'être car ils ont tous la même expression. Ce cri de surprise, ce bonheur qu'ils partagent dont je ne sais rien. Moi, je n'ai que le son, infiniment recommencé, brutal, parfois plus doux, sombre et lent, si ténu qu'on le croirait en train de mourir. Mais il ne meurt jamais, il revient et reviendra jusqu'à la fin des temps, toujours différent. Cette différence est une source infinie d'émotion. Mais avec qui partager cela ? À qui murmurer au creux de l'oreille « ce bruit de vagues est vraiment magnifique » ?

Le beau, je ne sais pas ce que c'est. Quand j'étais petit, en voyage, mes parents disaient souvent « c'est de toute beauté », surtout mon père. Je ne savais pas ce qu'ils voulaient dire, j'étais trop jeune, j'ai perdu la vue trop tôt pour savoir la beauté des paysages, je ne sais que la beauté des bruits ou des sensations sur la peau.

Les sons des vagues ont d'infinies variations. Certaines roulent avec fracas, d'autres s'écrasent discrètement, certaines balbutient et avortent, d'autres tempêtent. Jamais l'une ne ressemble à l'autre.

Quand je m'approche, je sens les vagues sur mes pieds, elles ont toutes une caresse différente. Celles qui m'inondent, celles qui me frôlent à peine, celles qui m'ignorent, celles qui m'envahissent. Elles sont si vivantes que j'aimerais les toucher et leur répondre. Je me contente de laisser traîner mes mains en espérant les comprendre davantage.

Ma mère m'appelle, je me réveille à sa présence.

— Allez Guillaume, on va un peu plus loin, c'est beau là-bas.

Les paysages donnent envie aux gens de marcher davantage, d'aller voir plus loin, toujours plus. Ma mère aussi en a envie, moi jamais. Mais j'obtempère toujours, de toute façon, elle ne m'écoute pas.

Encore je ne sais combien de temps à devoir faire attention, à se piquer aux plantes ou à trébucher sur les pierres. Pour elle peu importe, elle verra le paysage tant attendu, elle le photographiera, elle le gardera en mémoire. Plus tard, elle regardera les photos avec émotion, elle aura complètement oublié les ronces et leurs égratignures, mais moi, j'y repenserai quand elle me mettra la photo sous le nez en me rappelant que je ne vois pas mais elle décrit.

Parfois, j'enregistre le paysage, je capte les sons, à son insu, ou du moins je me plais à le croire. J'enregistre pour que quelque chose se rappelle à moi. Les cigales du soir, la mer et ses vagues infiniment recommencées, l'océan brutal, le lac, la ville et sa rumeur, le vent dans les branches. Et, quand une nostalgie me vient, je me repasse mes enregistrements, comme elle ses photos. C'est ma banque d'images à moi.

— Guillaume ?

— Oui, c'est bien moi.

Qui peut bien me téléphoner en utilisant ce prénom français.

— C'est John D., tu te souviens ?

Comme je suis un peu lent sur ce coup-là, il me parle français, et je me souviens. Le grand ami de mon père, un Anglais pure souche, un médecin, anesthésiste, on les voyait en France, lui et sa femme, quand j'étais gamin, ma mère les aimait bien. Puis le déménagement à New York, les chemins qui se séparent, et voilà. Des souvenirs me reviennent. Ça me fait tout drôle.

Il s'est installé aux États-Unis dix ans plus tôt. Il travaille à Boston mais il est venu passer quelques jours à New York pour un congrès, il vient de retrouver ma trace, via les réseaux sociaux.

— Je me suis dit que c'était l'occasion ou jamais. Ça fait tellement longtemps, vingt ans. Ton père aurait aimé nous voir ensemble. On va rattraper le temps perdu, Guillaume, comment va ta mère ?

Cette entrée en matière me le rend tout de suite sympathique. Vingt ans, je crois que c'est davantage, à moins qu'on ne se soit revus lors d'un voyage en France, je ne sais plus.

— Tu as eu raison de m'appeler, John.

— Tant qu'on vivait ensemble avec Ingrid, impossible de quitter la France, elle détestait l'idée d'habiter aux États-Unis. Quand on a divorcé, j'ai enfin pu accepter un poste. Bon, maintenant qu'on a renoué le contact, on va se voir, j'ai hâte de savoir ce que tu es devenu, allez, tu es libre quand ? On se voit d'abord tous les deux, hein ?

Je bafouille, je ne sais pas trop quoi dire, résumer vingt ans de vie, ça tient en deux mots, solitude et job pour handicapés, pas de quoi remplir un week-end. Alors, pour avoir une contenance et me laisser le temps de réfléchir, je lui demande s'il s'est remarié. Si je vais chez lui, pas question que je me tape sa nouvelle femme.

— Bien sûr que non mon vieux, c'était l'idée de génie mon divorce, même si, sur le coup, j'ai cru m'effondrer. Maintenant, je ne jure plus que par les sites de rencontres, je passe d'une femme à une autre, sans attache, ça me va parfaitement, mais je te raconterai ça, tu viens quand ?

Cette chaleur dans la voix, c'est tellement rare, ça me fait du bien, je crois que je vais accepter son invitation. Enfin, à peine ai-je cette idée que ma procrastination ordinaire refait surface. Je joue la montre, dis que je rappellerai, j'attends bêtement de me sentir prêt.

Pour me consoler de ne jamais trop savoir prendre de décisions, je file prendre un bain chevelu, mon coiffeur m'ayant fait une livraison supplémentaire que la voisine du rez-de-chaussée, une vieille dame délicieuse aux manies de concierge, a réceptionnée. C'est vraiment une bonne recrue – le coiffeur, pas la voisine, quoique si, la voisine aussi qui ne m'a rien demandé. Elle m'a juste dit en passant, je ne savais pas que vous étiez artiste. J'ai failli dire moi non plus mais j'ai renoncé. Je crois que ce statut est l'idée du siècle. L'ensemble des choses que l'on va me pardonner avec ça.

Je lance la musique – la symphonie n° 8 de Dvořák, parfaite en la circonstance – et déroule le large tissu très épais qui enveloppe ma réserve de cheveux en tous genres. Mon trésor. Je prends les mèches une à une, lentement, avec toute la main, et du plat de l'autre je les lisse. Puis je les touche du bout des doigts et les sensations sont complètement différentes. Je les pose toutes à terre sur le tissu. Je me déshabille et m'y baigne. Au milieu des cheveux des autres, de ceux de ma mère, de ceux de trois mètres, de ceux de Lucy, des miens. Les sensations commencent à se mêler à mesure que je me vautre et m'abandonne. Il y a les cheveux rêches, les bouclés, les raides, les tendres, les piquants, ceux de la douceur du monde, la naissance des cris, la racine des pensées. Les cheveux sont l'intériorité révélée, les vérités crues, les mystères éclaircis, et je crois me tenir en lien avec les pensées intimes des uns et des autres, la mèche de trois mètres en bonne place. Les cheveux me disent les aventures cachées, me murmurent les histoires oubliées, me révèlent les paradis interdits. Ce sont des voix multiples et infinies. Je les entends. Un bruissement sauvage, les secrets de tous ces inconnus, ceux de ma mère, les miens mélangés aux leurs. Je jouis fortement, dans mon cerveau, dans mon cœur, je ne sais plus où.

Et puis, soudain, je me regarde de loin, je sais encore le faire – c'est au moins ça que les pommes dauphine n'auront pas – et là, ça fait mal, très mal, je me trouve tellement ridicule que je range tout d'un coup, toutes couleurs confondues, toutes longueurs.

Bon, les cheveux, c'est beaucoup mieux que l'alcool ou la drogue, la vraie, parce que mes cheveux, c'est une petite drogue, je le sais bien. Et puis j'aurais pu être dépressif, ça aurait été pire.

J'ai dit à tout le monde que j'étais artiste. Artiste.

Et si j'étais vraiment un artiste ? Encore faudrait-il savoir exactement ce que c'est. Je suis là, chez moi, les bras ballants, à me demander comment on devient artiste. En fait, j'ai envie de nourrir le vide dans lequel je suis installé depuis quelques semaines, avec cette incapacité à pondre quoi que ce soit de mon projet révolutionnaire. Les cheveux ne me comblent que de façon très éphémère, les putes me lassent, alors pourquoi ne pas tenter de réaliser ce pour quoi j'obtiens si facilement des laissez-passer. D'autant qu'ils m'attendent tous au tournant, les coiffeurs et autres voisines. Et puis, ma vraie motivation, c'est Carol. Si je pouvais lui glisser un « je suis artiste », j'aurais peut-être une chance d'attirer son attention. Mais une fois que j'ai dit ça, je ne suis pas tellement plus avancé.

Perdu dans mes élucubrations, je décide de prendre le taureau par les cornes et de demander de l'aide au voisin, après tout il cuisine pour moi, alors pourquoi ne m'aiderait-il pas à pondre un semblant d'œuvre.

Je me lance sans plus d'atermoiements, je sonne chez Peter Byron.

— Comment devient-on artiste, Peter ?

Ça ne l'a pas embarrassé plus que ça. Et il m'explique, comme un vrai dico pour diminué du bulbe – ce que, au fond, je suis peut-être –, qu'un artiste est un créatif qui fourmille d'envies.

— William, si tu veux être artiste il te faut des idées, c'est le nerf de la guerre, après, tu utilises le medium que tu préfères, chacun son truc, moi, à tout prendre, ce serait la sculpture.

Et moi, je ne sais pas quoi répondre parce que la sculpture, je m'en tape, et le reste concerne plutôt les voyants. Mais comme j'ai sillonné les expos d'art contemporain avec ma mère, une idée pourrait peut-être me venir.

— Un artiste ça compte, ça fait rêver les gens. Tu veux devenir artiste ?

Sa question directe me met mal à l'aise, il est un peu tôt pour lui lâcher mes dernières velléités.

— Je ne sais pas, on en a parlé avec mon coiffeur.

— Tiens, un coiffeur. Tu peux tout utiliser pour l'art, les cheveux, les plantes, les sauterelles.

Et il part dans un fou rire qui me laisse le temps de retrouver mon assurance. Pour couper court à ses questions, je prends au bond sa dérive sur les sauterelles. Il y a eu des naissances et il a l'extrême bonté de m'en mettre une dans la main. Je sens son petit fourmillement, c'est ténu, tendre et excitant, j'en ai l'eau à la bouche et j'ai peur de baver inconsidérément.

De retour chez moi, je m'interroge tout en nettoyant la cafetière. Une idée, il faut une idée pour être artiste, Peter Byron l'a dit. Mais je ne me sens pas créatif pour deux sous. Et puis cette œuvre, c'est avant tout pour moi que je la veux – au-delà de Carol – pas pour les autres. Pour être honnête, j'en ai rien à cirer de faire rêver les gens, c'est moi qui ai envie de rêver.

Je cherche dans le fatras de mes pensées diverses, la réponse est peut-être là, toute proche, dans un pli de ma folie ordinaire.

Je m'allonge sur le canapé en posture de réflexion interne, pour que quelque chose surgisse. En vertu du fait que la première idée est toujours la meilleure – *dixit* Helen – je vais la guetter et la piéger dès qu'elle se pointera.

Dans le rêve éveillé dans lequel je me plonge, il ne se passe pas grand-chose et je commence à déchanter, artiste, ça ne doit pas être pour moi.

Je suis resté là une heure peut-être, sec et désenchanté. Au moment où j'allais renoncer m'est venue une sensation, une main amie m'enveloppant de la mèche de trois mètres. Eh bien, cette main amie, en la regardant de plus près, j'y ai vu celle du robot de mon anniversaire de neuf ans, celui-là même que j'ai emmené à l'hôpital au moment de l'accident. Une machine robotisée, je vais créer ça. L'excitation et la fébrilité me tombent dessus d'un coup, je me lève et dicte deux trois mots à mon téléphone dans une rubrique que je nomme pompeusement « notes pour une œuvre d'art. Bras articulé enveloppeur de cheveux ». C'est un début.

Bon, en même temps c'est un peu maigre. Ce qui manque, c'est une muse. Carol pourrait bien remplir cet office, ce serait un joli rôle à lui assigner. Et moi, je pourrais me prendre pour Dalí, Henry Miller, Picasso ou je ne sais qui du genre.

Je me laisse envelopper par l'ambiance de LaGuardia Square, par elle, Carol, par sa voix, par son rire. Je rêve dans mon coin, l'esprit en pleine divagation, le corps inerte. Je laisse les pensées se succéder, attendant que l'une d'elles s'installe plus franchement. Dans la rue, un enfant se met à hurler, il appelle sa mère et tout s'enchaîne dans ma tête. Le cri premier, mon cri, mon premier gémissement d'aveuglé, ce fameux gémissement qui me hante. Mon bras articulé pourrait gémir ou, mieux, se déclencher grâce à un cri, je saurai coder ça, c'est simple.

Soudain, c'est l'effervescence, je sens le bras m'envoyer des insectes à la gueule, m'arroser de cheveux et de tout un tas de trucs, crier des mots inaudibles ponctués par le rire de Carol et, clou du spectacle, me placer un nez au cœur de la face. Je me lève, cette dernière image me galvanise.

Je tiens l'idée. Mon œuvre sera organique, d'ailleurs je l'avais annoncé, à l'hosto, quand j'avais récupéré la mèche du frappadingue.

Je rajoute un lancer de salive dont ma mère avait le secret, quand, enfant, je me salissais et qu'on n'avait rien pour m'essuyer. Un petit pfuit distingué qui m'atterrissait sur la main ou sur la joue.

C'est le week-end, pleine liberté pour me lancer dans la construction. Heureusement que j'ai appris à souder. Je m'efforce de créer le côté bave maternelle grâce à un bon vieux tuyau récupéré de l'ancien dispositif de ma douche. Ça s'appelle du détournement d'objets usuels, ça se pratique depuis longtemps, mais pour la bave, ça non, on n'avait jamais vu ça.

Après tout, il y en a peut-être d'autres comme moi, des nostalgiques de salive maternelle. Faire partie d'une communauté d'extravagants, c'est tout de même rassurant, on se sent moins seul. Et si on n'a pas la communauté, on l'invente. Je ne côtoie jamais la communauté des aveugles, alors autant en chercher une autre, celle des appréciateurs de bave par exemple, et le plus beau c'est qu'elle existe, sur internet on trouve ça, des fondus de mon genre. La folie de taper « jets de salive » dans la barre de recherche.

J'ai pris quinze jours de congé qu'ils m'ont autorisés tellement Johnny se débrouille bien et je travaille comme un forcené.

Bon, faut se rendre à l'évidence, il va me falloir de l'aide pour réaliser cette satanée machine qui s'avère plus compliquée que prévu. C'est quand même LE truc qui doit me compléter. J'ai le trac comme à mon premier examen lorsque je prends mon téléphone pour soumettre mon projet à un labo de recherche biotechnologique. Allez raconter que vous fabriquez une machine à vous baver dessus et à vous enrober de cheveux, à vous coller un nez ou à vous balancer des bas sur la tête – parce que, bien sûr, j'ai rajouté des bas –, non, même à un aveugle on ne le pardonnerait pas.

— Je suis artiste, je cherche une aide technique pour la réalisation de ma prochaine œuvre d'art, aussi je vous appelle pour vous exposer mon projet, au cas où vous pourriez m'apporter votre concours. Il faut que je vous précise que je suis aveugle. C'est d'une aide un peu particulière que j'ai besoin.

Et vlan, j'ai brandi le handicap. Pour une fois qu'il me sert celui-là. Artiste aveugle, ça pose son homme.

— Monsieur, vous tombez plutôt bien, Philip G., notre directeur, est amateur d'art, me confie la personne que j'ai en ligne, avant de me le passer.

C'est comme ça que ça a commencé. Philip a adoré l'idée. Je suis allé tous les jours au labo, il m'a aidé pour tout, s'est marré en m'entendant parler du gémissement humain censé déclencher le mouvement des bras mécaniques, m'a montré comment programmer le tout et on a construit ensemble les divers éléments de cette foutue machine. On a même convenu que, le moment venu, Philip viendrait m'aider pour l'assemblage final.

Il sonne. Il fait quelques pas, j'imagine qu'il regarde. Il est silencieux et je suis incapable de voir de quoi est fait son silence. Je n'en mène pas large. Comme si, avec leurs yeux, les voyants allaient creuser chez moi et trouver des choses inavouables sous les couches superficielles, comme si les voyants étaient des fossoyeurs de la lumière, cette lumière qui m'est interdite, et comme si mon appartement était une sépulture pour un homme de l'ombre qui ne redoute rien tant que l'on vienne violer son tombeau.

On passe dans la salle de la machine. Philip émet un sifflement. Une sorte de monstre métallique à six bras, alien version XXIe siècle avec gangue de caoutchouc en son centre, trône dans la pièce. Il reste immobile plusieurs minutes puis se met à fureter. J'attends, sur le qui-vive. Je me sens terriblement mis à nu.

— L'odeur de ce caoutchouc, t'as trouvé ça où ?

Il a raison, complètement entêtant, à se demander de quelle drogue il est enduit.

Il n'a pas fait d'autre commentaire, a joué la carte de l'efficacité, le mec parfait. Il est venu tous les soirs, on a bossé comme des dingues, week-end compris. C'est drôle comme il a aimé faire ça. Il m'a sauvé, sans lui je n'aurais pas pu finir.

Il essaie la machine pour pouvoir faire des réajustements techniques, et puis peut-être aussi par curiosité. Quand il se glisse dans la gangue de caoutchouc et laisse le mécanisme se refermer sur lui, je retiens mon souffle, j'ai peur que tout ne soit lamentablement banal. Quand j'entends la machine gémir et les bras mécaniques pivoter autour de lui, c'est pire encore. C'est mon premier visiteur et je me sens à un examen d'entrée dans le sacro-saint monde artistique. Les visiteurs, ça y est, je me crois déjà au MoMa.

— Ma foi, c'est envoûtant ton truc, t'es barjot. Faut oser y aller, mais c'est une expérience.

Merci Philip. J'ai même cru déceler un silence admiratif, je crois que je vais vraiment me prendre pour un artiste.

Durant toute cette période, Carol a été omniprésente, je lui parlais, je m'imaginais lui montrer ma machine, j'imaginais ses réactions, son plaisir, ses silences respectueux, ses commentaires. Quel con, jamais je n'oserai. J'y suis retourné deux fois, c'était toujours pareil, étrangement séduisant et frustrant. Dès que je franchissais la porte pour rentrer chez moi, j'étais pris dans le manque et l'absence. Heureusement que la machine était là pour compenser.

J'ai zappé ma mère que j'ai coutume de voir tous les mercredis. Non maman, je travaille à mon œuvre d'art, je n'ai le temps de rien. Et, un matin, je suis quand même reparti au boulot, parce qu'il faut bien gagner sa croûte, ou tout au moins faire acte de présence.

Mon arrivée après ces congés est particulièrement remarquée, ça me met de bonne humeur. Tout le monde me salue, me pose des questions, tous me disent que j'ai une mine radieuse, certains regardent si je suis bronzé. Non, ma machine n'a pas encore l'option UV. Construire cet engin m'a vraiment fait du bien.

Je vais retrouver George et Johnny qui m'accueillent à bras ouverts.

Helen passe me voir.

— Guillaume, vous nous avez manqué. On se débrouille sans vous, mais vous ajoutez quelque chose. Tenez, une boîte de cachous spécialement pour vous.

Sa voix professionnelle se teinte d'autre chose, ce je ne sais quoi que je n'identifie toujours pas et qui me laisse cette fois encore un peu perplexe.

Le soir je rentre et me colle dans ma machine, c'est un parfait sas de décompression et, même si la journée a été bonne, ça me fait un bien fou.

Je mets en route la machine, elle capte ma présence et s'ouvre. Je me glisse entièrement nu en son centre, cet espace vide de la forme de mon corps. Elle se referme sur moi, je sens la gangue de caoutchouc m'environner, son odeur m'envahir. Mon corps se réveille à lui-même.

Ma machine m'enveloppe. J'y abandonne mon souffle, j'y dépose mes pensées et, peu à peu, elle exalte le vide qui m'habite, trace des zones d'ombre au sein de mes entrailles, creuse l'image du désir et répond à mes attentes par un murmure d'oiselle effrayée. Je suis immobile, il ne se passe rien d'autre qu'être là. Un jet d'eau envahit mon visage, mes narines, mes yeux, me lavant de toutes mes vexations accumulées. La machine gémit. C'est le premier état du cri. Ce fameux cri de mon réveil d'aveuglé. C'est alors qu'un bras articulé me colle un masque sur la tronche. Mon visage s'emboîte, je suis au bord de la jouissance, avoir un nez, sentir cette excroissance se poser sur moi, sur mes narines, un instant volé à l'éternité, un moment d'absolu, le moment où tu crois juste être comme les autres, l'effacement d'années d'humiliations pour cause de nez déficient. Ce masque est un miracle à l'état pur. J'attends le gémissement, dans un espoir fou. C'est le deuxième état du cri. Un peu déçu – hélas, je suis toujours déçu, cette histoire de gémissement est une vraie arnaque –, je marque une pause. La machine pivote à nouveau et, cette fois, c'est le côté chevelu qui m'arrive dessus. Un troisième bras mécanique vient m'enrober d'une longue masse odoriférante, un corps chaud, enveloppant. Je m'abandonne là plusieurs minutes. La machine devient comme une excroissance de mon corps. Amoureuse, collante, elle m'emplit de ferveurs inavouables. Quand, au signal sonore, le linceul chevelu s'évanouit dans un mouvement de la machine, je suis prêt pour l'ensemencement insectuel et, bouche ouverte, je reçois l'hostie sacrée qui se dépose sur ma langue. Tout un tas de pattes et d'ailes parvient dans ma bouche pour me chatouiller voluptueusement et me redonner le désir de m'alimenter, quand parfois il me quitte. Puis vient le quatrième état du cri, c'est moi qui le produis, et je me rapproche chaque jour davantage de ce cri primal qui me hante, le cri de mon réveil d'aveuglé. La machine a oublié de me coller des bas sur le visage, je vais en parler à Philip, il y a peut-être un bug.

Ma machine absorbe toutes mes différences, je sors de là heureux, reposé. Elle est comme une confidente à qui je n'aurais pas besoin de parler. Elle est là pour laver toutes les frustrations de la journée, ces petites blessures infligées aux anormaux, silences circonspects ou détournements brusques, rires des enfants ou bonds de côté des passants. Quand je suis en elle je ne pense plus à rien, je suis juste rempli de moi-même, l'extérieur ne peut plus ni m'atteindre ni m'amputer.

On est jeudi, je vais chez Carol pour lui parler ailleurs que dans ma tête et lui révéler l'affaire de la machine. La détermination chevillée au corps, je marche dans la rue le plus vite possible, presque en saccades, pris par l'émotion.

Je respire un grand coup et entre. L'odeur de haschisch me saute à la figure, j'imagine que Pedro fait sa tournée. Ils parlent tous très fort, j'en ai presque un malaise, c'est peut-être l'émotion. Je marche un peu ici ou là, je dis bonjour si on me parle mais ça n'arrive qu'une fois. C'est vraiment bizarre cette impression d'être fantomatique.

J'entends la voix enchanteresse de Carol, son rire, je suis toujours aimanté. J'essaie de me rapprocher d'elle pour pouvoir enfin lui parler, je suis tout proche de mon but avec en tête tout ce que j'ai imaginé lui dire. Un silence s'amorce, c'est incroyable, ça va être à moi, je m'éclaircis la gorge, je vais me lancer, j'ouvre la bouche.

Aucun son ne sort. J'essaie encore, rien. Une peur du fond des âges me prend, me cisaille l'estomac et m'impose de me taire. Quelque chose m'a ensorcelé et condamné au silence, elle ou sa maison, si seulement je savais. L'occasion est passée, le téléphone sonne. Je m'écroule lentement contre la bibliothèque. Je me crois balancé à nouveau dans cette incapacité à dire qui m'avait envahi après l'accident. Toujours le même scénario. *Rewind* sur mon disque rayé.

Un mouvement me tire soudain de mon apathie, des gens se précipitent.

— Jonathan, *my love*, enfin te voilà.

Carol l'embrasse. Je déteste ce bruit. Un rival. J'ai un rival.

— Combien de temps, six mois au moins ? dit une voix inconnue.

— Venez voir, Jonathan est revenu ! clame Leila.

Et le troupeau stagnant dans la cuisine de se déplacer prestement avec force cris. Même Bob s'arrête de parler. Le sculpteur, pareil. Seul Pedro, qui est près de moi, finit tranquillement de se rouler un joint tout en murmurant « il attendra, je me fais un stick ». J'adore entendre ça. Je ne sais pas si c'est à moi qu'il parle, mais je réponds à tout hasard qu'il a bien raison. Silence étonné, non ce n'est pas à moi. Comme j'ai l'impression qu'on est seuls, ça doit être à lui-même. Il allume son stick et me propose de fumer. C'est con que je ne fume pas, je me serais peut-être fait un copain. Il me regarde bizarrement, j'en donnerais ma main à couper.

Carol c'est ma muse, ma belle de jour, mon paysage insoupçonné, ma voix captive, ma lumière indéchiffrable, mon regard resté au bord du ciel, celle qui me fait entrevoir que la vie est un acte poétique. Carol, c'est mon fantasme personnel, on ne me la prend pas.

J'imagine des tortures pour mon rival. C'est affreux, je sais, mais je ne peux pas m'en empêcher. J'ai des images invraisemblables. Je me vois l'égorger. Et parfois, c'est beaucoup plus barbare.

C'est en plein spleen que Peter Byron vient me déranger. Il frappe et entre sans ménagement.

— Mon vieux, tu sais ce qui m'arrive ? Je me suis inscrit sur un site de rencontres.

Il a une excitation dans la voix que même les sauts de ses sempiternelles sauterelles ne lui donnent pas. Il n'attend pas que je réponde, file à la cuisine, prend deux verres et me dit « j'ai apporté du whisky ». Moi, j'attends. Je suis un peu surpris, d'habitude il est tellement précautionneux et poli, jamais il ne débarque comme ça, il doit se passer un truc spécial. Je me sens vaguement envahi. Je vais fermer la porte de la pièce de la machine, un peu inquiet qu'il ne l'aperçoive, mais il est sans doute trop fébrile pour ça.

— Figure-toi que je dialogue depuis un mois avec une femme, eh bien je l'ai rencontrée hier soir.

Et là, il a un temps d'arrêt, comme s'il guettait sur mon visage une expression. Mais sur mon visage, il ne doit pas se passer grand-chose. Quand t'es réparé de la face, tu ne fronces pas les sourcils, tu ne plisses pas le nez et tes yeux ne disent rien. Et comme je ne souris pas non plus, ça doit être un peu froid mon affaire. Je réussis malgré tout à articuler un « super, et alors ? » à peine forcé, de toute façon il est trop excité pour s'en rendre compte.

— Elle me plaît, c'est incroyable mon vieux, ça faisait un temps fou que ça ne m'était pas arrivé, depuis Christie d'ailleurs, j'ai même cru que j'allais finir vieux garçon.

Il décrit la femme et tout ce qui lui plaît, ses cheveux, la douceur de sa voix, sa façon d'écouter, ses yeux, son air penché, son intelligence et je vois bien que c'est ça être amoureux.

— Bon, finalement on a bu un verre chez moi après le dîner, et voilà, on a conclu.

Il t'assène ça d'un coup, en oubliant que toi tu ne vis jamais la même chose et que tu en crèves de ta solitude crasse. On a continué à boire, il a continué à parler d'elle, il a fini par me demander comment j'allais, et puis elle a téléphoné et il m'a laissé, dans la même précipitation que celle qui avait présidé à son intrusion.

Je reste là, sans voix.

Un site de rencontres. Si Peter Byron l'a fait, pourquoi pas moi. Bon, bien sûr, Peter Byron a un nez et des yeux, mais quand même. C'est vrai, après tout, on se ressemble avec Peter et tous ces handicapés de la vie qui préfèrent le virtuel. Et, comme tous ces gens, j'ai envie d'essayer, pour me dérouter de Carol et de mon attente, de mes lassitudes professionnelles et des légumes de ma mère. Pour qu'un événement ait lieu, pour me sentir vivre, pour avoir quelque chose à raconter au-delà de cette machine qui, parfois, sonne comme un testament.

Jusqu'à présent, internet, je l'utilisais comme tout un chacun, enfin, comme un bon aveugle qui se respecte. Toutes les infos du monde à disposition, les achats en ligne, les bibliothèques sonores, les films, les réseaux sociaux – même si je ne sais jamais quoi y faire –, les messageries et j'en passe, bref, des services à foison, l'aubaine des empêchés. Les personnes empêchées, quelle appellation ! On a des incapacités paraît-il, des limitations, des désavantages disent les plus polis. Moi je ne sais pas, j'ai surtout des envies de passe-partout. Tu me regardes, il ne se passe rien, tu me suis dans la rue, tu ne remarques rien, tu me parles, tout est parfaitement normal. J'ai le fantasme à fleur de peau.

Eh bien, avec mon fantasme à fleur de peau, je vais désormais aller pêcher une femme sur internet, là où personne ne sait qui tu es réellement. Il doit bien y avoir des femmes qui aiment les drôles de tronche, si je peux en trouver une, c'est bien là. Une voyante, mon espoir de toujours.

Je tente. Cette excitation à taper « sites de rencontres » dans la barre de recherche. Mais je déchante vite, ce n'est vraiment pas fait pour les aveugles, il faut que j'invente un système. Je n'arrive pas à naviguer correctement, l'image est omniprésente et ma synthèse vocale trop souvent silencieuse. Il y a des rubriques à remplir que je ne saisis pas, bref, sans guide, c'est difficile. Le terrorisme iconographique des voyants me sort par les yeux. Nous aussi on y a droit, aux rencontres sur le net.

Mais à qui demander de l'aide ? Je ne vais pas embêter Peter Byron alors qu'il roucoule. Ma mère non plus, elle me les sélectionnerait d'office.

Deux jours après cette idée miracle et maintes tergiversations, j'appelle John. Après tout, c'est lui le premier qui m'a vanté les sites de rencontres. Je vais aller en formation chez lui.

Je ne pensais pas lui faire autant plaisir en proposant de débarquer le week-end suivant. Je n'ai parlé de rien au téléphone, pas osé.

Je sors du train, plutôt fébrile, ça fait longtemps qu'on ne s'est vus, John et moi, je me demande ce que ça va donner. Sa voix me surprend, toute proche.

— Ah Guillaume, je te guettais, comment vas-tu ? Viens, je suis garé devant la gare, je prends ton sac.

Et comme je fais mine de protester, il insiste. D'entrée il me plaît, il ne s'embarrasse pas, aucun silence douteux quant à ma tête, rien qu'une sorte d'amitié tranquille, presque joyeuse.

— Ça lui aurait plu à ton père de nous voir ensemble, et moi ça me fait plaisir, on va rattraper le temps perdu, je m'en veux de ne pas avoir essayé de vous contacter plus tôt, ta mère et toi. Mais tu sais ce que c'est, le boulot, la vie, et puis faut avouer mon ouistiti, ta mère, elle n'est pas facile.

Et là, il éclate d'un rire franc.

On arrive chez lui, il prend mon manteau et me sert un café dans une cuisine qui sent bon les épices.

— Mais dis donc, tu as un costume de rêve, tu t'habilles toujours comme ça ?

Je lui raconte mes escapades à Bleecker Street.

— Faudra que tu m'accompagnes, je ne suis pas très fort là-dedans.

— Avec plaisir, et en contrepartie tu me dévergonderas.

Il rit d'un air entendu. Je n'ose pas lui demander de m'initier aux sites de rencontres, il va falloir que je me décoince avant la fin du week-end.

Et les heures ont commencé à filer, il racontait tout un tas de trucs invraisemblables avec son air de ne pas y toucher, son humour british et ses inventions loufoques. Et puis, çà et là, il me parlait de mon père avec tellement de chaleur que des élans de tendresse me venaient, c'était comme si je revisitais mes années d'enfance. Il répétait « on a perdu du temps Guillaume, on va le rattraper ! ».

— Bon, tu veux que je te dévergonde comment ? Les boîtes de nuit, les échecs, les sites de cul ?

Il ne pouvait pas mieux tomber. J'ai répondu « les sites de cul » et il s'est esclaffé.

— T'as bien raison mon ouistiti.

Et ce surnom ne m'a plus lâché. Mises à part deux heures le samedi après-midi dans les boutiques, on a passé tout notre temps sur les sites. Avec son ton de ne pas y toucher et sa voix doucereuse, il m'a effectivement initié.

— Les femmes, elles aiment qu'on leur parle. Dans la vraie vie c'est toujours gratiné, trop ou pas assez, tu as sans doute connu ça – ben non justement, enfin si, avec Carol, mais là c'est pas du tout. Dans le virtuel, c'est beaucoup moins compliqué. Tout est plus direct, ça décoince tout le monde, bref, c'est pain bénit, et toi tu les séduis à tour de bras. Tu leur montres que tu as roulé ta bosse, sans leur faire croire que t'es blasé, tu les fais rêver tout en leur prouvant que t'as les pieds sur terre, tu te lâches tout en ayant l'air de maîtriser la situation, mais quand même, elles te font perdre la tête. Et le tour est joué, elles sont toutes à tes pieds, ça peut pas louper. Et puis comment faire rêver les femmes ? Avec ta gueule, mon ouistiti, tu peux pas, alors il te reste internet. Ton père aurait adoré ça.

Il éclate de rire, c'est d'un reposant.

Et tandis qu'il me raconte d'incroyables histoires de chiens égarés dans le brouillard de Londres, il m'entraîne dans les méandres des sites de rencontres. C'est drôle de l'entendre me lire les annonces, commenter, rire. Il te faut naviguer d'un profil à l'autre, parce que, quand t'es un homme, tu peux toujours te brosser pour attendre qu'on te contacte. Tiens, regarde celle-là. *Donnez-moi l'envie d'avoir envie de vous ! Séduisez-moi, apprivoisez-moi, tentez-moi...*, tu en dis quoi mon ouistiti ? Ça te parle ? Moi oui. On la voit de dos sur la photo, ça flashe bien, un joli petit cul et des jambes de rêve. On va essayer avec ta synthèse vocale sur ton ordi, parce que le jour où je ne suis pas là, tu fais comment ?

Il m'apprend comment aller dans tous les coins. Ma synthèse lit tous les posts, fautes de langue incluses, et même ses dialogues à lui. Je suis tout, ça me fait un peu bander, j'adore.

Je refuse qu'il me fasse un profil parce que là, le handicap, je vais me le gérer tout seul en autonomie, comme s'il n'existait pas. Bref, en sortant de chez John, j'étais un autre homme.

C'est là que l'addiction a commencé, insidieuse et tenace. L'envie qui taraude, la compensation de cette chienne de vie, la revanche sur Carol et mon insignifiance crasse.

Cette excitation la première fois que je me mets sur internet pour mes propres recherches, c'est-à-dire dès le dimanche soir, de retour chez moi. Que personne ne me surprenne. Le cœur qui bat, l'envie d'aller vite, de dialoguer, l'impression d'y jouer ma vie, mon avenir. Et des pensées pêle-mêle, Helen, Carol, se demander si elles ont essayé les rencontres sur le net, Lucy, ma mère qui a peut-être pléthore de discussions en ligne.

Là, avec internet, finis les putes et les rêves éculés, je saute dans le virtuel pour draguer tous azimuts des voyantes que je compte bien rencontrer et baiser dans ma vie réelle, celle qui vaudra enfin la peine d'être vécue. Et j'espère faire un malheur. Là est le lieu où je vais enfin me révéler, je le sens, ou plutôt je me le raconte, parce que j'ai l'illusion chevillée au corps. J'ai beau savoir que je risque de faire un flop monumental à la première rencontre, je vis ça comme La Mecque. Je suis pris dans le fol espoir de sortir enfin de ma condition d'handicapé des choses de l'amour.

Règle numéro un, se construire un personnage qui est moi sans l'être tout à fait, plutôt celui que j'aimerais être. Une revanche sur le handicap. La vie rêvée et personne pour me rappeler à l'ordre.

Je pourrais m'appeler « beau gosse », un truc de mec frustré par sa gueule de travers, et me taxer de TBM, ou de « bel homme séduisant », ou de « on dit de moi que j'ai du succès auprès des femmes », bref, toute une panoplie de phrases renarcissisantes. Mais bon, le jour où je les rencontre, ces femmes, je fais quoi ? Je m'achète un masque ?

Je vais plutôt raconter comment j'ai envie de les faire rêver, m'inventer une façon de séduire. Les rendre folles du désir de me rencontrer, uniquement avec des mots. Des années que j'attendais ça, les faire fantasmer avec mon discours. Je me sens soudain des ailes, je me lance, l'illusion chevillée au corps.

Je me connecte aux sites conseillés par John, je choisis celui qui me paraît le plus facile à utiliser, je fais mes premiers pas et ils sont balbutiants. Avec une sorte de tremblement intérieur, d'excitation à la limite du contrôlable, je suis la procédure qu'on a mise au point ensemble. Je dresse un profil, hésite un temps fou pour le pseudo, finis par opter pour « raffinements » parce que j'ai beau aller du côté des sites de cul, je veux quand même de la subtilité. J'imagine que les femmes qui rêvent le mieux sont celles qui aiment le raffinement. Je n'ai pas les images, alors il me faut y aller fort avec les annonces et les messages, sinon comment les allécher, ces femmes de la vie ordinaire. Je donne mes vraies couleurs de cheveux et d'yeux, je note ma taille réelle, mon poids, même ma date de naissance est la bonne.

Pour l'annonce, c'est plus délicat. Je recommence je ne sais combien de fois, perds le site et le retrouve, hésite, corrige, me demande s'il faut que je leur parle d'elles ou de moi, vais voir ce que font les autres mais la plupart du temps je n'aime pas, bref, c'est dur et ça manque de faire baisser l'excitation première. Je finis par faire un brouillon et, enfin, quelque chose émerge : *Madame, j'aime votre corps, votre sensualité, votre féminité. J'aime votre façon de vous abandonner comme votre façon d'être dans la retenue.*

J'ai envie de découvrir votre féminité, de parcourir votre corps, de le sentir vibrer, de faire monter le plaisir, de vous amener là où vous n'êtes jamais allée... Laissez-vous tenter. J'ai presque peur au moment de valider l'annonce et le profil, je tremble un peu et me prends pour un dégonflé. J'essaie de me donner du courage en pensant à John, hésite à l'appeler, renonce, bref, je me fais deux trois nœuds avant de me jeter sur le marché. Je me demande, entre deux battements de cœur, comment une femme peut réagir à la lecture de cette prose dont je ne suis pas si fier. J'en crève tellement de ma solitude envers les femmes que ça me coince. Mes ambitions grandioses ont disparu derrière ce texte trop neutre mais je ne parviens pas à faire mieux. Ce qu'on peut être déçu par soi-même, parfois. Je me rassure en me répétant que, c'est sûr, John, plébisciterait.

Puis je cherche des femmes. Je lis, je choisis, ma synthèse vocale s'emballe, me débite d'un ton toujours égal et avec une neutralité parfaite les annonces salaces, sensuelles, débridées, crues, timides, décalées ou incompréhensibles tellement il y a de fautes. Et je vois vite que je déteste les annonces bâclées. J'ai mon bloc-notes à côté de moi pour noter les profils pas trop basiques et pouvoir y revenir. Pour l'instant, rien ne me tente vraiment. La déception me rentre dans le ventre, ça commence plutôt bancal cette histoire. Je me lève et vais voir ma machine, comme pour sentir si elle est toujours là, prête à m'accompagner si je fais chou blanc. Je m'y glisse un instant, le temps de me calmer avec les bas et deux ou trois insectes. Je repars devant l'ordi, légèrement revigoré.

Je finis par trouver une annonce plus engageante que les autres. *Étant débutante dans le libertinage je découvre... J'ai envie de nouvelles expériences, je recherche un bon professeur doux et attentionné qui saura m'initier.* J'ai de l'or dans les mains disent les putes, peut-être l'occasion de le lui montrer. Son message me donne l'impression que je vais savoir m'y prendre. Malgré tout, je fais dans mon froc en pensant aux voyantes. En baiser une, je me demande si je vais pouvoir. Une voyante de la vie ordinaire s'entend, pas une voyante qui se fait payer pour et qui feint l'excitation dès qu'elle te voit.

Je tergiverse un moment puis rédige un message que j'espère dans la bonne tonalité, courtois et prudent. *Bonjour, j'aime beaucoup votre annonce, elle donne une belle place aux hommes que nous sommes, elle laisse supposer que tout est possible. J'espère recevoir une réponse, si d'aventure mon message trouve un écho en vous.* Je me fais l'effet d'un joueur à la roulette russe qui engage sa vie malgré lui, ça me stresse tout en m'exaltant. Je me tiens là, sur la ligne de départ, totalement novice et fébrile. La salive me descend jusqu'au tréfonds des orteils et j'espère gagner la première manche, c'est-à-dire recevoir une réponse.

J'attends qu'elle m'écrive tout en visitant d'autres profils, mais rien ne vient. Au bout de deux heures, le cerveau en ébullition et la rage suintant par tous les pores, je laisse tomber d'un coup et me jette à nouveau sur ma machine qui, elle, répond toujours sur commande, ce que, bien sûr, une femme ne fera jamais, il faut que je me le mette dans la tête une bonne fois pour toutes.

Une fois mon bain de cheveux pris et mon visage complété, un rien rasséréné, je retourne à l'ordi, s'il n'y a rien, je vais mal le prendre. Vous avez un message, me dit ma synthèse vocale de sa voix atone. Je l'ouvre, dans l'effervescence. *Bonjour, merci pour votre message qui crée effectivement un écho en moi. J'aime l'idée que tout soit possible même si je ne sais pas trop ce que pourrait être ce « tout », je suis novice dans le libertinage.* Le bonheur à l'état pur, j'ai gagné la première manche.

Peu m'importe que vous soyez novice, en quelque sorte je le suis aussi, c'est ce que nous ferons qui comptera, qui nous donnera l'envie de nous connaître, de poursuivre. Qu'aimez-vous chez les hommes ? Qu'attendez-vous ?

Elle répond tout de suite, je n'en reviens pas, je suis tombé sur le bon créneau horaire. J'ai presque envie d'appeler John pour lui raconter.

J'aime être surprise (un bon point vu ce que ma gueule lui réserve), *j'aime ne pas trop savoir, j'aime la sensualité et la subtilité. Et vous ?*

Je reprends un peu d'assurance, mon palpitant a retrouvé son rythme de croisière et un sourire barre mon visage. *Chez la femme, j'aime la distinction et l'élégance, la finesse, je n'aime pas la vulgarité ou toutes ces sortes de choses que l'on rencontre parfois sur ce site* (comme si j'en savais quelque chose). *La créativité m'importe aussi, je suis créatif, plasticien* (il y a la machine tout de même). *Alors pour le dire en quelques mots, je suis à la recherche d'une relation sensuelle, légère et créative, dans le respect de chacun et de nos vies respectives* (du général qui ne mange pas de pain). *J'ai envie d'un brin de folie, d'un peu de séduction, de jeux coquins.*

J'aimerais qu'on prenne le temps pour cela, j'ai envie d'apprendre à vous connaître. J'ai aussi envie d'écrire des mots à faire tourner la tête et plus si affinités. En toute chose, je préfère privilégier la qualité à la quantité.

J'ai l'impression d'être devenu plus léger qu'une mouette en bord d'océan. C'était mon père qui disait ça, « léger comme une mouette en bord d'océan », je ne comprenais jamais pourquoi. Je surfe sur le plaisir de poursuivre le dialogue, l'excitation chevillée au corps et, avec elle, la peur de faire une bévue. J'ai bien conscience qu'elle peut me zapper à chaque instant, il doit y avoir quantité d'hommes qui lui envoient des messages. Surtout ne pas l'effaroucher.

La créativité me plaît, je suis moi-même musicienne. Je crois aussi que le sexe est le lieu de la fantaisie, de l'invention, pourvu qu'il soit vécu dans le respect, alors je comprends bien ce que vous écrivez. Je partage avec vous un attrait pour l'élégance et la finesse, la vulgarité me ferait fuir. Quel genre d'homme êtes-vous ? Comment aimez-vous les femmes ?

Je suis un homme calme, attentionné, doux, tendre et créatif. Un gentleman aux gants de velours qui cacherait bien son jeu. J'aime la féminité sous toutes ses formes (qu'est-ce que j'en sais finalement), *j'aime que la femme respire cette féminité, dans ses gestes, ses pauses, ses regards, mais aussi ses tenues, les bas, les robes, de celles qui soulignent les formes, et pourtant je n'ai pas besoin de ces artifices, je peux trouver une femme en jean et basket terriblement désirable* (en fait peu m'importe mais ça me fait balayer large). *J'aime qu'une femme soit douce, voluptueuse, sensuelle, un rien soumise mais à peine, qu'elle laisse l'homme avoir les premiers gestes, les premiers mots, qu'elle laisse l'homme être pleinement homme.*

Je comprends à merveille tous ces mots, racontez-moi. Comment êtes-vous pleinement homme ? La lecture de cette réponse me rassure, mes premiers pas ne sont pas trop maladroits.

Je suis terriblement homme, je vous laisserai le constater par vous-même... Je laisse la question en suspens, j'alimente son désir. Et puis, en réalité, je ne sais pas comment poursuivre.

J'aime ce programme, je frissonne en vous lisant. J'ai envie d'explorer toute la palette des plaisirs, de jouer avec les corps, sans contraintes. J'écris cela mais, en même temps, j'ai besoin d'être apprivoisée. Je me demande pourquoi elle tient autant à paraître novice et j'espère qu'elle ne joue pas les effarouchées parce que ça plaît aux hommes. Je n'ai pas du tout envie de croire à cette version, j'ai pris internet pour rêver en toute sérénité, ce n'est pas pour me poser d'emblée la question de sa sincérité.

Elle s'appelle Gail, j'aime assez. Je donne mon vrai prénom. Nous poursuivons le dialogue, toujours aussi prudemment, elle dit qu'une réponse crue l'aurait fait fuir, j'ai bien fait d'y aller doucement.

Je ne suis pas pressé, je ne suis absolument pas mort de faim et j'ai besoin de sentir une correspondance corps et esprit. J'imagine qu'elle aime ce type de discours. C'est étrange comme internet est le lieu de l'ajustement à l'autre alors même qu'on ne poursuit que ses propres désirs.

J'ai l'impression de passer un diplôme, du genre de ceux que tout le monde va t'envier lorsque tu l'auras enfin décroché, qui te rendra aimable, important et toutes ces sortes de choses.

On s'écrit tous les jours. Je n'ai plus peur qu'elle s'absente, on dialogue tard le soir. Parfois elle se décale complètement et écrit dans la nuit, alors je me colle au lit tendu par le manque. Je suis obligé d'avoir recours à ma machine pour survivre à la frustration. Je me demande ce qu'elle fait dans la vie pour écrire la nuit. Le lendemain matin, mon premier mouvement est pour l'ordinateur. Je deviens totalement accro. J'adore cette excitation qui habite chacun de mes instants, qui me vole des heures de sommeil, qui me rend plus fort, qui me fait l'existence enfin intéressante.

Bien sûr, quand elle me demande de me décrire c'est un peu plus délicat. Je tente quand même. *Commençons par le plus facile : 1,80 m, silhouette normale, plutôt mince, on va dire élancée pour ne pas froisser mon amour-propre, cheveux châtains, yeux bleus.*

Je ne lui dis pas que je suis aveugle, que mes yeux bleus sont de vulgaires prothèses oculaires. Certes, les gens s'y trompent, je fais illusion avec mon œil azur ouvert sur le monde, mais c'est un œil qui ne dit rien, qui reste figé, un œil mort, et tous finissent par s'en rendre compte.

Je détourne la conversation, promets de lui offrir un homme comme jamais elle n'en a eu, je dis qu'elle sera surprise, et comme elle demande des explications, je fais le mystérieux, un brin de romantisme en prime. Je me conforme à ses mots, à ses envies. Je me fais mon film dans mon coin, un vrai film d'homme ordinaire qui me donne à rêver comme je n'ai plus rêvé depuis longtemps. *Je serai pour vous comme une première fois, comme ce que vous n'auriez jamais connu, une chose inaugurale, laissez-moi être cela.*

On dialogue comme ça presque deux semaines. Le jour de ma mère je piaffe d'impatience et l'expédie vite fait bien fait. En ce moment on se voit au restau, je n'ai aucune envie de lui montrer ma machine. Elle enrage, je tiens bon. Le soir où je vais chez Carol, un jeudi – ça devient mon jour –, on s'écrit une partie de la nuit.

Je dors de moins en moins et suis de plus en plus survolté. J'ai, en permanence, l'émotion au bord des lèvres. Au boulot, ils se posent des questions, Helen m'a même dit que j'avais une mine superbe. Qui plus est, je me prends de plus en plus pour un mec bien, digne d'intérêt et tout ce qui va avec. Le miracle d'internet.

John m'a appelé, je lui ai tout raconté et l'ai chaudement remercié, il était aux anges.

Et puis quand même, quelque chose ripe, Gail me demande une photo, me propose de m'en envoyer. Il fallait bien que ça me tombe dessus. Je panique. Que faire ? Demander à Peter Byron de me prêter sa tête ? Ma mère dit qu'il est séduisant. Je m'y vois, entre deux paniers de légumes, tiens Peter, au fait, tu me donnerais une photo pour mon site de cul ? Improbable. Je rumine toute la journée ma réponse, je suis affreusement déconfit, ma sale tronche me pète à la gueule, il fallait bien que ça arrive à un moment ou à un autre.

C'est dans la nuit qu'une réponse me vient. *Une photo ne fera jamais vivre un visage comme dans la réalité. La sensualité d'une expression, la tonalité d'un regard, la vivacité d'un mouvement de tête, la transparence d'un mouvement intérieur, rien de tout cela n'est vraiment présent sur les photos. Les photos qui me donnent envie de voir les gens sont celles qui sont énigmatiques, et puis non, n'en envoyez pas, je n'aime pas les regarder, et je ne vous en enverrai pas non plus, si vous n'y voyez pas d'inconvénient. Pourquoi s'embarrasser de photos, laissons l'imaginaire faire, puis la rencontre réelle venir mettre à mal tout ce que nous aurons imaginé pour jouer davantage encore à se croiser, à se reconnaître, à s'interroger sur ce qui pousse les hommes et les femmes à se rencontrer. La surprise est tellement agréable, je ne veux pas d'idées préconçues. J'aime jouer à tenter de se reconnaître dans la foule, j'aime regarder l'étonnement se lire dans le regard d'une femme quand elle s'assied en face de moi pour la première fois.* J'abuse d'écrire cela, mais j'imagine que ça va la convaincre et tout est bon. J'adore me prendre pour un voyant, lui faire croire. Ça passe, elle me répond qu'elle aime l'idée de la surprise, que ça la change des photos des autres. Premier obstacle franchi.

À chaque message une excitation nouvelle. Elle a tellement envie, elle attend tellement. J'ai enfin l'impression que quelqu'un vit pour moi, plus de trente ans que j'attendais ça. Le bonheur. Pour moi qui suis un pur produit du monde délabré des handicapés mis au ban, c'est inespéré. Et plus ça va, moins j'y vois l'escroquerie qui pourtant au départ me sautait aux yeux. Internet n'est qu'un ersatz mon vieux, internet est là pour te faire croire, internet te leurre, tu te crois heureux ? File dans la vraie vie, tu vas voir. Non, là, ce type de discours ne passe plus, je me le répète par habitude et je sens bien que c'est une sale habitude qui gâche tout et que je vais laisser tomber. Voilà comment on orchestre une chute alors qu'il serait encore possible de réagir. J'aurais pu le voir que c'était du flanc, de la poudre aux yeux, un miroir aux alouettes, mais non, je me suis enfoncé dans l'inexorable spirale de l'amour par procuration comme un noyé à qui on jette une planche.

L'amour via le net, je ne jurais plus que par ça. Même Carol avait moins d'épaisseur quand je pensais à Gail.

J'avais enfin l'impression de mener une existence intéressante. N'étant – et pour cause – pas pressés pour une rencontre, on s'est mis à parler de la vie, de ce qui se niche au plus profond de nous, de ce qui nous touche, de ce qui surgit sans nous effleurer. Et je me suis inventé un monde tel que je n'avais jamais osé en imaginer un.

Tout est pour elle. Je mémorise le moindre détail pour elle, j'ausculte les silences pour elle, que ce soit chez moi, à la banque ou dans la rue. Tous les bruits du monde y passent. Elle aime que je lui parle des bruits. Elle me demande comment je fais pour savoir. Je dis que c'est pour elle que je les écoute et elle me croit. *Vous remarquez des choses que personne ne voit, vous entendez ce que personne ne remarque, comment faites-vous ? J'adore vous lire, votre subtilité me plaît.* Quand je lis ça, j'ai presque envie de me rencontrer.

Je l'emporte avec moi partout. Par ses yeux, je regarde le monde, sa tonalité, ses images. Je les vois enfin. Elle est les yeux qui me manquent et le soir, quand je lui raconte ma journée, c'est comme si je l'avais vue. Je n'invente pas que les bruits, je décris aussi les visages, les costumes, les sourires, les couleurs, les intensités de lumière, les objets.

Elle me parle des enfants qu'elle n'a pas eus et moi je dis pareil. Elle me raconte que les montagnes fraîchissent le soir et toute la gamme des couleurs y passe. Je lui parle du soyeux des bas sur la peau, sans avouer qu'en fait je parle de moi.

J'y pense à chaque instant, j'écris mon prochain mail dans ma tête, je l'écris vraiment, je le corrige, je le relis, je le corrige à nouveau, je l'envoie, je l'imagine le lire, je prépare le suivant, je l'écris, bref, c'est devenu ma manière de peaufiner mon boulot.

On n'est plus franchement dans le style site de cul, du moins tel que je l'imaginais. Même si parfois je lui parle de la façon dont mes mains pourraient faire exister son corps.

John suit mes progrès de loin, il me répète que je suis tombé sur une romantique, mon ouistiti, et se marre.

Je ne discute qu'avec elle, moi qui me croyais parti pour des envolées tous azimuts, genre je drague à plein tube toutes les femmes qui traînent, histoire d'en récupérer au moins une pour la vie réelle. Bah non finalement, je me cantonne à celle-ci. J'adore ce que je lui raconte, j'aimerais recevoir mes messages. *Votre corps entier a un goût singulier, j'en suis sûr, rien qu'à vous lire. Votre corps ne peut qu'avoir ce goût et déjà j'en raffole. Tous vos mots sont un condensé de ce goût, chacun le contient, le murmure, le rappelle à ma mémoire. J'en ai une envie dévorante.*

J'imagine sa voix, ses cheveux, mes doigts dans ses cheveux, je dis la douceur de ta bouche, mes doigts dans tes cheveux. De tout ça elle raffole. Elle ne sait toujours pas que je suis aveugle, alors elle me prend pour un original, un romantique qui s'ignore. Quand elle saura qu'en plus je n'ai pas de nez. J'essaie de ne pas y penser.

Je vais vous avouer un fantasme dont je n'ai jamais parlé à personne. J'aimerais rencontrer un homme qui aurait les yeux bandés. J'aimerais qu'il ne me voie pas. N'ayez crainte, je ne suis pas repoussante, mais j'aimerais que l'image ne soit pas nécessaire,

À la lecture de ce message, je me mets à trembler, écrasé par la surprise. Elle a comme fantasme d'aveugler l'homme. Je me sens soudain promu au statut d'homme idéal. Je lui réponds fébrilement que c'est excitant et lui demande de me décrire plus avant son fantasme. Internet est vraiment le lieu de tous les miracles. J'appelle John illico et lui raconte, il est aux anges, tu as tiré le gros lot mon ouistiti.

Je surfe sur cette idée la journée suivante. Je n'en reviens toujours pas. Cette femme qui me fait rêver depuis des semaines a pour fantasme un homme aveugle. Bon, je ne devrais pas trop m'emballer, il y a peu de chances qu'elle veuille un aveugle pour la vie.

Et peu à peu la pensée de Gail s'insinue partout. Elle se met à avoir tous les visages, toutes les voix, toutes les peaux. Je crois entendre son pas à chaque passante, sentir son parfum à chaque femme que je croise, imaginer entendre sa voix partout où je vais. Elle se met peu à peu à habiter ma vie jusqu'aux moindres recoins, supplantant Carol. C'est le médicament du siècle.

Gail a permis quelque chose avec son fantasme d'homme aveugle. Elle m'a même ouvert une voie royale, si elle savait. J'ai du coup toute latitude pour lui parler de ma condition ordinaire qui se trouve subitement magnifiée.

Les yeux bandés, je suis voyant de l'intérieur, à travers vos mains, votre bouche, vos lèvres, votre douceur. Par vos mains, mon corps entier vous renvoie sa lumière. Je n'en vois rien. Vos mains me donnent à moi-même, tellement lentement. Je vous veux en permanence, à chaque instant, sans cesse, contre mon corps. Vos lèvres tracent des profils sur mon visage, votre bouche des horizons sur ma peau. Vous appelez ce que je suis, vous me fabriquez à moi-même, vous rendez mon corps visible. Une révélation. Je ne vois rien et vous déclinez ce que mon corps m'a donné, ce qu'il a fait de moi, ce que je suis advenu à travers lui. Gail, vous inventez des tracés sur mon corps aveugle. Vous aimez ça, et moi, je crois rêver. J'ai risqué le mot « aveugle » avec une joie que je n'aurais pas imaginé que ce mot me donnerait un jour.

Derrière mon écran, je pense à ses dessins sur mon corps, je crois les sentir sur ma peau. Ses gestes habillent mon silence, ses gestes enveloppent ce qui me manque, ses gestes hurlent ce que je ne dis pas.

Quand elle se tait, l'absence éclate sur mon écran, à mes oreilles, synthèse vocale impertinente, *pas de nouveau message*, envie de la gifler bruyamment. Les anciens messages défilent sous mes doigts hagards et surgit la peur qu'elle cesse définitivement de m'écrire, une peur qui devient gigantesque, qui cogne, bouscule, déferle sans répit.

Son message a fini par arriver ce soir, au moment même où j'allais éteindre, effondré. J'ai embrassé mon ordinateur, comme ça, comme on embrasserait quelqu'un qu'on aime.

En dépit de mes peurs et de mes effondrements, les mails reprennent toujours, comme si c'était la seule chose qui pouvait infiniment perdurer, déployant davantage cette relation qu'un effet de réel aurait figée à jamais dans une forme de passé inaccessible ou d'avenir incertain s'il n'y avait eu le virtuel.

Cette femme que je n'ai jamais rencontrée et dont je ne connais l'existence que depuis quatre semaines est devenue ma raison d'espérer. C'est quoi cette distorsion temporelle ? C'est ça les relations virtuelles ?

Alors bien sûr, il fallait s'y attendre, je ne rêve que d'une chose, retarder la rencontre. Je sais que tout retombera dès qu'elle me verra, c'est inéluctable, aucune autre issue possible. Je hais les pommes dauphine.

Ce qui a commencé comme un jeu pour passer le temps, tromper l'indifférence dans laquelle Carol me plonge, l'ennui à la banque et tout le reste, devient un truc terriblement addictif qui me fait fantasmer plus que jamais et me donne l'occasion de me prendre enfin pour un mec bien.

Pour réguler toutes ces pensées qui vont et viennent, cet espoir fou qui s'accroche à Gail, cette peur panique que tout s'arrête, je vais voir Lucy – je lui ai définitivement pardonné pour le VIP – puis Carol, puis Lucy à nouveau, mais rien n'y fait.

J'ai tout raconté à Lucy, elle dit que je devrais prévenir Gail pour mes yeux. Elle est gentille pour le nez et la sale tronche. Carol m'ignore toujours autant, me rappelant ma transparence indéfectible. Et, plus que jamais, mon visage me semble être ce château hanté qui s'estompe et disparaît à la vue tant les courants d'air le traversent. Si seulement Carol me regardait, mon visage se fixerait peut-être quelque part et commencerait à exister. Parfois, je sens de la lumière sur moi, une chaleur qui se répand, lentement, comme un regard. Mais ce n'est jamais le sien.

Tout s'enfonce dans la béance que mes yeux éteints aménagent au cœur de mon visage et tout prend racine en moi, stocké dans un recoin de mon corps, de ma conscience, de mes veines qui diffusent l'amertume jusqu'à la moindre extrémité.

Les mails de Gail n'ont finalement pas effacé la vexation qui s'orchestre chez Carol et que je ravive à chaque visite sans pouvoir y renoncer.

Gail insiste pour qu'on se rencontre, le virtuel ne lui suffit plus, du tout, elle veut autre chose, et vite. Elle n'a jamais été dans cette urgence et c'est comme un couperet qui me tombe dessus. Je souffre comme jamais mon visage m'a fait souffrir. J'ai peur. Je me sens stupide d'avoir laissé s'installer tout ça. Je tourne en rond dans mon appartement aux encablures de plus en plus étroites. Toute ma vie, j'ai rêvé d'une femme qui m'attende et quand ça arrive, je fais dans mon froc. J'ai les paupières lourdes, une terrible envie de dormir me prend, je suis paralysé. Je ne sais pas quoi lui répondre, je rumine des heures durant, comme un lion en cage, sauf que je n'ai rien d'un lion. Je me colle dans la machine, surtout du côté des cheveux, des dizaines de mètres pour oublier Gail. Le nid douillet, l'endroit où renaître.

Mais ça ne me fait pas le même effet que d'habitude, ça n'élimine pas la peur.

La rencontre avec Gail me terrorise tellement que je me décide à contacter d'autres femmes sur le site.

J'y vais sur la pointe des pieds, prudent. Il y a quand même un problème de taille, la question des photos. Les femmes en parlent beaucoup, il faut jouer serré.

Et soudain j'ai l'idée du siècle, je vais m'allier avec John, lui demander de me décrire les photos des profils que je contacte.

— J'adore ta proposition, bouge pas, je regarde, tu veux quelle fille ?

On passe la soirée au téléphone. Tout transite par le tamis de son regard, mais il est touchant avec ses efforts d'objectivité et ses commentaires qu'il tente d'ajuster à mes goûts, pourtant plus qu'incertains.

Il me conseille de me faire photographier par Lucy, juste le corps, nu bien sûr, ou le sexe, pour celles qui apprécient. Comment n'y avais-je pas pensé ? C'est comme si j'avais un ami, un vrai.

Et, chemin faisant, il poursuit ses leçons.

— Tu t'adaptes à leur description, tu es prudent au départ puis plus direct. Ensuite, tu leur parles d'elles, tu les flattes, tu leur dis ce qu'elles veulent entendre.

Alors j'ose plus loin, je me lâche avec des profils très divers, des jeunes, des inexpérimentées, des vieilles à qui on ne la fait pas, des quadras venues là pour s'encanailler, de tout.

En droite ligne des conseils de John, je multiplie les styles et les accroches, j'en invente pour tous les goûts.

Cherche coquine frissonnante et torride pour relation brûlante, si vous êtes trop chaude c'est pas un problème, je me sens l'âme d'un pompier.

C'est très gentil d'avoir visité mon profil et je vous envoie ce petit message en espérant éveiller votre curiosité.

Je recherche de nouvelles sensations, si vous voulez profiter d'un homme, je suis à vous. Intéressée ? À bientôt.

Je fantasme beaucoup sur les femmes comme toi... la sensation d'avoir une experte dans le sexe m'attire vraiment. Est-ce que tu as déjà fait l'amour avec un jeune de 20 ans ? Le décalage d'âge, ça les fait fantasmer, paraît-il.

Je me tape aussi de belles envolées lyriques. Bref, je m'amuse sur tous les tons. Je dis régulièrement que je rêve d'elles. Il paraît qu'elles adorent. Je brode des fantasmes romantico-sexués et des projets érotiques dont je suis assez fier. *Dans un lieu clos, dans une sorte de demi-jour, un homme, entièrement nu, repose sur un lit. C'est moi, offert à tous vos caprices. Vous m'avez attaché les mains, mais version très soft. Un foulard en soie verte les lie distraitement. J'attends, seul, dans l'espoir que quelque chose advienne. Vous frappez à la porte, les bras chargés d'un plateau pour le déjeuner. Et vous déposez lentement sur mon corps ce qui deviendra votre festin. Des rondelles de tomates ornent mes seins, vous avez prévu de les déguster en premier à petits coups de langue discrets. Un sillon de crème de concombre oriente votre bouche vers mon ventre qui se soulève légèrement à mesure que ma respiration se précipite. Çà et là, des olives vous ralentissent et je ne dois pas bouger de crainte de les laisser s'échapper et de voir s'effondrer le charme d'un trajet qui enfin s'esquisse. Tout proche de mon sexe vous avez placé quelques légumes et leur chaleur m'excite tandis que votre langue vient délicatement à leur rencontre. Je ne sais encore ce que vous avez prévu pour le dessert et je l'attends déjà avec délice...*

Pour celles qui affichent un air blasé, je fais de même, pour celles qui parlent cul franco je me lâche. Je suis devenu totalement polyvalent.

Ça demande une incroyable organisation de la pensée. Il faut mémoriser toutes les femmes et l'état de toutes les conversations, garder dans un coin de sa tête les messages auxquels on n'a pas encore répondu, choisir ceux auxquels on ne répondra pas et ne pas y revenir, retenir ceux qui excitent mais on laisse le temps de mûrir, traiter ceux qui hantent, ceux qui énervent mais on va quand même répondre pour voir où ça va pour le cas où il faudrait des solutions de repli. Sans compter ceux qui donnent brutalement envie de ne plus communiquer et on ne sait même pas pourquoi, ceux qui estompent le désir alors même qu'on le croyait à fleur de peau, ceux qui le provoquent davantage et j'en passe.

Pour elles, pour ces femmes d'internet, pour ces femmes qui m'excitent à me demander la couleur de mes yeux, je dois me rappeler qu'ils sont bleus. Bleus comme mes prothèses oculaires, celles dont ma mère était si fière. On dirait des vrais yeux, Guillaume, ouvre bien tes paupières, Guillaume. Et toute mon enfance j'ai ouvert des paupières inutiles sur un monde de ténèbres.

Les yeux bleus. Bleu des mers du Sud. Bleu ciel délavé. Bleu aérien. Bleu anthracite. Ou est-ce gris ? J'ai oublié le bleu. Je l'ai rêvé. Bleu robe de ma mère, bleu soie des bustiers des jeunes filles, bleu cuir du sac de ma tante, bleu nuit étoilée, bleu roi du justaucorps de ma copine de huit ans, bleu rêche de la toile de jute oubliée dans un coin de la cave. Tu me cherches mon sac bleu, disait ma tante, et je pensais que, si j'avais eu des yeux, je l'aurais trouvé, ce sac bleu. Bleu jean délavé de mon pantalon crevé aux genoux dès le premier jour. Bleu sentiments perdus dans l'espoir d'un regard neuf, bleu hiver interminable des ciels de février, bleu souris, je crois plutôt qu'on dit gris, mais est-ce si différent ? Je voudrais qu'on me dise ce qu'il y a dans le vide de mes yeux bleus.

Les mails sont l'origine du bleu. Dans chaque mail, pour chaque femme différente, j'invente un bleu différent.

Et puis je change d'yeux. Vert, je prends des yeux verts. Peut-être pourraient-ils être bordés de gris, si ça existe, mais peut-être pourrait-on l'inventer, rien que pour moi, cet aveugle qui aime le regard des femmes sur ses orbites artificiellement pleines. Je pourrais me faire faire des prothèses vertes. Et ce vert, peut-être qu'il aurait une odeur. J'aime croire que le vert a une odeur. Le vert serait l'unique couleur parfumée. Un parfum de femme, un parfum comme une romance, un parfum à aimer de cette passion des corps qui ne cessent de se respirer.

Des verts, j'en ai touché tellement moins que des bleus. Vert émeraude, vert lichen, vert prairie, vert bouteille de cette couleur fanée du fond des caves, vert sombre des sous-bois, vert hésitant des lendemains de fête, vert dessus-de-lit velouté, vert décomposé d'un fruit trop mûr, vert insondable d'un regard noir, vert océan déchaîné, vert saturé de rayons, vert vif-argent, vert gorgé d'eau. C'est peut-être tout cela le vert. J'ignore tout du vert, seules les expressions qui traînent m'en ont parlé, alors est-ce possible pour moi de choisir le vert ? Mais les femmes disent que les plus beaux hommes ont les yeux verts, mais les femmes aiment les hommes dont les yeux sont verts et je veux que les femmes m'aiment. Pas seulement mon corps ou mes yeux, tout. Qu'elles m'aiment, moi, cet aveugle à l'errance désordonnée, cet aveugle qui n'a de cesse d'inventer des chemins pour voir, cet aveugle qui puise dans l'absence de regard sa solitude noire. Une solitude morte sur le net, le seul lieu qui permet d'oublier que la solitude peut tuer.

Ça devient addictif. J'en ai tellement envie, jour après jour, que je me fais horreur avec ce pathétique besoin de séduire, de raconter n'importe quel bobard pour qu'elles aient envie de poursuivre, pour les rendre avides, pour les avoir pour moi. Quand je me fais trop horreur, je remise ça d'un coup dans un coin de mon esprit et le tour est joué, c'est fini, ça n'existe pour personne, à peine pour moi.

Je suis en train de devenir dingue, je multiplie les profils comme un dément et rien dans le concret. À chaque fois que la peur de rencontrer Gail m'envahit – parce que franchement, au point où nous en sommes, la rencontre est inéluctable –, je me fabrique un nouveau profil. Je me trouve à la tête d'une cargaison de profils et je commence à ne plus m'y retrouver. Ça me prend un temps fou, il me faut comprendre comment chaque site fonctionne. Ça va vraiment être mon nouveau job, l'accessibilité des sites de cul, tout est à faire, il se pourrait que je laisse tomber la banque.

Je vais bientôt commencer à demander des bas aux femmes, comme une étape vers du concret. Je me les ferai envoyer à la banque sous un nom d'emprunt, je mettrai dans le coup Jennifer – c'est elle qui réceptionne le courrier –, je lui ferai croire que c'est pour éviter les contrôles de ma voisine. Tu vois Jennifer, je me suis aperçu qu'elle lisait mon courrier quand elle réceptionne les colis à ma place, elle croit que je ne m'en aperçois pas.

Je suis un peu fétichiste, ça vous plairait de me donner un fantasme : m'envoyer une paire de bas déjà portés ? Avec votre parfum, j'aimerais tellement. Je n'ai jamais osé demander cela à une femme.

Et elle le fait, la femme le fait. Je suis à la banque et Jennifer me dit d'un ton de conspiratrice, « une lettre pour vous, enfin, vous m'avez comprise ». La lettre est épaisse, un peu molle, je sais que c'est ça. Il me faut attendre d'être dans mon bureau pour l'ouvrir. Le trajet jusqu'au dix-huitième étage est interminable.

Cette fébrilité quand j'ouvre. Cette douceur sous les doigts, infinie et grave. Je hume les bas immédiatement, un parfum délicat. Je suis aux anges. Sauf qu'il y a certainement un petit mot et là, ça devient un peu épineux, il faut le trouver. J'extirpe une feuille de papier que je suppose être une lettre, je la scanne pour que ma synthèse la lise. Pour une fois que je suivrai cette procédure pour autre chose que les papiers officiels. *J'espère qu'ils vous plairont. L'inconnue d'internet.*

Toute la journée je les touche, je vais les mettre ce soir pour aller voir Lucy. Je vais aimer ce trait d'union entre les femmes.

Je raconte tout à Lucy. Je lui demande de me photographier, elle adore l'idée et on fait une séance. Elle me guide, me photographie torse nu, la main négligemment posée sur le pantalon à demi-ouvert, le pouce rentré dans la ceinture, elle me dit qu'elle me coupe la tête et j'oublie de me sentir amputé. Puis elle photographie mon corps nu de dos, bien campé sur mes jambes et, pour un autre cliché, fait un gros plan sur ma bite bien raide qu'elle a soin de préparer au préalable.

Quand je me rhabille, Lucy me fait prendre la pause, elle dit « sensuelle », ne perdant pas une occasion de m'éduquer sur ce qui plaît aux femmes. Je suis assis sur un fauteuil de cuir bleu. Avec ta chemise blanche sur fond bleu, tu es parfait. Tu vas toutes les faire craquer. Une vraie leçon de mise en condition. Lucy est décidément la recrue du siècle. Elle va même jusqu'à envoyer les photos à John pour qu'il me floute le visage quand il apparaît. Il valide et je retourne la voir le lendemain pour qu'elle m'aide à les mettre sur mon profil.

Gail devient ingérable. Je repousse tellement la rencontre qu'elle s'agace. Il va falloir y passer. Je suis à court d'arguments, j'ai exploité la banque jusqu'à la corde, un peu ma mère, je vais prétexter une entorse qui va bien me faire gagner quinze jours, puis ce sera le grand saut.

En attendant, les femmes aiment mes photos, c'est toujours ça de pris à mon statut d'handicapé. Pour faire patienter Gail, je les lui ai même envoyées. Depuis, elle se montre encore plus avide. Elle m'a gratifié de quelques photos d'elle en retour. John a sifflé et dit qu'elle ne s'était pas foutue de moi. La beauté d'une femme, est-ce que ça me concerne ? En fait je m'en fous, c'est juste pour parader en public, pour les potes que je n'ai pas, pour les collègues qui pourront en rester comme deux ronds de flan. L'aveugle là, l'handicapé, vous avez vu la beauté qu'il se tape ? Et pour ma mère qui se pavanerait devant ses copines. Je vois ça d'ici, mon fils, tout handicapé qu'il est, avec la tête qu'il a, eh bien sa femme est une beauté, regardez plutôt les photos. Et je serai invité à boire le thé uniquement pour qu'elles voient sa tête de belle et ma tête de laid, le miracle de l'amour. Rien que d'y penser ça me fatigue. Ce qui peut tourner dans la tête d'un aveugle.

Je me suis décidé. J'ai une semaine devant moi pour préparer la rencontre avec Gail. Je vais faire une vraie rencontre, un brouillon, pour voir ce que ça peut donner. J'en ai pris une coquine et plutôt sympa. J'ai rendez-vous chez elle. Elle a confiance. On est vendredi soir, je n'ai pas mis de bas. Je suis terriblement fébrile. Je ne cesse de me répéter qu'on s'en fout, que c'est un brouillon, ça ne change rien. Elle ne sait pas que je suis aveugle, elle ne sait rien d'autre que les salades censées l'appâter.

Je choisis la facilité, un taxi. Durant tout le trajet je me fais des films sur ce que je vais trouver, j'ai un peu peur de me prendre une folle dingue ou une vieille. Une sale odeur de vieille, rance, au sexe bien sec que je vais devoir lécher à fond pour pouvoir m'y engouffrer. Et je lécherai sous les bras aussi, là où l'odeur est la plus forte. En réalité, je crève de trouille à l'idée de sa réaction au moment où elle ouvrira la porte, alors penser à une vieille me fait du bien. Je me trouve lamentable, ce qui n'arrange pas mon état.

Bon, devant sa porte je suis au bord de la crise parkinsonienne tellement je tremble. Pour me consoler, j'essaie de me dire qu'elle a vu mes photos. Oui mais pas ma tronche, et ce « pas ma tronche » me dégouline dans les chaussettes. Je finis par avoir le courage de sonner. Mais trouver la sonnette ne va pas de soi. Être aveugle, quelle plaie. Le chauffeur de taxi m'a accompagné jusqu'à la bonne porte mais n'a pas fait plus.

Je sonne et prends la pause en suivant les conseils de Lucy, négligemment sensuel, une main appuyée sur un pan de mur, la tête à peine un peu penchée. J'essaie de réprimer mes tremblements si c'est encore possible. J'entends son pas, talons hauts. Elle s'est apprêtée, elle ne sait pas encore que c'est pour rien. Elle m'ouvre. Silence.

— Vous êtes...

J'entends son air un peu effaré, elle a vu mon nez, enfin plutôt mon absence de nez et elle est contrite, je le sais. Je déglutis.

— Oui, je suis celui qui parle aux femmes.

C'est la seule réponse qui me soit venue. J'essaie d'avoir une voix calme mais je crois que c'est peine perdue.

— Entrez.

Elle va bientôt comprendre que je suis aveugle, parce que jusque-là, avec mes prothèses et mes paupières grandes ouvertes, ma canne rangée et mon air penché, je faisais illusion.

J'entre. Je la suis, très attentif à son pas. Il y a dans son sillage un parfum léger, plutôt agréable. Je me calme un peu.

Elle s'arrête et se retourne brusquement.

— Asseyez-vous là, je vais chercher des verres.

C'est bien ce que je pensais, je suis toujours aussi doué pour faire semblant, ça me donne quand même une petite satisfaction. Je trouve assez facilement le canapé. Je l'entends s'affairer dans la cuisine, elle me parle de loin, une voix suave, délicate, un tintement. Le corps doit être joli à toucher avec une voix pareille.

Elle revient, elle me regarde, je la sens me regarder, c'est dans son silence que je le sens. J'essaie d'avoir une pose à la Lucy mais ma tronche parle pour moi et ma pose sensuelle doit friser le ridicule, j'en suis hélas conscient. Lucy, tu me manques.

Comme elle me voit tâter pour chercher le verre, elle comprend soudain.

— Mais vous êtes... qui se perd dans d'âpres désillusions.

Je déglutis comme un désespéré, mais je ne m'avoue pas vaincu. C'est périlleux, sa voix hésite entre l'enchantement des messages et le désenchantement de ma tronche, il va falloir jouer serré.

— Je ne vois pas mais mes mains sentent tout. Vous n'aurez qu'à fermer les yeux, je vais vous montrer.

Je suis le premier estomaqué quand elle me dit d'accord. Elle prend ma main et la met sur elle. J'ai le cœur qui bat à tout rompre, ma première voyante, dommage que je ne sache rien d'elle, je n'ai pas du tout mémorisé ce qu'elle m'a raconté.

Je la touche, elle a un corps de rêve. Mais elle se dégage très vite.

— Non, je ne peux pas, je ne peux vraiment pas, tu as une de ces gueules.

Elle rit.

— Mais putain, faut prévenir, aveugle et tout le reste. J'ai beau avoir envie, je ne peux pas.

Elle me repousse et va s'asseoir loin.

— Tu causes bien, mais c'est tout.

Je suis décontenancé, bah oui, qu'est-ce que j'avais imaginé.

— Bon, je vais partir.

— Ne m'en veux pas surtout, et elle se met à rire d'un coup, mais tu l'as attrapée où cette gueule ?

Une qui est fine, tiens. Je suis tellement sous le coup de son revirement que je ne peux rien répondre.

— Bon allez, tire-toi.

Échec sur toute la ligne.

Je rentre chez moi et m'effondre sur le canapé sur fond de *Danse macabre*, la première musique à me tomber sous la main, qui sonne comme un programme.

Après cet essai complètement foireux, ma peur de rencontrer Gail se met à grandir jusqu'à envahir mon esprit d'un brouillard épais et glacé. Mon corps pèse une tonne. Je n'ai qu'une envie, lourder une femme sur internet. Alors je choisis la moins intéressante, une qui fait la fine bouche sur mon histoire de bas, et j'annonce que, finalement, j'ai trouvé mieux ailleurs, disons plus intéressant.

Comme je me suis senti bien, après. Elle a répliqué *vieux con*, mais comme je ne suis pas vieux, je ne me suis pas senti concerné.

C'est comme ça que ça a commencé, à chaque fois que la rencontre imminente avec Gail m'inquiétait trop, ou après une soirée chez Carol qui m'avait, une fois de plus, mis face à mon insignifiance, je lourdais une femme sur le net.

Ça a pris une drôle de tournure. Il fallait qu'elles paient, toutes, pour toutes les humiliations de l'école, pour mes amours d'ado jamais abouties, pour l'infirmière à l'hôpital et son haut-le-cœur épouvantable, pour le rire de Mary lors de cette mémorable soirée de danse, et pour cette mère, tellement coupable de m'avoir laissé seul ce jour-là qu'elle avait fait de mon handicap un problème personnel, « me faire ça à moi, cette tête sans nez, à moi », non maman, ce n'est pas à toi qu'on l'a fait, c'est à moi. Mais bon, dans ce système, il y a un problème de taille. Celles que je fais chier ne sont pas celles qui le méritent.

Je me demande si tout ça me prépare à la rencontre avec Gail. J'ai inventé une complication de mon entorse pour, une fois de plus, différer la rencontre, mais ça ne tiendra pas longtemps.

J'ai oublié de rêver pendant vingt-neuf ans, et cette nuit, c'est revenu. Un tourbillon de tissus. Des soies fraîches, des satins, des dentelles clairsemées environnent mon corps, vont et viennent, passent sur mon visage aux orbites vides dans un parfum de jasmin et de fleur d'oranger. Les tissus me frôlent, me caressent, me racontent leur désir d'être touchés. Je danse avec la femme qui les habite, avec cette femme, avec Gail, avec Carol, avec d'autres, avec toutes ces inconnues d'internet que je ne rencontrerai jamais. Je danse avec elle sans fin. La soie frôle mes jambes, mes mains s'égarent dans une dentelle ajourée et mes doigts effleurent sa peau. Elle est infiniment douce. C'est un rêve, cette peau. Alors, pour la première fois depuis vingt-neuf ans, je vois nettement un visage. Elle est rousse, cheveux bouclés, longs, peau très claire. Elle rit, elle a des dents très blanches, des yeux gris. Ses cheveux tournoient dans la danse, elle sourit constamment, se tient très droite. Elle ne parle pas mais sa voix résonne en moi. Je suis dans une félicité sans nom. Mais soudain, tout s'étiole, les tissus se déchirent sous mes doigts hagards, la danseuse fond dans mes bras, ses chaussures s'égarent dans un coin de la pièce et je m'écroule avec un paquet de chiffons mous et flasques.

Alors, au réveil, je me dis que ça ne m'étonne pas de moi ce truc, il fallait bien qu'il s'arrête, ce rêve, qu'il se disloque. Pourtant, je voudrais la retenir, cette image inédite, la seule image d'un visage que j'ai pu construire depuis l'accident, tellement précieuse. Pas une image d'antan rafistolée, non, une image nouvelle, née du désir de la danse et des tissus, une image d'attente et d'oublis de voir, une drôle de parenthèse dans ma vie rafistolée.

Je voudrais que cet amour irréel aux grandes envolées perdure, et plus que quelques mois, l'imaginer s'arrêter net m'est affreusement pénible. Je vis la nuit tandis que le jour m'écrase de sa réalité sordide. Je rêve d'elle de plus en plus souvent. J'ai même fait un rêve rimbaldien, avec deux trous rouges au côté droit. J'étais là, sous le soleil du matin, mais pas comme le dormeur du val, je dormais vraiment, moi. Dans le rêve, son souffle me réveillait, son visage au-dessus du mien. Elle m'embrassait les trous du nez comme jamais.

Encore et encore, tellement que le nez se mettait à pousser. Elle disait « je suis une femme magique, tu ne savais pas ? ». Je touchais mon visage, j'avais un nez. Un vrai appendice qu'on pouvait moucher et fourrer avec ses doigts et toucher pour voir comment ça dépasse. Je tâtais mon sexe – elle aurait pu échanger, sait-on jamais – mais non, il était là aussi. Alors, pour fêter ça et me consoler de son absence, je me branlai. C'est là que je me suis réveillé en vrai tout trempé de sperme. J'ai touché partout pour contrôler. J'avais bien un sexe mais pas de nez. J'ai étalé du sperme sur le nez absent pour le faire pousser, comme si le sperme était directement importé du rêve, un onguent magique inventé pour moi seul. J'en ai eu un peu dans la bouche, il avait le goût des larmes amères et des remords, de ceux qui me venaient quand je pensais à ces femmes que je faisais rêver avec mes discours, ces femmes qui m'envoyaient leurs bas.

Je rentre chez moi après une journée bien occupée à la banque. Devant ma porte, une odeur m'alerte. Troublante. J'ouvre la porte discrètement, que personne ne m'entende, et surtout pas Peter Byron. Je m'agenouille, touche, renifle. Pas de doute. C'est elles. Arrivées en mon absence. Par acquit de conscience et parce que la tentation est trop forte, j'en lèche une. Un petit peu, du bout de la langue, en la maintenant bien fermement dans le creux de la main. C'est crues que je les préfère. Une sensation délicatement poivrée me parvient. Je dois me faire violence pour me relever et fermer la porte. Mieux vaut ne pas avoir de témoins. Comment sont-elles arrivées là ? Je me pose la question un instant mais en suis si déconcentré que je laisse tomber. J'ai toujours su qu'un jour les sauterelles me feraient ce cadeau, envahir les lieux. Les sauterelles de Peter Byron. Je les divinise d'un coup, érigées au rang de divinités stellaires, juste avant le massacre, une sorte de consécration finale. Je vais enfin pouvoir procéder à l'expérience culinaire du siècle, un truc comme jamais il ne m'est arrivé. Impossible de trouver une telle concentration de sauterelles dans la vie ordinaire, c'est sûr. Je m'apprête à procéder à l'ingurgitation systématique et éradiquante d'un troupeau de sauterelles vivantes. J'en suis particulièrement excité. Une excitation papillaire, gustative, subtile. Je salive, ça goutte par terre. Mon excitation est majorée par l'idée de procéder à une double expérience.

Au cas où ces insectes débarqueraient un jour chez moi, j'ai prévu de leur offrir une défoliation en règle, un cadeau pré-mortem avant de les immoler par la voracité de mon appétit. J'ai rempli mon appartement des plantes qu'elles affectionnent le plus.

Et là, ce soir, l'expérience peut commencer. Je tripote la datura près de la porte. Déjà, elle s'est décharnée.

Les sauterelles se mettent soudain à me sauter délicatement sur les jambes, comme pour me saluer, provoquant des sensations particulièrement agréables.

Je suis repu. J'ai tout avalé. J'ai même le ventre un peu distendu et vaguement gargouillant. Demain je serai malade, je le crains. Je crois que j'ai exagéré les doses. Docteur, je suis boulimique. Boulimique de quoi ? De sauterelles docteur. Mon cher, vous vous moquez de moi. Non, mon bon docteur. Docteur, je suis boulimique. Ce qui me fait kiffer, c'est les sauterelles. Mais attention, pas seulement. Vous avez bien un petit cafard qui traîne chez vous, New York, c'est plein de cafards.

Deux heures du matin, Peter Byron vient de rentrer, j'ai une petite dégoulinure de sueur froide dans le dos, elle me rafraîchit désagréablement. Depuis le festin, j'ai eu le temps de vomir deux fois et de couper toutes les plantes. S'il frappe, il va se douter de quelque chose, d'autant que j'ai bien dû en laisser traîner ici ou là. Il va falloir que j'assume.

Il ouvre et ferme la porte de son appartement, sillonne le couloir, l'escalier, descend, remonte, farfouille partout, fait même les poubelles en bas. Il les cherche. Je me tapis dans un coin de mon entrée. Aïe, il s'arrête à ma porte, j'imagine son geste, sa main s'approchant de la sonnette. Non, il se ravise, il attendra demain. Il tourne encore un peu et se rend à l'évidence, elles ont bel et bien disparu.

À peine suis-je debout après une nuit un peu bizarre à sentir mon ventre reprendre place, qu'il frappe à la porte. Il n'a pas perdu de temps, fallait qu'il y tienne, à sa collection. Je vais devoir jouer serré.

— Elles sont passées où ?

— De qui parles-tu ?

L'idiot qui fait l'innocent. Je m'entends parler faux. Il regarde partout, je le sens. Les plantes sont toutes grignotées, et même si je les ai coupées au mieux, on voit bien qu'on les a dévorées. Il ne s'y trompera pas, c'est un spécialiste, j'aurais dû toutes les jeter.

— Tu sais très bien de quoi je parle.

Ça se gâte, d'autant que je ne sais pas ce qui m'arrive, je commence à trembler.

— Merde, j'y tenais à mes sauterelles ! Elles sont venues chez toi, ne me dis pas le contraire.

— Tes sauterelles ? Je n'en sais rien, comment veux-tu ? Je ne les ai pas vues.

— J'en aperçois une là-bas, et il se précipite pour l'attraper. Et ici aussi, et là... William.

Son soupir me fend presque le cœur. Je suppose qu'il a tout deviné. Je tremble un peu car, en cas de bagarre, je ne suis pas à mon avantage. Je me sens lâche au possible et un procès ruinerait ce qui reste à sauver de ma réputation. Remarquez, je sortirais au moins de l'anonymat et Carol ferait peut-être enfin attention à moi. Vous savez, celui qui bouffe les insectes de son voisin, il vient chez moi. Enfin, malgré tout, je décide de ne pas avouer tout de suite.

— Et tes plantes ?

— Mes plantes ? La plaie tu veux dire, je les ai retrouvées comme ça, hier soir, en rentrant du boulot, j'ai coupé comme j'ai pu pour les récupérer.

Il soupire à nouveau et, tout à coup, change de ton.

— Bon, c'est pas grave, ça a fait un heureux, on a l'estomac qu'on peut et le mental qui va avec. On ne choisit pas, et ce n'est pas à moi de juger. Tiens, tu me dédommageras en légumes. Enfin, c'est déjà commencé, mais t'aurais pu me dire que c'était ça que tu achetais !

Cet abruti se met à rire et part sur-le-champ. Il faut dire que je ne dois pas être beau à voir après cette tirade. Je le déteste de m'avoir pardonné, comme ça, sans rien de plus.

Je vais voir Carol, j'ai encore une semaine avant la rencontre avec Gail. Les sauterelles m'ont mis de bonne humeur et le pardon du voisin n'a pas laissé de trace. Comblé par mon récent festin, je me sens d'attaque.

Ô miracle, Carol m'accueille elle-même. C'est bien ce que je pensais, je suis dans une période faste. Elle ne téléphone pas et me pose la main sur le bras en me lançant un *Good evening* aux accents suaves d'un *ing* télescopé par la surprise. Elle n'a pas dû s'habituer à ma tête. À moins que, déconvenue suprême, ce ne soit la première fois qu'elle me remarque. C'est un peu vexant mais c'est comme ça. C'est presque rien ce bonjour mais ça me fait plus d'effet que toute une phrase compliquée qui parlerait du plaisir de me revoir, de sa surprise en m'apercevant ou de combien je lui ai manqué. Elle me dit de passer devant elle et me suit, j'ai l'impression d'entrer dans l'antichambre du paradis quand, soudain, la sonnerie du téléphone retentit. Atterrissage brutal sur la terre ferme, elle se précipite et me laisse indécis, aux confins de la cuisine. Je décide de l'écouter téléphoner, si jamais elle avait des velléités de renouer le contact après avoir raccroché.

Je me poste bien en vue sur son chemin, mais elle ne me glisse qu'un « bonne soirée » qui me fait tout drôle. Comme si on se quittait. Diantre, serait-ce une manière déguisée de me proposer de partir ? Je fais semblant de ne pas comprendre et m'installe dans l'attente. Je m'apprête à vivre une soirée d'ennui et d'espoirs déçus, une soirée qui pourrait ressembler à toutes les autres soirées passées chez Carol à attendre la fin des coups de fil, à écouter distraitement Bob parler ou le Mexicain fumer, à fuir Frida quand elle devient boulimique, à flairer les odeurs, à vérifier l'état du désordre, à explorer les recoins. Mais j'ai déjà tout exploré. Alors je prie. Comme ça, parce que ça ne m'est pas arrivé depuis que je suis petit – j'ai tellement prié en vain –, mais il faut bien prier un jour ou l'autre dans sa vie. Et je crois que je vais redevenir croyant ma parole.

Je n'ai pas fait exprès, je le jure, je n'ai rien prémédité, et depuis que je suis petit – comme pour la prière – ça ne m'était pas arrivé. Quand je voulais faire peur à ma mère je le faisais, mais ça m'était passé depuis au moins vingt ans.

Mes yeux, ils sont tombés par terre. Mes prothèses oculaires se sont fait la malle d'un coup, toutes seules, je n'ai pas compris pourquoi. Ça a fait un bruit strident de bille qui tombe et tout s'est arrêté.

Je lève le visage vers eux et je sens des cris étouffés. Ils n'ont jamais vu d'orbites vides, les orbites d'un aveugle. Ils n'en ont jamais vu et ils ont peur, ils sont tétanisés par la peur. Et, dans le silence, Carol se rappelle ma présence. Elle raccroche brutalement.

Mon histoire va pouvoir commencer.

III

Conversations croisées

J'ai été saisie. Ça fait quand même de l'effet, des yeux par terre. C'est le cliquetis des prothèses oculaires sur le sol qui m'a fait lever le nez. Et le silence, aussi. Je n'ai pas pu faire autrement que de raccrocher, Gil a dû me prendre pour une malpolie notoire. Il n'a pas eu l'air embarrassé. Je ne connais même pas son nom, je ne sais pas comment il a atterri chez moi. C'est quand même spécial. Je crois qu'il faut que je réforme quelque chose. Tous ces gens qui débarquent, comme ça. Le silence qui régnait quand il a perdu ses yeux. Ça n'arrive qu'à moi des trucs pareils. Je n'avais pas remarqué qu'il était aveugle. C'est fou. J'ai l'impression de ne l'avoir découvert que ce soir-là, pourtant, une tête pareille, ça ne passe pas inaperçu. À moins que j'aie préféré l'oublier. Il s'est servi un verre d'eau dans ma cuisine, il savait où tout était rangé, comment a-t-il fait ? Il n'est quand même pas venu par effraction pour explorer. Qui lui a montré ? Depuis quand vient-il ? Il a ramassé tout seul ses yeux, ce qui était déjà en soi un exploit. Il a filé avant que je puisse lui parler. Son nom, c'est ce qu'il me faut. Personne ne le connaît, à part Frida qui a cru que je le connaissais.

C'est fou, c'est complètement fou, vous avez comme ça un aveugle chez vous et personne ne l'a amené, et personne ne sait d'où il vient, mais il vient, et il revient, et il insiste et un jour il perd ses yeux devant vous, comme ça, histoire d'en rajouter, c'est complètement dément. Sans nez avec ça.

La chaleur est envahissante. Elle environne mon corps, se cogne à lui. Comme une caresse. C'était drôle ce silence quand mes prothèses oculaires sont tombées. J'ai adoré. Pour une fois que ça me sert de ne rien y voir. Ce vide au lieu des yeux, je ne l'avais plus éprouvé depuis longtemps. Même si je les enlève tous les jours pour les laver, mes prothèses. Mais là, c'était un vide spécial, un vide regardé par les autres, un vide contemplé, un vide en public, un point de mire. Ils m'ont tous regardé, c'est sûr, c'est impossible autrement. J'avais entendu où elles étaient tombées et je les ai ramassées, tout seul, ils ont dû penser que c'était incroyable, ramasser ses yeux sans se tromper d'endroit, comme ça, directement, sans presque tâtonner. Ils ont dû croire qu'ils devenaient fous. Comme personne ne savait quoi dire et que le silence s'éternisait – ce qui est parfaitement inhabituel dans cette maison –, je suis allé me verser un verre d'eau. Et là, ce fut le coup de grâce, ils ont vraiment dû se demander comment j'avais fait. De temps en temps, il y a des satisfactions dans la vie. Une femme m'a demandé si ça allait. Parfaitement bien, j'ai répondu. Et comme je ne savais plus quoi dire, je suis parti. Tout seul, sans ma canne. Ça a rajouté au mystère. Il faut dire que je connais tellement par cœur le devant de la maison qu'il n'y avait pas grand danger à partir ainsi. Bien sûr, il y aurait eu un obstacle impromptu genre vélo ou poussette, j'aurais moins fait le fier, mais rien, tout s'est passé impeccablement. Ils doivent en parler encore. Bref, j'ai fait mon théâtre.

Et comment a-t-il fait pour partir, seul dans la rue, sans aide, sans canne, on s'est penchés par la fenêtre et on a regardé. Il marchait, droit, fier, sûr de lui.

Je n'avais pas le droit à la canne, la canne blanche, celle qui désigne, celle qui dit voyez, un aveugle passe, écartez-vous. Pour ma mère, elle signait trop le handicap. Elle me l'interdisait. Mais je suis là, moi, pourquoi t'encombrer d'une canne ? Alors j'ai appris à faire sans. Certes je l'utilise, depuis l'institut, depuis que ma mère ne me guide plus, il a bien fallu, et heureusement qu'elle est là la canne, pour que la vie soit autre chose qu'un parcours d'obstacles.

Vous croyez qu'il reviendra ? Qui ? L'aveugle. Ils me parlent tous de lui. L'aveugle. Je n'ai pas son adresse, ni même son nom, ni rien du tout. Personne n'a rien sur lui. Sans canne, chez moi, si seulement je savais ce qu'il faisait là.

Je revisite mon cas à la faveur du statut que j'ai acquis en perdant mes yeux chez Carol. C'est une pause dans mes relations aux autres. Je ne parviens plus à écrire à Gail. Elle ne comprend pas, panique un peu, mais elle respecte mon silence, bien obligée.

Je ne sais plus quoi faire. Je pense trop à Carol depuis ce coup d'éclat des prothèses, ce moment où sa voix s'est posée sur moi, ce moment où elle m'a remarqué. Un espoir incroyable. Même si c'est un peu vexant de se faire remarquer uniquement pour ce qui manque. Enfin, en même temps, je peux au moins me vanter, dans cette maison de fous, d'être le seul à avoir des prothèses oculaires.

Je vais dans la rue à l'heure de la sortie des bureaux. J'en ai marre de tous ces gens chez moi. Je n'en connais pas la moitié. Ils font comme s'ils étaient chez eux, alors je fais comme si ce n'était pas chez moi. Je leur abandonne la maison. Jonathan est là, il se débrouillera. Je voudrais retrouver l'aveugle. Je marche, il est peut-être par là. Ça fait une heure que je tourne, je crois que je vais renoncer. Pourtant, j'aimerais bien le croiser. Avec sa tête d'ange déchu, sa monstruosité au cœur du visage, il m'intrigue. Je voudrais forcer le hasard, ça arrive, parfois, qu'on y parvienne.

Je suis dans la rue, sur le trajet pour rentrer chez moi, j'essaie de ne pas passer devant chez Carol, je ne sais plus comment faire depuis mon coup d'éclat. J'ai pris la variante numéro quatre pour ne plus passer par LaGuardia Place.

Le vent est tombé. Au moment où je rejoins Sullivan Street, quelqu'un s'approche de moi et pose sa main sur mon bras, je sursaute et me dégage rapidement. Cette manie des voyants de s'approprier le corps des aveugles, c'est quoi cette main sortie de nulle part.

— Évidemment, tu ne me reconnais pas.

Je suis saisi. Cette voix, ces consonnes qui dansent pour moi, ces voyelles qui me rappellent que parler a du sens. Je dois avoir l'air d'une vache béate devant un TGV lancé à grande allure. Elle en profite pour me toucher à nouveau le bras.

— Carol !

Silence. Elle est interloquée. Elle enlève brusquement sa main et je la regrette déjà.

— Bien sûr, la voix !

Elle rit. Carol rit pour moi, je fais rire Carol. Carol femme à rires. Cristal joyeux.

Je tremble un peu, c'est incroyable de la rencontrer comme ça dans la rue, à l'heure où chez elle ça se bouscule. Quand son rire se calme, elle me demande où je vais. Je réponds juste que je ne sais pas. C'est faux, un aveugle sait toujours où il va, un aveugle ne se promène jamais au hasard, il suit des trajets qu'il connaît. Mais elle ne le sait pas, alors j'en profite. On se met à marcher, ensemble, l'un près de l'autre, silencieux. Elle est impressionnée. Le silence impressionné. Elle observe sans doute la façon dont je marche. Le silence de celui qui s'instruit. Elle ne se rend pas compte que je me laisse porter. Je me repose sur elle sans presque la toucher. Mon corps suit les mouvements de son corps. C'est un ballet de jambes cadencées sur le même rythme, de coudes rapprochés, de têtes penchées dans la même direction. Nous glissons de concert sur ces trottoirs inégaux et je me sens flotter suavement au-dessus de la ville grouillante et ténébreuse. Le tintamarre de la circulation ne me gêne pas le moins du monde. Je goûte ce moment de communion avec elle. L'aveugle quasimodesque et sa belle. D'ailleurs, est-elle seulement belle ? Qu'importe, je crois approcher le bonheur absolu.

La réalité fait soudain irruption sous la forme d'une poubelle brutale que je viens de heurter avec fracas. Dans ce délicat duo sur trottoir, j'ai totalement oublié d'utiliser ma canne pour balayer l'espace devant moi et je n'ai pas senti l'obstacle. Carol se précipite, me touche à nouveau le bras. Je bénis la poubelle.

— Tu n'as rien ? Quelle idiote, j'aurais dû te prévenir.

Sa voix contrite se teinte d'une connotation sexy.

— On ne sait jamais quoi dire.

Son « oui c'est vrai », presque un peu triste, me touche plus que le reste. Elle pose sa main sur mon bras encore une fois – elle doit aimer ce geste. Je guette son petit silence, il est là, mais je suis incapable de dire de quoi il est fait.

— Si on allait boire un verre ? lance-t-elle.

C'est quelque chose qu'on ne m'a plus proposé depuis mes études. Je me méfie des bars, c'est bourré d'inconvenants qui vous bousculent mais avec elle, pour elle, j'accepte.

— Je connais un bar, à deux blocs d'ici, c'est sympa, tu verras.

Elle se tait, brutalement mal à l'aise, elle croit avoir gaffé, elle doit se pincer les lèvres. Je ne l'aide pas, je ne dis rien, je la laisse s'empêtrer. Elle ne sait pas qu'on s'en fiche, nous les aveugles, qu'on nous dise tu verras et toutes ces sortes de choses qu'on dit aussi. Un silence s'installe, je n'ose pas lui demander de me donner le bras mais j'en ai besoin, je commence à fatiguer.

Ce qui est terrible avec l'amour non déclaré, c'est qu'on s'égare dans des considérations qui menacent la sécurité, du moins dans mon état. De n'importe qui d'autre j'aurais franco attrapé le bras et hop, en avant. Là non, je tergiverse, j'hésite, je me décide puis je flanche. Heureusement, elle me donne quelques indications et m'effleure parfois le coude quand on doit tourner ou s'arrêter avant de traverser. Un effleurement doux, léger, sans aucun rire. Elle a oublié qu'elle était la femme à rires. Alors je l'oublie aussi. Je flotte dans une sorte de bonheur.

Nous entrons dans le bar. La pièce est étroite, les conversations résonnent, mates, sourdes, envahissantes. J'ai un vague sentiment de malaise que j'essaie d'évacuer. Nous nous installons et commandons deux cafés. Je réfléchis à faire semblant de me tromper de petite cuillère pour prendre celle qu'elle vient de lécher. Alors, bien sûr, je n'ai pas trop de conversation. Et le plus drôle, c'est qu'elle non plus. Mais, au bout d'un temps, il faut quand même faire autre chose que remuer interminablement les quelques grains de sucre égarés au fond de la tasse.

J'évite toutes ses questions, je parle le moins possible de moi. J'ai peur de trop en dire, ou pas assez. J'hésite entre raconter la morosité dans laquelle je me débats ou m'inventer une vie incroyable. Parce que pour les insectes, les bas et Gail, motus et bouche cousue. Bon, je pourrais parler de la machine et de mon statut d'artiste mais j'ai une pudeur de vierge effarouchée.

Elle retrouve sa verve. Le fait d'être confinée finit par la mettre à l'aise. C'est du déjà connu, du presque chez soi. Elle me dit son frère jumeau avec qui elle vit, le fameux Jonathan, revenu d'un voyage en Thaïlande – pas du tout un rival, je m'étais trompé, l'idiot. Elle dit ses parents morts quand ils avaient quinze ans d'un accident d'avion, leur vie chez un parrain ennuyeux duquel ils se sont affranchis dès que possible en prétextant des études à New York. Elle dit son métier de galeriste – j'avais bien deviné, faudrait vraiment que je case la machine – je dis la France jusqu'à neuf ans et la banque à New York. Je dis quand même artiste, et là je me sens fort et vulnérable à la fois, c'est étrange au possible. En tout cas, elle est brusquement très intéressée. Je parle d'installations mais je passe vite. Quand je pense à tout ce que j'avais imaginé lui raconter pour au final ne rien oser dire. Je me récupère sur le reste, le récit de ma vie d'orphelin ferait pleurer un mur de prison. Orphelin et sans femme, mère envahissante et père trépassé. Je ne veux rien dire de plus. Je ne veux pas gâcher les minutes qu'elle m'accorde.

Pendant qu'elle parle, je me demande quels sont ses gestes, ce qu'elle fait de ses mains, de son corps tout entier et je me sens ridicule de ne pas bouger. Il faut que John me donne des leçons. J'ai envie de lui demander l'effet que ça fait d'avoir un handicapé devant soi, mais je m'abstiens. À chaque nouveau silence, une petite vague de tendresse me vient. Je ne sais rien de ses émotions. Je voudrais avoir un ami, un seul, là, qui nous regarderait et qui pourrait me dire la lumière dans ses yeux quand elle me regarde, l'ombre de son sourire quand je viens de parler ou la façon dont elle rougit quand ma tête se penche sur elle. Mais rien, je ne sens rien. Seulement peut-être, parfois, un silence à l'endroit de mon visage.

Ça y est, elle me demande mon âge. Elle rit, Carol rit de savoir l'âge de mon visage, le même que le sien, vingt-neuf ans, et comme ça, tout de go, je lui explique mon accident, les pommes dauphine et l'hôpital, mon nez et l'âge de mes organes. Elle ne rit plus, elle dit que, à l'intérieur, il y a quelque chose qui palpite en moi. Qui palpite, je ne sais pas trop ce que ça veut dire, mais ça me plaît incroyablement. Elle regarde l'âge de mon visage et son silence est doux. Et puis, soudain, elle s'agite, enfin non, c'est plutôt son silence qui s'agite. Avant les mots. Elle me dit qu'elle doit partir, qu'elle n'a pas vu l'heure. Elle a un rendez-vous, il faut qu'elle file. À bientôt, je t'attends à la maison. Je dis oui. Ça ira pour toi ? Elle a demandé très vite, il fallait bien que je dise oui. Dans ce bar, je suis perdu, seulement je ne veux pas le dire, je ne veux pas qu'elle le sache. Elle me dit qu'on est Downing Street, au Blue Ribbon, et elle part précipitamment, elle n'a plus le temps. Alors j'ai dit oui, ça ira, et je reste là, hagard, abandonné.

Mais ça ne va pas du tout. Dehors, il fait frais. Je me mets à marcher. Ce n'est plus du tout l'impression de flotter que j'ai ressentie tout à l'heure, avec elle. C'est beaucoup plus pesant. J'erre seul, et comme je n'ai jamais vraiment su demander de l'aide, je m'abstiens. Mon téléphone n'a plus de batterie, exit le GPS. Alors entre mon silence et la défection technologique, je me sens complètement isolé malgré les allées et venues environnantes. Qui plus est, personne ne vient me trouver pour me proposer de m'indiquer mon chemin, pour une fois que j'en aurais besoin.

Je marche, au hasard, comme ça, au hasard, pour la première fois de ma vie. Sans savoir vers où, porté par les montées et les descentes des trottoirs. Au début, j'ai un peu paniqué. Puis j'ai adoré. Ne rien savoir, ça m'a grisé.

Et puis c'est venu, je me suis tout à fait perdu. Carol m'a perdu, son départ m'a perdu. Perdu dans la ville tentaculaire, la ville monstre, perdu, brutalement errant. Perdu au monde, perdu dans les méandres des rues, des trottoirs, des traversées, des passages piétons, perdu dans l'écoute des voitures, perdu dans les *walk sign is on* infiniment répétés d'un carrefour à l'autre, perdu dans le brouhaha des pas sur la chaussée, perdu dans les salutations des clients lorsque les portes des magasins s'ouvrent et que la chaleur d'un intérieur parvient jusqu'à moi, perdu dans la rumeur titanesque de la ville phare, perdu dans le va-et-vient incessant, perdu dans le méandre des avenues, rues et autres squares. Perdu. En totalité. Abominablement perdu. Je n'en peux plus. Je suis épuisé, abasourdi de fatigue. J'ai marché très longtemps. Je rentre dans un parc. Je le sais au crissement de la terre sous mes pieds quand je quitte l'asphalte, au vent dans les branches, à l'odeur des sols et des feuilles à demi pourrissantes. Je quitte l'allée, je me heurte à un truc gigantesque et inébranlable, un arbre. Je reviens en arrière sur le bitume, je continue, je fais attention à ne pas bifurquer sur la terre, je crois qu'au milieu des arbres je me perdrai davantage encore. Mes pas me conduisent en des lieux que j'ignore, je ne contrôle plus rien. Mes pas vont leur vie, je les suis comme un automate. Un autre obstacle m'atteint. Là, je m'en rends enfin compte, je ne peux plus poursuivre. Il faut que je m'arrête, que je stoppe cette errance de l'amour. Alors je le fais, je m'arrête. Et l'obstacle est un banc. Je m'y assois, ou plutôt je m'y jette.

J'aurais voulu me mettre en boule et m'endormir sur ce banc. Qu'on me laisse tranquille. Qu'on me laisse dormir.

Qu'on me laisse m'éteindre dans ce lieu inconnu et hostile. Qu'on m'achève.

— Vous avez bien fait.

Je sursaute. Une voix basse, lente, chaude. Je ne réponds pas. Trop épuisé. Je n'entends pas l'homme bouger. D'habitude je sais quand il y a du monde près de moi. Le souffle, la rupture créée par le corps dans l'air frais du soir, les froissements des vêtements, une sensation sur mes tempes. Là rien. L'épuisement a eu raison de moi. Et sa discrétion. Il se tient là, miraculeusement fondu dans les objets. Je suis sur mes gardes, même si je ne sens rien d'hostile dans sa voix. De toute façon, je suis trop fatigué pour m'affoler.

— Vous êtes à Central Park, Center Drive.

Je sursaute à nouveau. Il a vu. Il sait que je me suis perdu. Il est attentif. Comme je ne parle toujours pas, il attend. Je réfléchis. J'ai marché beaucoup trop loin. Comment ai-je pu ? New York est parfois un piège. Je frissonne. Je me tourne vers lui. Je ne le sens pas sursauter. Pas le moindre mouvement de surprise à la découverte de mon visage. Même les mouvements les plus rentrés, je les sens, d'habitude. Là, rien d'autre qu'une attente bienveillante. Alors je souris.

— Je vais vous aider.

Je souris davantage encore. Il attend. Longtemps cette fois, ce Père Noël tombé du ciel. Dans le silence. Il est si calme, il ne bouge jamais cet homme, ma parole. Pourtant, j'écoute comme jamais. Il attend seulement que je sois prêt, que je me relève de mon épuisement. Après un moment, il prend la parole.

— Je m'appelle René. Je suis français.

Il le dit comme pour s'excuser de son accent. Je n'y avais même pas prêté attention, l'accent français est tellement naturel autour de moi, avec ma mère.

— Moi aussi je suis français, je réponds machinalement.

Je sens quelque chose, enfin. Sa surprise. Un mouvement du buste, imperceptible, un son quasi inaudible, arrêté dans la gorge. J'ai parlé en français. Le silence étonné, très vite curieux. Il a envie d'en savoir plus. Son rythme de voix se précipite. C'est très léger.

— Vous venez d'où ?

Il a enchaîné en français. Je ne veux pas parler de mes origines. J'ai quitté la France il y a presque trente ans, je n'y reviens jamais depuis que je vis seul. C'est fini, bouclé, ça n'a presque pas eu lieu. C'est l'endroit où j'ai perdu la vue. L'endroit où mon visage s'est effondré. L'endroit où j'ai basculé dans le noir. Je ne veux plus rien savoir de la France.

— Je suis arrivé ici à neuf ans.

— Ah c'est ça, vous n'avez aucun accent.

Je ne dis pas que je suis venu pour me faire soigner. Le fameux chirurgien aux doigts de fée, celui qui a effacé les traces de brûlure mais qui n'a pas réparé le reste. Je ne raconte pas ça, la façon dont le chirurgien n'a rien pu faire. Il n'a pas pu rajouter quoi que ce soit, à la place de mon nez, il y a cette chiffonnade de peau sinistre et désolée. Et chacun de mes sourcils se confond avec une drôle de bande de peau collée là par mégarde, un sparadrap couleur naturelle, petite excroissance discrète, comme si le chirurgien avait voulu compenser ce qui manquait au cœur de ma face. Ma monstruosité, non seulement un homme sans nez mais aussi un écorché du visage. Un homme sans cet appendice qui le fait tellement humain. L'homme au nez volé. L'homme au nez manquant. L'homme sans nez.

— Je suis l'homme sans nez.

— Je le vois.

Il n'a pas hésité à le dire, je le vois. Il attend un peu et enchaîne.

— Mais ça ne me suffit pas.

— Je viens de beaucoup marcher, je suis très fatigué, vous n'imaginez pas comme c'est fatigant de marcher comme ça.

— Si, je sais.

Sa voix tremble à peine. Il a envie de parler, il se retient. Mon épuisement m'empêche de le questionner. Et puis cette sinistre habitude de ne jamais poser de questions.

— Je vais vous raccompagner. Dites-moi seulement où vous habitez.

C'était trop pour le même jour. Carol, René. Je n'ai pas laissé René entrer, ou à peine, il est resté dans l'entrée. J'ai eu honte, à cause des bizarreries qui émaillent mon appartement, les cheveux qui traînent, la machine. Il était embarrassé. Il est parti.

Je n'ai pas pris son nom, son adresse, rien. Je ne sais rien. C'est le vide du départ de cet homme. Le néant, le manque. Il n'a rien laissé. René, un Français, cinquante ans peut-être, mais les voix trompent parfois. Comment le retrouver ? On dirait que j'ai envie de le revoir. Il a touché quelque chose en moi, un endroit qui se dérobait sans cesse. J'ai soudain une zone de silence qui m'assaille.

C'est effrayant, cet homme, je l'ai croisé. Je lui ai parlé, je lui ai dit de revenir le soir à la maison, je ne sais toujours rien de lui. Il est monstrueux mais on dirait que sa monstruosité me plaît. À qui vais-je avouer cela ? Tous les faire sortir, trop pleine cette maison. Un soir toute seule avec lui, un jeudi, Frida a remarqué qu'il venait le jeudi, parce qu'en plus il vient souvent. Comment a-t-il pu se fondre ainsi dans la masse ?

Cet homme me trotte dans la tête. René, Français, c'est tout ce que j'ai. Un peu mince pour faire des recherches. Pas franchement courante cette façon de faire attention aux aveugles. Il m'a plu, au parc, sur le trajet, pour descendre de la voiture, chez moi, discret, naturel, reposant.

Il ne frappe pas à ma porte. Je m'aperçois que je l'attends. Lui, Carol, je les attends tous.

Carol m'a troublé, je n'ose pas retourner chez elle. Dire que je n'ai même pas été foutu de la ramener avec mon statut d'artiste, trop peur qu'il faille dévoiler mes bizarreries. Je me jette sur internet et y multiplie les dialogues comme jamais. Et surtout, je réponds enfin à Gail.

Il n'est pas venu. Jeudi dernier non plus. Quinze jours depuis que je l'ai rencontré. Il m'avait promis de revenir. Hier, ils en ont tous parlé. Même Frida a laissé tomber la cuisine, c'est dire. Pedro a fait tourner un joint en son honneur et il y a eu un silence comme si on priait tous pour qu'il revienne. C'est tellement fou cet homme atterri là sans qu'on s'en aperçoive, cet homme auquel personne n'avait vraiment fait attention jusqu'à ce que ses yeux tombent par terre. Certains l'avaient quand même remarqué avec sa drôle de figure et ses costumes, mais sans plus. On ne parle plus que de cela. Quant à Mick, il nous a gratifiés d'une sculpture. Un corps aux angles aigus, des membres pliés et à demi atrophiés, une tête large et anguleuse, sans nez, habitée par des orbites vides. Dans sa main gauche, triomphantes, deux perles en bronze, les yeux. On peut dire que l'aveugle nous a marqués.

Je leur ai parlé de ma rencontre avec lui. Ils voulaient tout savoir. J'ai dit qu'on avait très peu parlé. Mais comment leur dire que c'est un monde à part, quelque chose d'inédit, la possibilité de le regarder sans qu'il en sache rien, le dévisager et sourire sans qu'il s'en doute. Et pour cela même essayer de le respecter. Je serais passée pour une farfelue, ils m'auraient soupçonnée de je ne sais quel sentiment déplacé. Non, j'ai préféré me taire. Et puis il m'a émue. Il n'a rien dit de son handicap, rien. Mais quand j'ai raconté aux autres que je l'avais laissé seul pour aller à mon rendez-vous, Gil a hurlé. Elle a raison, laisser un aveugle seul, dans un lieu inconnu, quelle folie. Il avait tellement l'air comme tout le monde, j'ai tellement oublié au bout d'un temps.

À la banque je m'applique, je donne le change. Je n'ai pas croisé Helen depuis plusieurs jours. Elle est submergée par le travail, me dit George. Ça m'étonne, elle semblait vouloir se rapprocher. Ça m'attristerait presque.

Avec Gail on a choisi une date, ça me fait moins peur depuis que Carol m'a remarqué. Le reste m'indiffère.

On organise la rencontre. Ça se passera dans un restaurant, j'aurai une écharpe vert amande, elle une robe rouge.

Pour ne pas avoir l'air idiot avec cette histoire de couleur, je lui explique que, peut-être, d'autres femmes auront elles aussi une robe rouge. Alors pour plus de sûreté et par goût du jeu, on pourrait s'inventer une phrase codée, comme dans les vieux films d'espionnage.

Elle adore. J'essaie de donner le change mais, au moment des derniers réglages, c'est comme si je m'enfonçais dans un sol sans fond, un marécage spongieux et malodorant, tombe pour un aveugle estropié de la face.

Quelques jours avant le rendez-vous, je file à Soho chez mon fournisseur de caoutchouc.

En attendant qu'il trouve ma commande, j'entends, venant du fond de la boutique, une voix qui ne m'est pas inconnue. Je panique un peu. Ce n'est pas là que j'ai envie de rencontrer du monde, les bras chargés d'un stock de plaques de caoutchouc au sujet desquelles j'aurais bien du mal à donner des explications claires si d'aventure on m'interrogeait sur l'usage que je compte en faire.

Ça alors, c'est Mick, le Mick de chez Carol. Mick le sculpteur, j'en donnerais ma main à couper, quoique, ayant déjà le nez en moins, je vais peut-être parier sur autre chose. Bref, par prudence, je décide de me cacher. Enfin, je tente de me cacher. Parce que ce n'est pas si simple. Je me balance dans un renfoncement. Un aveugle doit pouvoir se cacher efficacement, surtout s'il a beaucoup pratiqué dans son enfance de voyant, j'y crois, même si on n'a jamais vu un truc aussi absurde. On dirait que ça marche. Mick passe sans me voir, accompagné d'une femme dont je ne reconnais pas la voix. Je n'ai pas du tout, mais alors du tout envie qu'ils me trouvent.

Je ne les entends plus, signe que je peux enfin sortir, marcher au grand jour, au vu et au su de tous. J'avance rapidement, ma canne en porte-drapeau pour protéger mes pas. Un balayage efficace, ceux qui m'en ont appris la technique s'en réjouiraient.

Je commence à souffler. Mais ça ne dure pas. Une course rapide, des pas secs sur le trottoir, on me rattrape. Non, ce n'est quand même pas moi qu'ils poursuivent ainsi.

— C'est lui.

Et voilà. Un aveugle qui sait se cacher, ça se saurait, ça s'apprendrait dans les livres, dans les institutions, dans les écoles de locomotion. Essoufflé, un homme s'arrête à côté de moi et me prend le bras que je récupère aussitôt.

— On a failli se louper, c'est Mick, on s'est vus chez Carol.

La mort dans l'âme, je lance un « ah, c'est toi ? » manquant totalement de chaleur. Avec mes sacs de caoutchouc, j'ai l'air malin. Il me présente à une femme, Deborah, et m'invite chez lui.

— Ne dis rien, ça me fait plaisir.

Il m'entraîne dans un dédale de passages auxquels je ne comprends rien. Il me perd. C'est son bon vouloir qui me fera sortir d'ici et j'ignore quand. Je soupire. Mon corps sans vie se laisse traîner, misérable et abandonné. Il ne se doute à aucun moment de ce que je ressens, il est tout à son silence excité. Deborah nous suit, j'entends son petit pas affairé.

— Tu vas avoir une surprise, ajoute Mick.

Comme si j'avais envie d'une surprise. N'ont rien compris, les surprises, j'en ai tous les jours, la poubelle déplacée au bas de l'immeuble, les travaux dans la rue adjacente, le vendeur de beignets au coin de la rue qui a changé de place pour mieux vendre et qui me fait perdre mes repères, une barrière poussée dans la nuit autour de la bouche de métro, et j'en passe. Alors les surprises, franchement, c'est pas ma tasse de thé.

On entre chez Mick. Le brouhaha new-yorkais se dissout d'un coup et je suis brutalement pris dans l'ambiance claire, fraîche et feutrée de son appartement. Me vient un goût de cave dans la bouche, de sous-sol légèrement humide alors même qu'on est au troisième étage. Un goût d'apaisement indéfinissable qui me rappelle le sous-sol de la maison des grands-parents, refuge de nos jeux d'enfants, là où se terminaient nos cavalcades effrénées entre cousins. Il règne ici des odeurs encore jamais rencontrées, mes trous sont aux abois et mon cerveau en alerte.

Je m'arrête. Mon visage se tourne en tous sens pour capter le plus de choses possible. Je suis en train d'adorer et plus que cela encore. J'oublie ma rage d'être entraîné ici. Rien ne m'occupe plus que ces odeurs de terre, de forêt, de sol moussu, mêlées à la menthe poivrée et à une odeur âcre que je n'identifie pas. Mick est rouge de plaisir, je ne le vois pas, mais je le sais de l'intérieur. Dans le saccage qu'est devenue ma vie, j'entrevois un instant de pur bonheur.

Deborah et Mick se mettent à parler, j'ignore de quoi, bientôt rejoints par Gil et Bob.

— Alors, qu'est-ce qui te fascine comme ça ?

J'atterris brutalement et me sens comme un peu honteux de tant d'extase offerte à leur ignorance. Je leur demande quand même où je suis.

— Bah alors, t'étais où ? Je viens de tout t'expliquer ! Dans mon atelier, bien sûr.

— Pardon.

— Oui, on t'a un peu bousculé, c'est ça ?

Je déambule un peu, discrètement. Je finis par demander la permission de toucher, c'est rarissime, il faut vraiment que ça me plaise pour que j'ose. Mick me guide, je sens son silence ravi. Je prends dans mes doigts les sculptures, contre mes joues, mon corps, ma bouche. Je suis impudique et je sens leur silence réjoui. Ils doivent tous me regarder. Les sculptures de Mick sont parfois à taille humaine, parfois beaucoup plus réduites. Je les touche toutes. Rêches, sombres, douces par endroits, accidentées, alambiquées, incompréhensibles. Elles me plaisent. Je le dis. Ça me plaît.

Ils me suivent partout et font des commentaires. Ça c'est un bras, là une fleur fanée, ici une femme assise, là une tête sans corps.

— Ça l'amuse les têtes sans corps, fais pas attention, ajoute Bob à mon oreille.

— Et le clou du spectacle, ajoute-t-il de façon théâtrale, voix en porte drapeau.

Sans me prévenir, il me fourre entre les bras une sculpture comme je n'en ai jamais touchée. Sèche et pointue, courbée parfois, lignes accidentées, corps ramassé.

— C'est un homme, regarde ses mains.

Il faut comprendre le corps, ce n'est pas si simple, la sculpture a une certaine taille et je ne suis pas vraiment rapide, mais ils patientent tous.

— Cet homme a quelque chose dans les mains, je le sens, c'est quoi ?

— C'est toi.

— Quoi moi ?

— Oui, c'est des yeux, c'est toi.

Cet homme a des yeux dans les mains. Ses yeux. Cet homme c'est moi, moi l'autre jour, sans mes yeux, ma cécité revisitée, ma monstruosité offerte. Je reste sans voix, un moment interdit. Le silence est de plomb, comme mon corps. Puis je touche le visage, et l'homme n'a pas de nez. Il a sculpté un homme sans nez, sans nez et sans yeux et je ne sais pas du tout ce que je dois faire de cela, mon corps débile immortalisé là. Le ridicule de la situation m'atteint tellement que je me tais. Bien sûr, les silences ne leur disent rien, alors ils passent outre et m'offrent à boire. Le whisky de fin d'après-midi me réchauffe doucement tandis que je refais surface. Ils sont bizarrement pudiques, aucun ne me questionne. Je flotte dans cet univers un certain temps, sans rien comprendre, et me touche de temps en temps l'air de rien, pour voir si je ressemble à la sculpture.

Quand Mick me met mon paquet de caoutchouc dans les mains je comprends que je vais partir, et c'est sans aucune réaction que je me laisse guider jusqu'au métro. C'est à peine si je sens le vent qui s'est levé et cingle sans ménagement. Je rentre chez moi, là où m'attend une machine avide de caoutchouc neuf. Mais je n'ai pas le courage de la garnir.

Mon corps est parti, mais une part de moi est restée là, chez Mick, dans sa gangue de terre qui l'emprisonne tout en la protégeant de tout ce qui pourrait jamais lui advenir, mieux que ne le ferait aucune machine.

Je ne sais plus où survivre, tout espoir d'une rencontre joyeuse avec Gail m'a quitté, je me mets au lit sans manger, mon corps pèse une tonne et je troue le matelas jusqu'au lendemain matin.

Des yeux plein les mains, c'est cela qui m'arrive. J'ai les yeux dans les mains. Si ma mère savait qu'on me sculpte les yeux dans les mains, moi qu'elle détestait voir sans prothèses. Cache ça, remets ça. Elle hurlait quand je les enlevais. Ouh que c'est sale.

Depuis Mick, je prends parfois la pause, celle de la sculpture, yeux dans les mains. Je reste le plus longtemps possible sans bouger. Le soir, juste avant de me coucher, sur le piano de Colin Vallon. Je me fais l'effet d'une sculpture vivante.

Je rencontre Gail tout à l'heure, je suis dans un état affreux, tiraillé entre le regret de ne rien avoir dit pour la tronche d'accidenté que je me traîne, et l'exaltation d'avoir vécu un truc fort en passe de devenir caduc. Rideau le rêve sur internet, dans quelques heures il n'aura plus cours. Mettre un point final à ces quelques mois de rêverie intense me rend malade. J'aimerais tellement que ça continue. Mais on est à un point de non-retour. D'où sort cette idée stupide de vouloir faire comme tout le monde, se rencontrer pour jouer la comédie du réel. Ressaisis-toi mon garçon. Il est encore temps, tu peux surseoir. Mais quand il s'agit de lui faire un message pour retarder ce rendez-vous et malgré la certitude que se rencontrer foutra tout en l'air, j'ai un engourdissement de la main terrible. Je suis pris dans l'avidité de la voir, de découvrir sa voix et l'odeur de sa peau. Bordel, j'en crève de cette nana. Je pourrais peut-être me mettre la tête dans un sac plastique et tout régler comme ça. Mais non, elle rêve de moi chaque nuit, je ne vais pas lui infliger des regrets pour la vie entière. Vaut mieux que ce soit ma tronche qui mette un point d'arrêt, elle s'en remettra mieux.

Bref, par amour pour elle et pour la faire souffrir le moins possible, je vais me montrer. Le comble. Enfin je me raconte ça mais, en fait, j'ai le fantasme d'*Elephant Man*. Il faudrait voir si ça n'existe pas dans la nomenclature psychiatrique. Se faire aimer malgré sa tronche. On se parle d'amour tous les jours, ce n'est quand même pas ma tête qui va tout arrêter.

Je suis assis dans le restaurant, mon écharpe vert amande autour du cou, comme convenu, une heure d'avance pour être sûr de ne pas la louper, pour qu'elle ne me voie pas hésiter et me cogner. J'ai des pudeurs de gonzesse et le palpitant au bord du gouffre.

Quelqu'un approche, j'entends son pas, c'est sans doute elle, je prends un air dégagé, enfin j'essaie.

— Tu attends quelqu'un ?

Ça alors, je connais cette voix, c'est Carol, c'est malin, elle va assister à mon rendez-vous. J'acquiesce. J'entends son silence interloqué.

— Tu as une écharpe vert amande.

— Oui, c'est vrai.

Ma voix tremble un peu, j'ai envie de la faire fuir et je ne sais pas comment, c'est un comble, moi qui n'ai eu de cesse de rêver de tête-à-tête avec elle.

— Tu es qui ? murmure-t-elle soudain.

Je suis un peu étonné, elle me connaît pourtant, enfin elle m'a reconnu. Et là, sans attendre de réponse, elle murmure « l'ombre cède » d'une voix atone. Je me sens presque défaillir. C'est notre phrase, la phrase codée. Putain, c'est elle, Carol et Gail, une seule et même personne, c'est incroyable.

— Oui, c'est moi, l'ombre cède.

J'ai réussi à articuler ces mots, je me demande comment.

Elle est abasourdie, silence consterné, déçu. Celui-là, je le sens bien, il est terrible et me rentre dans le corps comme un démon qui brûlerait tout sur son passage. Et puis le rire. Carol rit, de son rire en cascade, et pour la première fois j'entends tout ce qu'il peut contenir de raillerie et de sarcasmes. Lorsqu'il se brise, elle me dit qu'elle croit rêver, que la vie est une coïncidence sans fond. Et moi, je suis tellement abasourdi de la décevoir à ce point que je me lève et pars. Elle ne me retient pas.

Je ne sais plus comment faire, je savais que quelque chose s'effondrerait avec la rencontre, à aucun moment je n'avais imaginé que ce serait de cette façon. Pourquoi a-t-il fallu que ça se passe ainsi ? Pourquoi une seule et même personne ?

Je suis pris dans un vide abyssal. Ma tête n'est plus qu'une bouillie de pensées sans suite, elle survit, dans l'effarement, mon corps de plomb enfoncé dans le canapé comme dans un cercueil.

Comment est-ce possible, cet homme chez moi, cet homme sur le site, les messages, comment a-t-il envahi ma vie sans que je m'en aperçoive ? Ça me fait presque peur.

Plusieurs heures se sont passées, je ne sors pas de ma stupeur, je suis chez moi, sur mon canapé, toujours aussi abasourdi. Je finis par trouver la force de me lever et d'allumer l'ordinateur, elle m'a écrit. J'hésite à ouvrir le message, mais je ne peux pas faire autrement. Je suis aimanté par son nom, par ses mots. Cette folie d'être attaché à deux femmes qui n'en sont qu'une. Cette folie de ne rien pouvoir faire d'autre que de penser à elles, à ce qu'elles pourraient en dire, à ce que j'aurais dû dire au lieu de fuir, cette folie de leur parler sans cesse, à l'une et l'autre et aux deux à la fois. Cette folie de faire tourner dans ma tête des dialogues qui n'ont pas eu lieu, et ceux qui ont lieu par mail, et celui du bar, et tout cela se mêle, s'agglutine, devient un magma terrifiant, un amoncellement de mots et de sons, une montagne qui m'écrase, m'enfonce sous terre, me vide, m'aplatit, me laisse là sans rien d'autre que mon corps éteint et sinistre.

Pourquoi êtes-vous parti ? J'étais surprise, il est vrai, mais j'aurais tellement aimé que l'on parle, après toutes ces semaines, ces mois passés à échanger, tous les jours. Quelle coïncidence étrange. Organisons un autre rendez-vous, s'il vous plaît. Plein de choses se bousculent dans ma tête, je voudrais savoir si vous saviez, je voudrais savoir comment vous faites pour écrire tout ce que vous écrivez, je voudrais vous connaître sous ce jour-là.

Je ne réponds pas, je ne peux pas répondre, les mots que j'avais inventés pour elle se sont enfuis, tous, comme à mes neuf ans. Ils ont plongé dans la cendre et la poussière, se sont fondus en elles, se sont enfoncés dans la terre, dans l'ombre des effarements. Comme dans un rêve dévoyé.

Comment se relever de cela, comment survivre à mon visage, à la déception qu'il engendre chez les autres, à ce que je suis. Je m'égare, dans la confusion et l'attente, je me décompose lentement, exsangue et maladif.

Je ne sais plus marcher dans la rue, je me cogne, je ne sais plus écrire, je ne sais plus aller sur internet pour les autres femmes, je ne sais plus écouter la moindre musique, je ne sais plus travailler. George me demande ce qui se passe, George ne peut plus rien pour moi. J'ai dit à ma mère qu'on ne pouvait plus se voir en ce moment, elle est quand même venue, a sonné, je n'ai pas répondu, heureusement que j'avais gardé ses clefs. Je ne fais plus rien, je finis par rester chez moi toute la journée.

Je meurs en moi-même. Mon espace se réduit progressivement, les murs se rétrécissent sur mon visage, sur ma poitrine, dans mon dos. Je ne sais plus dire que onze mots, bientôt neuf, et encore, mes lèvres ne bougent déjà plus. Les objets se sont perdus, mon corps m'est indifférent, mes pensées sont devenues dérisoires et disparaissent, le jour s'est confondu avec la nuit, une journée dure un siècle, mon siècle n'a plus d'avenir, je ne sais plus où je suis, les pleurs me mangent la figure, ce qu'il en reste.

Peter Byron m'a demandé si ça allait, il est sorti sur le palier au moment où j'ouvrais la porte parce que le chat de la voisine s'était introduit chez moi et qu'il fallait bien le laisser partir. La présence de ce maudit chat m'a considérablement agressé. Je n'ai pas répondu à Peter. Une fois le chat parti, j'ai claqué la porte. Peter a dit de l'autre côté qu'il reviendrait, il a senti. Je le laisserai rentrer, m'aider, je ne vois plus que ça. Je dois me remettre à manger et à parler.

Peter Byron a tenu sa promesse, il a sonné, et je me suis traîné vers la porte, il a dit « c'est Peter, je t'en ai apporté quelques-unes », j'ai senti quelque chose qui frémissait dans ma poitrine et j'ai ouvert.

Mon appartement est terrifiant j'imagine, tout est pêle-mêle et ça doit puer la mort. Les boîtes de conserve que j'ouvre pour ne pas mourir de faim s'entassent n'importe où.

Peter n'a rien dit, il m'a mis les sauterelles dans la main et, devant lui, je les ai croquées. Ça m'a fait un bien infini.

On s'est assis sur le canapé, en silence, et après un long moment, j'ai dit merci. Il a répondu qu'il était là pour moi, qu'il allait m'aider. Il a ouvert les fenêtres, il a commencé à ranger, je l'ai laissé faire, hébété. Il est allé chercher des choses chez lui, il m'a redonné une sauterelle et j'ai senti que ça allait mieux. Être capable d'un tel sacrifice, faut vraiment qu'il ait eu peur pour moi. Puis il a fait cuire des œufs et du bacon et on a mangé ensemble, toujours en silence.

Mon premier vrai repas d'homme blessé. J'ai senti quelque chose du côté d'un ami, puis je me suis rappelé que Peter était un voisin, alors je n'ai plus rien senti du tout.

Je suis peu à peu revenu à la vie. Peter a voulu que je prenne des antidépresseurs, j'ai refusé. C'est lui qui m'a servi d'antidépresseur. Il a tout fait, et j'ai pu retourner sur internet, répondre à des femmes qui s'étaient impatientées, lire un message de Carol-Gail, puis encore un autre – elle ne comprend pas mon silence – et retourner travailler. Il m'a accompagné pour tout, ma première sortie dans la rue, les courses, à la banque. Il l'a fait progressivement et j'ai pu refaire surface. Mon trou noir avait duré trois semaines. Je ne sais même plus quand j'ai prévenu la banque que j'étais indisposé mais ils l'ont su, j'ai dû avoir un sursaut. À moins que Peter ne l'ait fait.

Carol m'a téléphoné à la banque, juste au moment où j'allais partir.

— *Hello*, c'est Carol.

— Pardon ?

Tout en moi s'est vidé d'un coup. Cette voix me fait tellement d'effet, cette voix seulement pour moi, avec ce chuintement presque tendre, sur lequel vient s'appuyer la vivacité des voyelles, cette impression de ne presque plus m'appartenir lorsque j'entends cette voix, le désir de cette voix.

— Oui, Carol, j'ai appelé au standard, ils m'ont aiguillé sur toi.

Comment m'a-t-elle appelé ? Le monsieur aveugle ou l'homme sans nez ?

— Je voulais te dire, on t'attend ce jeudi.

Parce qu'en plus elle a remarqué que je venais les jeudis. Je ne peux que bafouiller un « ah ». Ma conversation me fait peur. Elle ajoute un drôle de « viens, ça nous fera plaisir, tout le monde a très envie de te connaître » qui me fait tout bizarre. Et puis le silence s'installe et je ne sais plus quoi dire du tout.

— William, tu me manques, tes mails me manquent.

Je ne sais pas comment prendre ça. Je crois rêver. Alors je dis que je viendrai, ça la calme, ça me donne le temps de voir venir.

— Si tu as un problème, si tu veux qu'on vienne te chercher, appelle-moi, je te donne mon numéro.

Conversation ultrarapide, ça la change. Elle me demande si j'ai de quoi noter, et moi, bêtement, je dis oui. Mais non, bien sûr, je n'ai pas de quoi noter. Comment noter comme ça sur le pouce quand on est aveugle ? Il faut avoir l'ordinateur prêt et le mien, je viens de l'éteindre et de le ranger au fond de mon sac où gît déjà mon téléphone que je ne trouve pas malgré mes recherches fébriles. Pour l'ordinateur, de toute façon, il faudrait ouvrir le bon fichier avec la synthèse vocale qui pérore et qui apprend à l'interlocuteur qu'il y a un truc bizarre, alors, par pudeur sans doute, je renonce. Je pense un moment à sortir une tablette aussi vétuste que démodée mais je ne sais pas où je l'ai mise – si seulement j'étais plus ordonné – et, en plus, elle fait du bruit, c'est vraiment pas discret ce clac-clac mat du poinçon perforant le papier. Bon, alors quand je dis je note, c'est dans ma tête que ça se passe, je note dans ma tête, point à la ligne. Et après je vais abréger la conversation pour vraiment noter le plus vite possible. J'ai une bonne mémoire, mais on ne sait jamais. Et là, justement, ça foire. Elle m'a donné son numéro, et pour la première fois de ma vie, je n'ai pas retenu, il me manque au moins deux chiffres. C'est ça l'amour ? Le défaut à l'endroit de la mémoire ?

Je tourne en rond dans LaGuardia Place, tout près de chez Carol. J'attends. Dans le froid et la bise, dans les cris stridents et désordonnés du vent new-yorkais. Je vais et je viens, j'arpente les rues, j'arpente sa rue, puis je rentre chez moi. Depuis trois jours je fais ça. J'ai laissé passer le jeudi. Je vais me décider, mais je suis lent. J'ai peur, une peur qui me tenaille et me réveille la nuit. La peur des handicapés.

Je finis par entrer dans un bar, non loin de chez Carol, attiré par la rumeur qui s'en échappe dès que la porte s'ouvre. C'est peut-être celui dans lequel on est allés ensemble, je suis incapable de dire. Je me retrouve là, échoué au milieu d'un brouhaha qui n'a aucun sens, interdit, envahi par la musique. Je me cogne à une chaise, touche une table qui a l'air libre et je me laisse tomber sur un siège, lourdement. Qui plus est j'ai envie d'aller aux toilettes. Je me retiens pour l'instant. Je n'aurais pas dû entrer ici, la maison de Carol n'est pas loin, et ses toilettes, je les connais, ça m'aurait fait un prétexte. Je tiens le coup. Ma bière met un temps infini à arriver, la musique me fracasse le crâne et j'ai un voisin qui bat la mesure avec ses clefs sur la table, un bruit métallique qui me lamine les oreilles. La bière est là. Je l'avale à petites gorgées brèves. L'envie de pisser devient démente. Au point que je suis obligé de me tourner vers mon voisin pour lui demander de m'accompagner aux toilettes. Il rigole, le con.

— T'as besoin de quelqu'un pour te tenir la bite ? Avec la tronche que t'as, tu repasseras.

Je suis désarçonné mais j'ai vraiment trop envie. Alors je répète.

— Vous pouvez m'accompagner aux toilettes, s'il vous plaît ?

Il hèle quelqu'un en hurlant.

— Eh, y a un gus qui veut qu'on le conduise aux chiottes, je sais pas pour quoi faire ? Y a un candidat ? Attention, il a pas l'air frais le gars !

Je soupire. Je me lève et j'entreprends de me déplacer seul pour les trouver, ces fameuses toilettes. Mais je glisse, trébuche sur des sacs et me cogne à un poteau.

— Ça va pas te l'arranger ta gueule mon vieux, hurle le mec aux clefs.

Et toute la table s'esclaffe. C'est là que quelqu'un comprend enfin.

— Z'êtes des cons, il est aveugle. Tenez, je vous accompagne, moi.

— Ah excuse... t'avais qu'à le dire.

Un « excuse » du bout des lèvres. Oui, j'avais qu'à le dire, mais vous croyez que c'est facile vous, de le dire comme ça à des inconnus qui ne l'ont pas remarqué. Quand j'étais ado, je me retenais à mort. Je n'en ai plus le courage, ou mes sphincters tiennent moins le coup.

On me guide, mais c'est la panique quand même. Je ne sais pas où est la lunette des WC. Il faut tâtonner. Je ne sais pas ce que je vais trouver, si c'est propre, si c'est sale. Mes mains vont en pâtir, c'est sûr. Et personne à qui je peux raconter ça.

René. C'est à lui que je pense soudain. Lui qui avait tellement l'air de comprendre les aveugles, lui qui a naturellement su faire ce qu'il fallait lorsqu'il m'a repêché à Central Park. Je l'avais presque oublié.

En sortant du bar, je me traîne chez Carol, comme un rat empoisonné qui viendrait mourir là plutôt que tout seul chez lui. J'attends devant sa porte, tout geste suspendu. Je suis perforé par l'angoisse, j'ai peur que ma tête implose avant de franchir le seuil. Je me demande pourquoi j'ai des sensations aussi violentes vu que, paraît-il, ils m'attendent tous. Peut-être à cause de cela, on ne passe pas impunément d'insignifiant notoire à *persona grata*. Et puis la façon dont je suis devenu une vedette signe tellement mon handicap que c'est encore plus compliqué.

Je me décide à ouvrir la porte. Le bruit me vrille immédiatement les oreilles. Ils sont tous là. Une nausée sonore me vient, j'ai un haut-le-cœur et je suis sur le point de tourner les talons quand j'entends Frida hurler « William, enfin ! ». Elle a parlé tellement fort que le brouhaha tombe d'un coup. Je déglutis, tente de répondre à son salut mais aucun son humain ne sort de ma bouche, seulement un raclement arraché aux ténèbres qui n'arrange pas ma réputation. J'avance comme un crabe dans le couloir, pas vraiment à reculons mais presque, et Carol coupe sa conversation téléphonique.

Ils s'avancent tous vers moi, ou plutôt ils déferlent et c'est une avalanche de mots et de poignées de main à laquelle je ne comprends rien.

— Ah quand même, j'ai cru que jamais je n'allais pouvoir arriver jusqu'à toi, tu es devenu une vedette, me glisse Carol en mettant sa main sur mon bras, comme dans la rue. C'est bien d'être revenu, William, viens.

Cette voix tant espérée, mon nom dans cette bouche, mon nom offert à son intériorité, à sa façon de le prendre, de le garder entre ses lèvres, puis de le rendre, enrichi de toutes les subtilités sonores dont une femme est capable, me fait flageller. C'est un moment suspendu, un espoir de vivre là, de m'y abandonner. Qu'elle m'y garde, qu'elle me goûte entièrement, qu'elle me prenne pour me savourer tout à son aise. C'est comme si Gail était là aussi, c'était les mots qu'elle aurait employés. Les mots de Gail avec la voix de Carol et mes deux femmes rêvées sont une seconde fois réunies en une seule. Je suis chancelant d'émotion.

Carol-Gail me guide et sent soudain ma faiblesse.

— Mais écartez-vous, il va étouffer.

Je me cramponne presque à elle, non par crainte de me perdre mais pour ne pas la perdre, elle, cette femme double. Elle m'assoit dans le canapé et se glisse à ma droite. Mick est là, Pam, Bob, tous. Je ne sais pas quoi faire, Carol me demande ce que je veux boire et moi, rivé à mon siège, je pense ne jamais m'en relever. J'articule un « whisky » que Frida m'apporte. La première gorgée me fait chaud au cœur et a l'heur de me revigorer. Carol me parle, je réussis enfin à l'écouter. Elle est confuse, m'avoir laissé comme ça, dans la rue, on lui a dit depuis, on ne laisse jamais un aveugle dans un endroit qu'il ne connaît pas, elle ne savait pas, elle n'a pas pensé, elle n'avait pas mon numéro pour savoir si tout allait bien, et je ne revenais pas et heureusement que j'ai rencontré Mick et qu'elle a pu me trouver à la banque et tu nous as manqué et ce que tu es élégant, ce goût pour t'habiller et encore pardon et tu as fait quoi ces trois semaines et comment t'es venu. Je réponds par monosyllabes, écrasé par la surprise. Il y a un silence perplexe. Comme ils ne me connaissent pas, ils ne demandent rien d'autre.

Ils parlent à présent de la sculpture de Mick. Conversations de salon. Ils veulent mon avis, savoir ce que j'ai touché là-bas, dans son atelier et même ici chez Carol. Je donne mon avis sur tout et ça n'a rien à voir avec ce que je pense vraiment, mais ils sont contents. Gail-Carol me murmure de temps en temps un « ça va William ? » qui me fait l'effet d'une sucrerie interdite.

Oui, ça va. C'est même plutôt grisant finalement, la première fois qu'on m'entoure comme ça parce que je suis handicapé. Je me demande pourquoi j'ai eu si peur de sonner. J'aurais dû revenir plus vite. Ils me demandent ce que je fais de mes journées. La banque. Ah, parce que vous êtes aussi financier ? Et cet « aussi » me descend dans le corps comme une arête avalée par inadvertance qui blesse tout sur son passage. Aussi. Pas seulement handicapé, aussi un homme qui traverse, aussi un homme qui gagne sa vie, aussi un homme qui pense, aussi un homme. Je tourne la tête vers l'auteur du « aussi ». Et un tout petit gémissement sort. Personne n'y prête attention, ils enchaînent. Ils m'entourent un peu moins, je suis peut-être une attraction dont on se lasse. J'ai le champ libre pour circuler. Une femme me propose son aide, je décline, on ne va quand même pas me guider chez Carol.

Je vais dans le seul lieu que je n'ai pas trop exploré car il est souvent occupé, la salle de bains. Pour fuir la foule et le bruit.

Là, je surprends une scène que je ne suis pas censé voir, ce qui en soi tombe bien. Il y a malgré tout un mouvement de panique à mon entrée. Une voix d'homme marmonne un « attendez » un peu fébrile, tandis que Pam lance un « ah c'est toi » visiblement soulagé. Elle se dit que je n'ai rien vu. Je n'ai rien vu, certes, mais j'ai tout entendu, et ça prête à une seule interprétation possible. La boîte qui se referme, le clac des aiguilles, l'odeur. Je n'ai pas besoin de voir pour comprendre que vous vous piquez. Et si vous saviez comme je m'en fiche. À part l'odeur, celle de l'éther. Dès que je sens cette odeur je suis directement balancé à l'hosto de mes neuf ans avec ma mère en permanence à mon chevet pour me rappeler que c'est grave de ne plus voir à force de me dire qu'elle sera mes yeux.

Alors, je bats en retraite pour fuir ce lieu qui me rappelle ma mère. Dans le salon, on me fait une place sur « le meilleur fauteuil », j'y ai au moins gagné cela. Un enfant vient se mettre tout contre moi. Je sursaute. D'habitude, les enfants ne me montent pas dessus. Mais celui-là n'a absolument pas peur.

— Dis, c'est qui celui qui t'a volé le nez ?

— Philip ! l'apostrophe une femme.

— Laissez. Je vais te dire, celui qui me l'a volé, je n'ai pas pu savoir qui c'était parce que, juste avant, il m'avait volé les yeux.

L'enfant se tait, réfléchissant intensément.

— Et quand les gendarmes l'ont rattrapé, il n'a pas pu te les rendre ?

— On ne l'a jamais rattrapé.

— Et tu as été triste ?

— Oui. Tu n'aurais pas été triste à ma place ?

— Si si, très triste, et j'aurais beaucoup pleuré.

— C'est ce que j'ai fait.

— Et qui t'a consolé ? Ton doudou ou ta maman ?

Il a compris l'enfant, ce n'était pas sûr que ce soit ma maman.

— Et pourquoi pas mon papa ?

— Parce que tu n'en as pas.

— Comment tu sais ça ?

— Ça se voit.

Là, quand même, je suis désarçonné.

— Philip, appelle la mère à nouveau.

— Non, laissez-le.

— On s'en va, désolé, il a classe demain.

— Au revoir garçon.

— Au revoir sans nez.

Et avant que j'aie pu faire quoi que ce soit, il m'avait embrassé. Je me lève sur ces entrefaites pour partir. J'entends des pas rapides derrière moi.

— Tu pars déjà ?

C'est Carol. Carol me court après, j'ai un instant de plénitude.

— Reste, je t'en prie.

Je suis décontenancé par cette demande, je m'arrête un instant, interdit, hésitant. Mais quelque chose – si seulement je savais quoi – m'empêche de revenir sur mes pas. Alors je reprends ma route avec un simple « je reviendrai » inaudible.

Les enfants sont inconscients. Je vais dire à Gil de faire attention, de venir seule. Il a eu l'air tout remué, ça l'a fait fuir. Trop de monde, empêtré dans ce monde.

L'enfant. Sans nez. Je suis sans nez. Sanné. Nouveau nom. On pourrait rentrer un *t* à l'intérieur. Santné. Un *t* comme la toupie qui l'aurait emporté, ce nez. Ou un *c*, comme ce crétin qui l'a volé. Sancné. Ou un *g*, comme le gaz qui a fait exploser mon visage. Sangné.

Il faudrait que je le voie seul.

C'est le genre d'homme qui aurait pu être beau s'il avait eu un nez et des yeux. Bon, il aurait seulement été normal. On l'aurait regardé autrement, il aurait eu une femme. Est-ce qu'il couche avec des femmes ? Des aveugles peut-être. La tête, ça compte, quand même.

Il est à l'aise, il n'a pas dû naître comme ça, ou il a eu un bon prof de maintien. Enfin, je ne sais pas si ça existe pour les aveugles, comme au XIXe *siècle pour les filles de bonne famille. Sa sensualité me désarme. Mais bon, sans nez quand même. En fait ça m'agace terriblement qu'il ait déboulé dans ma vie sans que j'en sache rien, et ça m'agace tout aussi terriblement d'être obligée d'attendre qu'il ressurgisse. Ces jeudis m'insupportent. Cet homme tourne bizarrement dans ma tête. Tout ce qu'on s'est écrit. Il ne répond plus à mes mails, les siens me manquent tellement. Comment faire avec tout ça sur les bras.*

Depuis que je suis revenu chez elle et que mes deux espaces de rêverie se sont ainsi accolés l'un à l'autre, Carol-Gail me hante plus que jamais, pire que tout ce que j'ai déjà connu. C'est une pensée lancinante qui s'attache malgré moi à mes basques, à mon corps, à mon ombre. Impossible de m'en défaire ne serait-ce qu'un instant. Un épuisement du corps et de l'esprit. Se branler en pensant à elle, baiser Lucy en pensant à elle, répondre à des femmes du net en pensant à elle, l'imaginer chez elle, l'imaginer dans la rue, dans sa galerie, avec ses amis, m'imaginer avec elle, m'imaginer en elle. Elle est là sans répit, elle et sa voix, elle et ses envoûtements, elle et ses mots, elle et ses absences.

Je me traîne tous les jours à la banque, Johnny vient me voir, est-ce qu'il s'ennuie ? Non, apparemment il veut me parler, bien qu'il tourne désespérément autour du pot. Silence intimidé.

Ça me fait drôle ce nom, Johnny, les portes du pénitencier et tout ce qui va avec. Enfin, être stagiaire ici et se sentir en prison, c'est peut-être la même chose. Il se décide, oui ou non ? Il est là, il ne dit rien. Il me regarde, je le sens me regarder, il attend le bon moment, et ce n'est pas pour tout de suite car je viens de savourer un silence de George, silence que cet irrévérencieux stagiaire vient d'écourter. Il attend, gêné, le moment où il va pouvoir me parler, il ne se décide pas. Et je me demande si je ne vais pas lui donner mon nouveau nom, histoire de le désarçonner davantage. Comme je n'ai pas encore choisi s'il faut lui mettre un *t*, un *c* ou un *g*, je m'abstiens et finis par engager la conversation.

— Tu veux me parler ?

Johnny répond d'une voix prudente un petit oui de rien du tout puis se tait.

— Je t'écoute.

— Vous… n'êtes vraiment pas comme les autres, William.

Tous ces atermoiements pour me sortir une évidence.

— Johnny, je le savais.

— Pas comme les autres, je veux dire… Tout le monde ici vous respecte. Vous avez remarqué, ils n'osent pas vous parler. Ce ne sont pas vos compétences professionnelles qui les impressionnent.

— Ravi de l'apprendre.

— Je veux dire, vous avez une perception des autres… Vous respectez George parce que vous le jugez fiable, Barbara parce qu'elle travaille d'arrache-pied, vous n'appréciez pas Bob parce qu'il resquille, Dylan parce qu'il se prend trop au sérieux, enfin, pardon…

— Et toi, tu ne crois pas que George est fiable ou que Bob resquille ?

— Si.

— Tu vois, tu l'as vu.

— Mais non, justement je ne l'ai pas vu. C'est vous qui me l'avez montré.

Là, je marque un temps d'arrêt. Je le sais que George est fiable et que Bob resquille, mais je me suis bien gardé de le dire à quiconque, c'est pour moi que je le sais, pour personne d'autre.

— Comment ça, je te l'ai montré ?

— C'est les autres qui m'ont expliqué. Ils disent que la semi-veille dans laquelle vous semblez être plongé n'est qu'une façade, rien ne vous échappe. Ils disent que si vous laissez tomber une conversation ou une personne, ça a du sens. Ils vous observent, vous suivent, vous êtes celui qui nous montrez comment faire.

— Je ne montre rien du tout, je décode juste les silences.

— Les silences ?

— Oui, ce ne sont jamais de vrais silences, il y a toujours des petits bruits de corps avec.

Il semble légèrement interloqué.

— C'est pour ça que tu veux me parler ?

Il attend, je sens qu'il n'entre pas dans le vif du sujet. Et soudain, sa voix prend de l'ampleur, se pose. Jamais je ne lui avais vu une telle assurance. Il insiste dans la veine « vous devinez les choses cachées » et je suis vaguement mal à l'aise. J'ai l'impression qu'il me sert les idées reçues sur les aveugles. Mais je me dis qu'au moins, je sers à ça, donner confiance au stagiaire, même si je n'ai rien fait pour.

— C'est simple, quand vous arrivez ils se taisent et ils regardent tous où vous allez, à qui vous parlez, comment vous répondez ou comment vous vous taisez, puis ils tirent leurs conclusions. Vous êtes le baromètre. Rien ne vous échappe, pas le moindre bruissement, hochement de tête, soubresaut de conscience mal placée. On se demande tous comment vous faites.

— Je croyais qu'ils se taisaient parce que j'ai cette monstruosité...

— Non, ça on s'y habitue, c'est un détail. Ils vous observent tous, ils vous suivent.

Bon, il insiste. Je suis consterné. Soit je n'ai rien compris, soit il veut obtenir quelque chose de moi.

— Je voudrais vous parler de mon père, je pense que vous le connaissez.

Silence entendu.

— Il travaille avec nous ?

— Non.

Alors là, c'est carrément pas possible car je ne connais personne à part les gens de la banque, John, Peter Byron, Philip du labo et ma mère. Pour ma mère, il y a peu de chances qu'elle soit aussi le père de Johnny, idem pour John, Philip peut-être ? Peu probable. Pour Peter Byron, je serais au courant. Alors je ne sais pas. Soudain je déglutis, ce n'est quand même pas quelqu'un qui fréquente la maison de Carol, je ne vois ni Bob ni Jonathan être le père de Johnny, vraiment pas. Comme il est gêné, et qu'il ne dit rien, j'ai le temps de continuer à réfléchir. Et je me glace sur place en pensant que c'est peut-être moi, son père, ce qui expliquerait sa flagornerie. Mais la mère ? Il y a plus de vingt ans, à l'institut, quelques filles aveugles. Je l'aurais su, tout de même. Helen débarque et nous sommes obligés d'en rester là. Je ne le revois pas de la journée.

Je le crois, je veux y croire, je m'en persuade. Je suis père. Je ris d'être père. Moi, Santné, père de Johnny. Johnny Santné. Johnny Sangné. Johnny Sancné. Mon fils Johnny.

J'ai créé deux choses, la machine et Johnny.

J'irais bien revoir l'enfant, celui qui m'a donné un nom, celui qui nous a donné notre nom.

C'est fou ce qui s'accélère dans ma vie en ce moment, c'est inimaginable. Johnny est un pansement, il me fait oublier tout le reste, ces pensées lancinantes qui m'épuisent.

J'ai reçu un message de Gail, elle me demande de venir chez elle jeudi soir, elle me dit que c'est important. Mes vies n'en finissent pas de se mélanger, Gail chez Carol, Carol avec la messagerie de Gail, Gail avec la voix de Carol.

Je suis assez content à l'idée de refaire mon spectacle, et surtout, j'avoue, de revoir l'enfant. Du coup j'y vais dans une forme de légèreté qui me fait du bien et qui contraste avec la lourdeur de certains soirs.

Lorsque j'arrive chez Carol, la porte est bizarrement fermée à clef. Je me demande ce que je dois faire. Je me serais trompé de jour ? J'hésite. Après tout, c'est elle qui m'a contacté, alors je me décide à sonner. On vient m'ouvrir.

— Ah William, je t'attendais.

Cette voix, je ne m'y ferai jamais, elle produit toujours le même effet, frissons jusqu'à l'extrême pointe de chacun de mes cheveux, et comme il y a de la longueur, frisson prolongé.

Je la suis dans le couloir, le silence m'accueille. Dans cette maison d'ordinaire envahie par un brouhaha de discussions diverses, musiques, allées et venues, claquements de portes ou verres sur la table, il n'y a rien, aucun bruit. Désert auditif. Une douce pointe de fleur d'oranger me donne d'emblée un petit désir de musique. Carol est seule, c'est stupéfiant.

— Personne ? je demande, interloqué.

— Non.

Elle rit. Femme à rires. Un rire bref mais très joyeux qui me la rend incroyablement proche.

— Aujourd'hui seulement toi et moi. J'avais envie de faire connaissance. Ils sont envahissants à la fin. Je leur ai dit, jeudi, ma porte sera fermée, j'ai même mis un mot sur la porte pour ceux qui n'auraient pas eu l'info.

Je suis déçu pour l'enfant, mais ça ne dure pas. Et puis je n'y croyais plus. C'est inespéré. Mon cœur s'emballe comme un vrai lourdaud, j'ai presque peur qu'elle l'entende. J'essaie de n'avoir que mépris pour lui tandis que j'avance jusqu'au salon. Seul avec Carol. Moi et Carol, Carol et l'aveugle, Carol Santné. Il va me falloir tenter quelque chose, c'est le soir ou jamais.

Elle me sert un whisky et, bizarrement, commence à se maquiller. Je connais bien ce bruit, avec ma mère impossible de faire autrement. L'odeur de poudre, le glissement de l'eyeliner, le rimmel, tout y est.

— Je me maquille, ça ne te dérange pas ? Je pensais que ce n'était pas la peine mais, curieusement, je me sens toute nue sans maquillage.

— Non, vas-y.

« Pas la peine », pour un aveugle pas la peine. Ces mots me font mal. Par-dessus le marché je commence à bander, et ça me fait du bien car, avec ces événements, je ne vais plus trop voir Lucy et ça finit par manquer. Quand même, se maquiller devant moi, c'est intime. On n'imagine pas, on croit qu'avec un aveugle on peut tout se permettre. Je guette le claquement du poudrier et le zip de la fermeture éclair de la trousse à maquillage, signe que le champ est libre. Bon, ça y est. Elle s'agite un peu, me propose un autre verre. Ça me donnera du courage. Le temps qu'elle aille le chercher, je me demande comment procéder. J'ai l'impression de la connaître sans la connaître. J'ai tâté tous les recoins de sa maison, je sais tout de ses habitudes ménagères mais presque rien sur elle. Sur Gail je sais plus de choses. Ses deux visages me perdent et j'ignore comment les superposer.

Je l'écoute meubler le silence sans savoir quoi faire de mes mains. Tandis qu'elle continue à parler, je suis soudain pris de démangeaisons atroces au niveau des chevilles et me demande si ce n'est pas dû à une attaque en piqué de puces de parquet, sauf qu'il n'y a pas de parquet chez Carol. Les démangeaisons passent enfin mais ma gorge se met à gratter d'un coup, comme si les puces avaient migré d'un bond de géant des chevilles à la gorge, toutes agglutinées en un tas infect qui me fait me racler la gorge au risque de m'étrangler. Les larmes jaillissent de mes orbites mortes et le spectacle doit être plus que dérisoire, une vraie gonzesse avec des symptômes à tous les coins du corps.

— Ça va ? Tu veux un verre d'eau, des pastilles pour la gorge, manger un truc ?

— Oui, je réponds d'une voix étranglée.

Le temps qu'elle aille chercher ses pastilles les symptômes ont disparu, j'en avale quand même une pour lui faire plaisir et elle reprend la conversation là où elle l'avait laissée. Elle est un peu nerveuse.

Elle me sort le coup de l'omelette, l'odeur persistante de cette maison va bientôt trouver son explication.

Alors qu'on grignote une tortilla, le silence s'installe. L'heure des questions approche, ça ne fait aucun doute. J'attends, résigné.

— Je ne comprenais pas, quand on s'écrivait, que tu étais aveugle, c'était pour ça que tu décrivais les choses comme personne, les bruits surtout, les ambiances, ça me fascinait. Mais pourquoi ne rien dire ?

— Tu crois que c'est facile à annoncer ?

— Ça pourrait se dire, simplement.

Elle a tellement raison. Sa voix a un accent de tristesse. J'ai envie de me rapprocher d'elle, mais elle enchaîne brusquement.

— Regarde ce que j'ai trouvé dans une vieille boutique à Soho, un jeu de dames tactile, c'était tellement incroyable que je l'ai acheté.

Elle me le met dans les mains. Je touche, elle est assise près de moi, si près que j'ai l'impression que c'est une invitation. Elle ma dame, moi son roi.

Ça me galvanise, je suis comme un cheval fou qu'on a bridé et qu'on laisse enfin galoper librement. Je m'approche d'elle, prends sa main et commence à toucher son visage. Elle sursaute mais me laisse faire. Elle croit peut-être que c'est comme ça avec les aveugles, qu'ils aiment toucher les gens pour les comprendre. Mais non, ce n'est pas pour ça qu'on touche les femmes, c'est pour les baiser, tout simplement. Quand elle comprend, elle se dégage nerveusement.

— Ce n'est pas possible, William.

Ces mots me font l'effet d'un crachat en pleine figure. Je ne réponds pas. Je ne peux pas. Que dire ? Qu'un aveugle aussi y a droit ? Même sans nez ?

Et dans mon silence, elle rit. Elle rit affreusement. Son rire est une gifle plus terrible encore que ses mots. Exit la grâce et la tendresse. Un rire mat et désagréable, qui me lamine. Je reste là, figé, les bras encore tendus dans un geste d'accueil dérisoire, tétanisé par le rire qui oublie de s'arrêter, abasourdi par le son qui s'infiltre dans mon corps. Je réussis à me lever, vacille, me déporte contre le chambranle de la porte tandis que le rire parcourt mon corps, va et vient, s'infiltre dans toutes mes extrémités, écorche tout sur son passage, me glace, terrorise mes pensées, envahit mes espoirs et englue tout mon être en une fixité macabre dans laquelle j'ai peur de me dissoudre. Le rire, lui, se poursuit encore, diminue à peine, le temps d'une phrase assassine.

— Je ne voudrais pas te blesser, mais tu verrais ta tête.

— Je ne la vois pas, ai-je répondu, sèchement.

Et ma réponse, loin de lui montrer tout ce qui se décale dans son rire dément, le relance. Pourtant, rien à dire, c'est vrai, je ne vois pas ma tête.

Un aveugle, on ne le prend pas au sérieux. Encore moins un aveugle sans nez. Aimer, désirer, pas possible mon vieux, t'as vu ta tête. En amour, un aveugle, ça s'y prend comme un pied, ça ne sait pas comment faire, ça ne comprend pas si ça a une chance. Et un aveugle qui se fait éconduire par un rire, ça part. Et je pars. D'un coup, très vite. Elle est interdite, le rire s'estompe mais elle ne me rappelle pas.

J'ai ri. Le rire m'est venu, tout seul, spontané, naturel, lamentable. Il s'est vexé. Mais je ne m'attendais tellement pas. C'était tellement incongru. Pourtant, après tous nos mails, j'aurais dû me douter. J'ai ri. Je n'aurais pas dû. Je l'ai blessé.

J'irai le voir. À la banque, j'essaierai de le trouver. M'excuser. J'ai ri. J'aurais pu parler. Il est parti si vite. Je ne savais pas quoi dire. Alors je suis restée là, idiote riante. Voir sa tête déconfite, c'était tellement cocasse. J'éviterai seulement de raconter ça aux autres, si je peux.

Son rire me glaçait encore quand j'ai franchi la porte de chez moi. Lamentablement échoué sur mon canapé, un cafard terrible me prend. Je suis frigorifié, disloqué par le rire. Envie de vomir. Je sentais bien, dès le début, que ses rires avaient quelque chose d'envahissant. Effondré dans le rire d'une femme. J'enchaîne les vexations dans un engrenage infernal.

J'ai abandonné mon corps deux jours sur le sol froid de la cuisine, au milieu de mon urine et du vomi. Au bout de deux jours j'ai refait surface. J'ai tout nettoyé, le sol, les meubles, les objets, mon corps. J'ai tout décapé et me suis même lavé de l'intérieur avec un lavement. Quand tout a été propre, j'ai décidé de reprendre ma vie. Comme si de rien n'était. Je ne vais jamais revenir chez Carol. Oublier les femmes, me baigner dans la musique, retrouver internet et ma machine. Ma machine, vivre pour elle, rêver d'elle, me coucher sur elle, me fondre en elle et mourir pour elle. Cette machine que j'avais un temps remisée pour la vraie vie. Sangné ou Mortné. Retrouver ma machine avant de m'enfoncer dans la terre et de m'y perdre pour l'éternité.

Dans ma gangue de caoutchouc, au centre de ma machine, je colle mon visage. Mon nez d'apparat s'emboîte parfaitement. La machine est mon sanctuaire. Un prolongement de moi-même. Dans un plaisir total, je me dissous en elle. Les bruits extérieurs s'évanouissent, les souvenirs s'étiolent, je me fonds dans son espace. Extase totale. Je retrouve le nez de mes huit ans. Je suis à nouveau un homme entier. Quelques minutes suffisent.

Et la nuit arrive avec sa parade de rêveries nocturnes, images revisitées ou scènes compensatoires, éclairs vibrants, frémissements rauques. Là où vont se bousculer et se transmuer mes atermoiements, mes peurs, mes manquements diurnes, les ombres de mes espoirs perdus, les fantômes de mes amours mortes avant d'avoir commencé, les élancements au creux des reins, les regrets infiniment déployés d'une heure à l'autre et rien pour leur donner ne serait-ce qu'une once de réalité. À mon réveil, je chercherai des anonymes, ces femmes d'internet, je leur écrirai, je les rendrai avides puis je les laisserai choir, et elles rejoindront le grand cirque du monde tentaculaire des délaissés, celui que je connais si bien.

Je reprends ma vie d'avant la déconvenue de Carol-Gail.

Même ma mère, un temps écartée par crainte qu'elle ne découvre ma machine, refait surface. Je ferme juste à clef la porte de la pièce fatidique, je ne veux pas avoir à m'expliquer. C'est une surprise maman, mon œuvre d'art n'est pas terminée. Silence impressionné, un tantinet incrédule mais je ne relève pas.

Johnny arrive, je vais reprendre la conversation.

— Au fait Johnny, l'autre jour tu as commencé à parler de ton père.

J'étais tellement sûr de moi. Comment ai-je pu ? Johnny m'a tout raconté. Moi qui croyais, moi qui rêvais, moi qui m'y voyais. Son père est déficient visuel, standardiste à *New York Association for the Blind* et, effectivement, je le connais, comme tout le monde. On a toujours affaire à lui quand on emprunte des livres. Il rêve de travailler dans une banque, Johnny m'a demandé d'intercéder en sa faveur pour obtenir un rendez-vous. C'était tout simple, quand je pense que j'en ai fait une montagne.

C'est fait, il a rendez-vous avec la responsable de l'accueil, affaire classée. Déception majeure, encore un truc sur lequel s'asseoir, pas moi le père. Décidément, tout s'étiole dans cette vie mort-née, les événements, à peine ébauchés, s'éteignent et me laissent dans une solitude plus effroyable encore que celle qui s'est imposée à moi il y a plus de trente ans. Cette histoire de père, j'y avais vraiment cru.

Sans nez tu ne procréeras pas, sans nez aucune femme n'enfantera grâce à toi. Sans nez tu as perdu ton nom.

Je ne sais pas comment rattraper ce que j'ai fait avec William. Il ne répond à aucun mail, est-ce qu'un jour je serai autre chose que blessante ?

J'ai définitivement adopté la variante numéro quatre grâce à laquelle j'évite la rue de Carol. Ce trajet me fait passer devant un boui-boui qui fournit tout le quartier en sandwichs. Il y a, dans cet endroit, une rumeur sourde dans laquelle je n'identifie aucun son humain. Je m'arrête, trop intrigué pour passer mon chemin. Je rentre, pour le bruit, pour le comprendre. Il m'agresse, hurle dans ma tête, tempête. Musique, circuit auto, clignotements sonores, crissements. De l'électronique partout dans le crâne, cris des objets sur le sol, dérapages, claquements en pagaille. Ça me vide la tête, de Carol, de Johnny, de Gail, de tout. Mais au bout d'un temps, c'est trop fort, le bruit me balance des coups de boutoir dans le crâne qui m'éjectent dehors malgré moi. Je pars. Le bruit résonne longtemps. Je crois l'entendre encore, alors que je viens de tourner la clé dans la serrure pour entrer dans mon appartement. J'ai mal aux oreilles. Le bruit est toujours là, en moi, ce bruit désespérant des jeux vidéo tournant en boucle sans que personne s'y intéresse. Il recouvre un peu le rire de Carol, c'est peut-être pour cela que je m'y accroche. Parce qu'il me détourne de ce sempiternel rire de Carol qui n'en finit pas de bourdonner à mes oreilles comme une bande-son détraquée qui aurait élu domicile dans un recoin de mon crâne.

Je tourne du côté de l'aveugle, dans son quartier, dans sa rue. Je le suis du bout de mon regard. Depuis notre rencontre à Central Park, je suis attiré par lui, aimanté. Je le suis de tellement loin qu'il lui est impossible de s'en apercevoir. Je le quitte. Je n'en peux plus. Trop de souvenirs s'entremêlent.

Helen vient me parler, talons presque neutres. Elle pose son sac par terre et son corps sur la chaise face à mon bureau. Elle est dans une forme d'abandon. Le privilège de la cécité, avec moi, les femmes s'abandonnent. Enfin, disons qu'elles abandonnent la lutte pour séduire, le terrorisme de l'apparence. Sait-elle à quel point je sens son abandon quand elle se laisse ainsi tomber sur la chaise ? Elle me charmerait presque, même si elle a quinze ans de plus que moi. Elle me demande de la seconder dans ses négociations avec les partenaires, en bref, de l'accompagner dans ses voyages.

Et je me retrouve dans le train avec Helen pour me guider, Helen pour me prévenir des obstacles, Helen pour me lire la carte du wagon-restaurant, Helen pour me distribuer des cachous, Helen pour me prendre le bras lorsque je perds l'équilibre, Helen pour m'emmener aux toilettes. Elle n'éprouve aucune répugnance à mon égard.

Face aux partenaires avec lesquels nous avons rendez-vous, je ne décroche pas un traître mot. Elle me présente comme son collaborateur, alors même que je ne sers à rien. Les notes que je prends pour me donner une contenance resteront lettre morte dans mon ordinateur. Et il n'est pas question d'accessibilité. Je crois que je suis seulement là pour lui tenir compagnie.

De temps en temps, sur les trajets de retour, elle me demande comment j'ai perçu ceci ou cela et je sens pointer un petit moment de mélancolie qu'elle chasse avec une question supplémentaire ou un cachou.

On parle de tout et de rien, elle a l'air heureuse. J'ai la faiblesse de penser que ma présence y est pour quelque chose. Un aveugle, ça rend les chefs heureuses ? Ça se saurait. Et moi, quand je suis avec elle, j'en oublie mes vicissitudes avec Carol, la trace du rire s'estompe.

— Les carottes, vous les mangez comment, vous ?

Elle parle de sa belle-mère maraîchère, moi de ma mère et de ses courses de légumes. C'est fou comme un sujet d'une parfaite banalité peut être source d'amusements. Et j'apprends la causticité bienveillante.

— Ça dépend. Pour ma mère c'est crues, à peine pelées, vous comprenez, elles sont bio et toutes de variétés anciennes. Pour mon voisin, en revanche, c'est en gratin.

— Elle n'aurait pas un petit côté hippie votre mère ?

— Ma mère hippie, jamais rien entendu d'aussi drôle.

Il faut le retenir, pour le lui balancer à la prochaine tournée de légumes. Ma mère et moi, l'aveugle et la hippie, je vois d'ici sa réaction, ses cris horrifiés.

— Vous la caricaturez dans votre tête, jupe tombant jusqu'aux pieds, cheveux filasses et foulards traînants. Ça vous fait du bien ?

— C'est parfait.

Je me surprends à rire.

— Alors à moi. Pour ma belle-mère, c'est vichy. Elle est allée en France pour son voyage de noces, il y a quarante ans. Les carottes ont traversé le temps, elle n'en a pas démordu, carottes vichy !

— Ma grand-mère était résistante et elle a fini dans un camp.

C'est faux mais ça me plaît de dire cela.

— Ah, pardon. Bon, alors en purée ! Je balaie d'un coup quarante ans d'histoire carotène, un vrai frisson me parcourt, jamais osé un truc pareil. Vous me faites faire des folies.

— Moi c'est le cru que je passe à la cocotte vapeur !

— Vous datez, micro-ondes !

C'était ça, nos voyages. Et au bout du voyage, il y avait la femme d'affaires intraitable, sachant manier douceur et fermeté, obtenant tout ce qu'elle voulait. Et il y avait moi, silencieux dans le décor, à peine attentif, perdu pour la négociation.

Passer par ses interprétations, c'est passer à la postérité. Il ausculte vos silences. Le bruit des silences a dit Johnny, comment a-t-il obtenu cette confidence ? Parce que les silences font du bruit ? Des bruits de corps a-t-il précisé. J'ai dû interroger le stagiaire.

Ils se bousculent tous à être silencieux devant lui. Ils l'observent, un hochement de tête, une volte-face, une question et c'est la consécration. « William m'a interprété. » Ça passe de bureau en bureau, ils deviennent célèbres dans tout l'étage. Je crois même qu'il y a un palmarès. Le vainqueur est celui dont les silences ont été le plus interprétés. Une liste circule, je n'ai pas réussi à la surprendre. S'il savait cela. En tout cas, focalisés qu'ils sont sur leurs silences, ils s'occupent moins de critiquer la gestion du personnel, l'ordre des mérites, mes choix de mission. Régulation interne. Un aveugle régule le service.

Nous sommes à l'hôtel. Ce soir nous dormons là, deux jours à Washington, Helen enchaîne les rendez-vous. Je me change pour le dîner. Il va falloir traverser un patio pour accéder aux salles de réception et je vais mettre ma grande cape noire en tissu de coton épais, ample et longue, surmontée d'une petite capeline qui couvre les épaules, elle me fait l'effet d'aller au bal masqué. Elle est doublée d'un mélange soie-nylon-coton très agréable à toucher, couleur bronze. J'enfile une chemise en soie rose, tissu à chevrons, ton sur ton, c'est ce que ma mère a toujours dit, c'est fou comme ces chevrons et ce tissu sont ton sur ton. Je passe mon costume gris argenté, veste croisée. Il a de minuscules motifs, les uns sont noirs en forme de micro-cercles, les autres dessinent des points étoilés. Sur le fond, des rayures horizontales à peine perceptibles, composées d'une alternance de gris, de noir et d'argent. Cette subtilité dans le dessin me comble. J'ajoute une cravate bordeaux décorée de petites étoiles, elles ressemblent à des cristaux de neige a dit la vendeuse. Des chaussures noires et de fines chaussettes noires en laine et fil de lin agrémentent le tout. Je suis fin prêt.

Je retrouve Helen à la réception.

— Votre élégance m'honore.

J'adore la façon dont elle se penche vers moi pour me glisser ce mot presque doux. Je tente un sourire, mais je ne sais plus trop ce que deviennent mes sourires à l'ombre de mon visage déformé.

Helen me guide à travers les salles. Notre passage installe un léger silence et j'ignore s'il est dû à mon élégance, à la beauté d'Helen ou à ma tête. Nous arrivons à la table et nous nous installons. J'entends des conversations feutrées aux tables voisines, Helen me décrit la salle, vaste, tables espacées, piste de danse et estrade pour musiciens. Les gens parlent à voix basse, le lieu est décidément très chic, la banque a les moyens.

— Ce sera la première fois que nous avons une soirée à nous.

Ce « à nous » résonne étrangement, je ne vais pas me risquer à l'interpréter, d'autant que ce dîner en tête à tête me va bien. J'apprécie qu'Helen passe du temps avec moi, ça me flatte et tout ce qui est bon pour mon ego est bon à prendre en ces temps de désertion carolesque.

Elle commente le rendez-vous de l'après-midi. Elle est radieuse, elle vient de faire l'affaire du siècle.

— Vous auriez vu sa tête quand il a accepté mes conditions !

— Alors ?

— Déconfit, et pourtant satisfait quand même, très curieux. On aurait dit qu'il avait une idée derrière la tête. Enfin, parlons un peu de vous, mais pas comme d'habitude, non, sérieusement.

Là, je marque un temps d'arrêt, je ne vais certainement pas parler de moi. Seulement me laisser aller à une ou deux confidences sorties tout droit de mon imagination histoire de la satisfaire et d'éviter de plus amples questionnements. Je lui balance sans aucun état d'âme une histoire de voisinage amical et de petite amie mutée à Baltimore. C'est du grand n'importe quoi et ça me plaît. Elle m'écoute religieusement, un peu étonnée par le coup de la petite amie, je le sens à son silence circonspect. Je n'insiste pas, c'est sûr que mon histoire est peu réaliste, je ne prends jamais le train pour Baltimore sauf pour la mèche de trois mètres. Pour éviter d'autres questions, je dévie la conversation sur l'exquis « foie gras à la française » et lui sers les leçons de ma mère sur la cuisine de son pays.

C'est dans un silence un peu étrange – je ne sais pas trop ce qu'il augure – que j'ai commencé à sentir l'odeur. Par petites vagues discrètes, puis de plus en plus prononcées. Je dilate mes trous et n'écoute plus du tout ce que raconte Helen. L'odeur me captive. Impossible de m'y dérober. Je la reconnais, elle est intacte, c'est l'odeur de la danse, le parfum de ma cavalière Mary. Jasmin et fleur d'oranger. J'ai même cru que Mary était là. L'orchestre s'est mis à jouer. Je retrouve une sensation oubliée depuis longtemps, l'impérieux désir de danser. Je me lève et invite Helen à me suivre. Son silence mi-interloqué mi-amusé ne m'arrête pas le moins du monde.

— Nous allons danser Helen, vous voulez bien ? Emmenez-moi sur la piste et laissez-moi guider la danse.

Elle se laisse faire sans rien dire, ce qui, en soi, est déjà étonnant.

La musique est une valse, nous dansons. Je fais danser son corps, je retrouve la tonalité de la danse, son tempo, les gestes, les pas. Tout est fluide, aérien, je flotte et l'emporte avec moi. Elle me suit, incroyablement attentive. Je suis aux anges, je goûte le bonheur de retrouver la danse.

Et peu à peu un couple, puis un autre, puis tous les autres se lèvent, je les entends déplacer leurs chaises, j'entends leurs pas, je sens l'air autour de nous. Ils dansent. Nous sommes tous emportés par la danse. Est-ce moi qui les entraîne ? Est-ce le parfum ? Ce parfum n'a-t-il les accents de la danse que pour moi seul ?

Helen s'abandonne à mes pas, à mes bras, je suis prodigieusement heureux. Le handicap ne compte plus. Dans la danse et la proximité des corps, dans l'écoute des musiques et des odeurs, dans l'harmonie des pas, il s'oublie.

— *Incroyable.*

— *Comme il danse.*

— *Comment fait-il ?*

— *Vous avez vu son air ?*
— *Il la fait valser.*
— *Comment est-ce possible ?*
— *Un miracle.*
— *Regardez-les glisser sur la piste.*
— *Un excellent danseur.*
— *Voyez comme il la fait tourner.*
— *La femme, elle a l'air heureuse.*
— *Lui aussi.*
— *Cette aisance.*
— *Qui aurait pu imaginer ?*
— *Cette élégance.*
— *On oublierait presque...*
— *La musique s'arrête.*
— *Il s'écarte d'elle.*
— *Comment y parvient-il ?*
— *On dirait qu'il est...*
— *... normal, oui.*

Je fais danser cette femme à l'infini, c'est Helen, mais ça pourrait être Mary, Carol, Gail, Lucy ou toutes les autres. Helen se tait, avec moi les femmes se taisent toujours lorsqu'elles dansent, même les plus infiniment loquaces. Elles aiment le silence de la danse. Je suis heureux de ne rien avoir oublié, quinze années supplémentaires de cécité n'ont rien entravé de ma possibilité de danser.

Peut-être que tout le monde devrait, une fois dans sa vie, danser dans le noir. Ce noir que je n'en finis pas de regarder, de scruter, de vouloir comprendre.

Je suis un homme dans le noir. Dans le noir du désir, le noir de l'ennui, le noir de l'agacement perpétuel à l'endroit des hommes, le noir d'un sourire, le noir d'un souvenir, le noir des espaces perdus, et dans le noir je fais danser les femmes. Il n'y a que dans la danse que le noir me comble. Ce qui d'ordinaire trouble l'ordre du monde, ce noir abrupt et implacable, lorsque je danse, me remplit.

Un morceau se termine, je m'écroule sur une chaise toute proche que mon pied vient de heurter. Je jouis du plaisir d'avoir dansé, je reprends mon souffle, tout étourdi par ce qui m'arrive. La musique reprend, Helen me prend la main et se lève, m'invite à poursuivre la danse. Je nage dans une sorte de bonheur inédit et je dois avoir un sourire béat vaguement ridicule.

Je fais à nouveau flotter Helen sur la piste, sur ses rêves, dans mes bras, dans l'ombre des danseurs célèbres. Je peux tout danser, j'ai tout appris, c'est la seule chose normale que j'ai vraiment aimée faire dans ma vie, danser. Rock, tango, salsa, valse, chacha, rumba. Et cette unique chose qui m'a tellement animé durant tant d'années, cette chose que le rire de Mary a stoppé net ce jour fatidique où j'ai voulu l'embrasser, cette chose, je la retrouve enfin.

Pendant quinze ans j'ai oublié la danse, son parfum de jasmin et de fleur d'oranger. Je n'ai plus rien fait de ces danses avec les femmes, ces danses comme un souffle, ces danses de vie et de mort mêlées. J'ai même cessé d'y penser. La danse s'est arrêtée en moi pour laisser percer l'amertume du monde, le ridicule de ma condition, l'âpre différence qui envahit ma vie. Et aujourd'hui, tout me revient.

La musique retombe, l'orchestre prend une pause. Helen me raccompagne à la table. Elle s'étonne.

— Fermez les yeux, vous verrez, on danse avec son âme.

Le silence ponctue mes mots. Elle me regarde, je la sens me regarder, elle est déconcertée, me demande où j'ai appris. Je raconte un peu, pour une fois que je raconte un truc vrai, ça me fait du bien.

— Vous êtes un drôle d'homme.

— Je fais ce que je peux.

Et soudain j'ai peur d'un dérapage, et soudain tout m'est insupportable, je la laisse finir son repas et je quitte la table.

Dans ma chambre, j'arrache mes vêtements rageusement, je propulse mon corps sur le lit et m'endors immédiatement.

Cet homme sans nez qui me fait valser, cet homme, que d'attraits finalement. Jamais dansé comme cela, il faut que ce soit un aveugle. Je retrouve enfin ce monde des aveugles qui m'a tellement manqué, quel étonnement. Un jour je lui raconterai, il faudra bien. Il ne dit jamais rien, me sert de la bretelle, il ne va jamais à Baltimore. Cet homme, qui est-il à la fin ? C'est insupportable de ne rien savoir.

La négociation bat son plein. Helen joue serré face à un adversaire acharné. Je suis complètement étranger à leur discussion. Il se met à rire. Un rire mauvais qui m'extirpe net de ma rêverie solitaire pour résonner dans ma tête et réveiller le désastreux souvenir du rire de Carol. Je fais une grimace terrible et ne peux contenir un gémissement continu et sourd, un gémissement d'une douleur lancinante.

— Qu'est-ce qu'il a ? demande l'homme d'une voix méprisante.

— Demandez-lui.

L'autre n'ajoute rien, ne demande rien, il écourte seulement le rendez-vous et accepte toutes les conditions d'Helen.

Ça m'est venu d'un coup, j'ai compris ce que je faisais là, à accompagner Helen depuis des semaines, ma naïveté me perdra. Et je me mets à haïr cette femme de me faire ça sous couvert d'amitié pimpante.

Instrument de négociation, ma nouvelle promotion. Pas besoin de parler, il suffit que je sois là. L'aveugle monstrueux, celui qui fait pitié, celui qu'on n'ose pas regarder. Avec un collaborateur comme celui-là, vous vous rendez bien compte que ce n'est pas facile pour moi, vous n'allez pas en rajouter ! Oui, les pauvres, on ne va pas y aller trop fort, pas devant lui, la vie doit déjà tellement être dure. Allez, une bonne action, pour une fois, ce n'est pas grave, je me rattraperai sur la négo suivante. Et Helen de faire l'affaire du siècle grâce à moi et ma tronche déformée, grâce à mes tâtonnements et mes hésitations. Quand je pense qu'elle me demande même d'apporter mon bloc-notes pour écrire sous la dictée. Et moi, comme un con, je m'exécute.

Sur le voyage du retour, je ne dis presque rien, je fais semblant de dormir. Elle ne peut rien vérifier, mes yeux ne bougent ni plus ni moins que d'habitude.

Arrivé chez moi, je me jette à corps perdu dans ma machine jusqu'à l'aube. Je me réveille, nu comme un ver, au milieu des tignasses, le visage maculé de croûtes sèches que je n'identifie pas.

Je me lave de la journée, de la nuit, du regret et des amitiés enfuies, de ce statut dont je ne me débarrasserai jamais.

L'aveugle se dérègle, les rires le dérèglent. À Washington, il m'a presque effrayée. Depuis, il ne me parle presque plus. Il ne m'a pas suivie dans la dernière négo et a refusé de reprendre Johnny, le pauvre stagiaire est tout chamboulé. Parfois j'ai peur qu'il explose, comme ça, pour un mot de travers, un rire trop appuyé, une tonalité dans la voix. Je crois qu'on ne dansera plus jamais ensemble, j'ai peur de ne plus pouvoir lui parler.

Jamais je n'aurais pensé qu'il m'arriverait une chose pareille. On m'a amené dans mon bureau, sortie de je ne sais où, Carol.

Est-ce possible que la colère se soit lue dans mes prothèses ?

— Ne sois pas fâché, je voulais te parler, tu es parti si vite l'autre fois et puis tu n'es pas revenu. Plus de mails non plus. J'ai pensé que c'était mieux de venir plutôt que de téléphoner.

— Alors tu as fait quoi ? Tu es arrivée là et tu as demandé s'il y avait dans le service un aveugle monstrueux ? Et ils ont ri et ils t'ont amené ici.

Et comme elle ne répond rien je suppose que j'ai tapé juste. J'en ressens un plaisir sournois.

— Je voulais m'excuser.

Elle a perdu son article de foire, elle vient le récupérer.

— C'est tout ?

— J'aimerais qu'on soit amis.

— Je n'ai jamais été ami avec toi.

— Ce n'est pas ce que j'ai voulu dire.

— Alors ne dis rien.

C'est comme une scène de rupture alors que rien n'a eu lieu. Je l'embrasserais presque de me donner le plaisir de vivre une chose pareille.

— Je voudrais que tu reviennes les jeudis.

— Pas moi.

— Bon, je t'ai blessé, mais je n'ai pas voulu.

— Blessé ? Mon Dieu mais pourquoi ? Il ne s'est rien passé. Je suis occupé à présent, je n'ai plus le temps le jeudi ni aucun autre jour d'ailleurs.

C'est le coup de grâce, le coup de l'homme affairé ayant d'autres chats à fouetter bien plus passionnants que celui-là. Je prends une voix dégagée.

— Il n'y a aucun problème, à un de ces jours Carol, je te raccompagne.

Je la raccompagne. Elle bafouille vaguement un au revoir et me voilà libre. Rire au placard, sortie tête haute, je lui laisse un vague sentiment de culpabilité de n'avoir pas été à la hauteur du handicap.

Ma porte s'ouvre grand les jeudis, j'espère toujours qu'il reviendra. Les autres m'en parlent moins à présent. Si seulement j'avais su être moins maladroite. Mais comment apprend-on à parler à un aveugle sans nez ?

Je passe chez Carol. J'ose. C'est pour la machine que je fais ça. Lundi. Sinistre. Un désordre fou, parcours d'obstacles dans le couloir, presque personne, des voix dans le fond – ça devait être dans la cuisine – et le silence quand je suis entré. Une vieille odeur de camphre et de papier à rouler, pas trace d'omelette. Elle s'est exclamée en me voyant arriver, est venue vers moi et j'en ai profité. J'avais des ciseaux à la main, je devais être un peu effrayant. Je lui ai dit bonjour, j'ai mis la main sur ses cheveux et, prétextant de lui faire la bise, j'ai coupé une mèche. Je suis vite reparti. Elle était interdite, n'a pas prononcé un mot. Je me sens fort, très fort, j'ai fait taire la femme à rires. Couic, serré le kiki qui cause. Pas un mot n'est sorti. Plaf. La mèche a trouvé une belle place, dans ma machine. Affaire rondement menée.

Malgré le coup de la mèche, le rire de Carol me hante toujours. Après avoir essayé de lutter contre ce rire durant des jours et des jours, j'ai décidé de prendre les choses de front. Je vais coller un rire sur ma machine, pour compenser, pour recouvrir ces rires interminables qui me laminent. Tandis que je parcours internet à la recherche du bruitage du siècle, la voisine du rez-de-chaussée sonne à ma porte. Elle me tend un colis, moi qui ne reçois jamais rien de personne.

Je suis perplexe, je le tourne, le soupèse, le secoue, le renifle. Ce ne sont pas des livres de la bibliothèque – les rares colis que je reçois ne sont guère que des livres ou des magazines en braille – ça n'en a ni la taille ni le poids, et surtout je n'ai rien commandé. Un cadeau de Carol ? Après le coup de la mèche, peu probable. Helen est devenue presque une étrangère depuis que je la fuis systématiquement. Peter Byron est à côté et se déplacerait. John peut-être ? À part lui je ne vois pas, mais je crois qu'il m'aurait prévenu. Il faudrait que j'ouvre. J'ai un curieux pressentiment alors je tarde. Je pose le colis sur la table du salon et j'attends. J'ignore quoi, que ça se décante de soi-même. Que le moment soit propice. J'ai peur d'être déçu. Le colis trône à côté de moi pendant le dîner, je le tâte parfois. Le grain du papier d'emballage n'a pas bougé, le bruit qu'il fait non plus et je ne l'identifie toujours pas.

Je me décide enfin, entre le fromage et le dessert – car fidèle à la vieille tradition française perpétuée par ma mère, je mange fromage et dessert. Arrachage délicat au début, puis plus ferme. Pourvu qu'il n'y ait pas de notice en noir.

C'est fait, je plonge les mains dans la boîte ouverte. Je sens des boules de polystyrène et, au milieu, un objet un peu lourd enveloppé dans du papier bulle. Je déballe, c'est sacrément bien ficelé tout cela, avec force scotch. J'extirpe une sculpture en terre. Un cadeau de Mick ? Ce n'est pas du tout son style. Je ne comprends pas ce que ça représente. Je suis perplexe. En fouillant une deuxième fois dans le colis, je trouve une lettre, en braille. Quelqu'un m'écrit en braille. Je crois rêver. Je vais à la signature, rien. Seuls des vers dont je ne reconnais pas l'auteur.

L'illusion demeure
Tandis que l'histoire s'effondre
Je marche avec mon temps

La sculpture a je ne sais quoi de malhabile, d'artisanal. Qui m'envoie cette œuvre agrémentée de quelques vers ? Je suis plongé dans un abîme de questionnements.

Je touche la sculpture, j'en connais les formes à présent, les défauts, les creux, les maladresses. Je crois que c'est un buste. Des trous remplacent les yeux.

Je suis à la cafétéria, Helen est là, il y a d'autres personnes, je suis un peu désaxé et me cogne. Elle me demande si je vais bien, je réponds par monosyllabes. George l'interpelle et soudain, elle éclate de rire. Son rire m'électrocute. Elle s'arrête brutalement, s'approche de moi, me touche le bras.

— Que se passe-t-il Guillaume ? Ça ne va pas ?

Je bats en retraite mais elle me poursuit dans le couloir.

— Je pensais que nous nous étions rapprochés, mais depuis notre dernier voyage vous disparaissez dès que j'apparais, vous refusez de m'accompagner.

— Je ne veux plus servir de fantoche.

— De fantoche ? Écoutez, j'ignore ce qui se passe mais je regrette.

— Vous regrettez ?

Je suis glacial.

— Et les négociations toujours parfaitement orchestrées avec votre secrétaire monstrueux, vous les regrettez aussi ?

— Que racontez-vous Guillaume ? Vous n'y êtes pas du tout. Si vous voulez bien, on déjeune ensemble demain et je vous explique.

— Ne vous fatiguez pas.

Je sors à l'heure du déjeuner et toute la semaine pareille, je vais même manger avec ma mère.

Perdre l'aveugle serait terrible, comment rattraper tout cela, je me sens tellement vulnérable, soudain.

Parfois, je me dis que ce serait un grand bonheur d'en finir, avec ce corps qui m'encombre et ce peu de couleurs aux arbres quand, à la fin de l'hiver, les cailloux roulent sous mes pieds.

Le rire à la fois me tue, à la fois me maintient en vie. J'ai la phobie des rires. Il faut vraiment que je trouve un rire satisfaisant pour la machine, juste pour réapprendre à faire avec.

Fracture interne, le rire en travers.

Et puis un midi, pour continuer à fuir Helen, je pars voir Lucy.

Elles m'entourent toutes, tel un voyageur au long cours revenu de sa campagne d'exploration, Christophe Colomb revisité. Et comme, durant mon soi-disant voyage, je n'ai trouvé aucune terre à laquelle m'ancrer, ça me fait un bien fou.

Je suis là, assis sur le fauteuil du salon, nabab avec sa cour, fêté comme un prince. Cette cour n'est guère composée que de trois putes, mais malgré tout, je me sens heureux. Elles rivalisent de gentillesses, l'une à demi sur mes genoux, l'autre contre ma joue, leurs mains cherchant mes bas et commençant à m'enlever ma veste. Leurs gloussements de plaisir est un baume cicatrisant aux vertus insoupçonnées et je me demande bien ce que j'avais fait toutes ces semaines à déserter l'endroit. Lucy n'est pas en reste. Elle caresse ma nuque tout en se penchant sur moi, me laissant me baigner dans sa chevelure odorante, que rêver de mieux ?

On est passés dans une chambre, Lucy et moi. Les autres avaient à faire avec leurs clients arrivés tous en même temps à midi et demi, heure de pointe chez les putes, pause déjeuner oblige.

Je lui raconte mes déconvenues, elle compatit, c'est tellement agréable.

Comme je lui parle de ma rencontre avec Gail-Carol, de mon flop monumental chez Carol, des rires de tout le monde – Helen compris – elle me rassure tout en me déshabillant.

— T'en fais pas Guillaume, c'est la surprise première, normal, ça fait toujours ça quand on est différent, tu vas trouver comment faire avec les femmes.

— Ces rires face à moi, Lucy, c'est insupportable, ces femmes qui rient, je ne sais jamais de quoi vraiment, de mes gestes, de ma gueule cabossée ou du reste.

À elle je dis, c'est presque sédatif de pouvoir dire, balancer le truc qui me coince la gorge depuis des semaines.

— Pourtant nous, on rit aussi, avec toi.

— C'est pas pareil, je réponds après un silence.

— Avec les femmes qui se font payer, ce n'est jamais pareil.

Elle le dit avec une tristesse dans la voix qui me fait tout drôle et je comprends qu'on a chacun notre fardeau et je ne suis pas sûr d'envier le sien. Mais comme je ne sais pas quoi répondre, et justement parce que je la paie, je passe outre et la baise, comme je fais à chaque fois, dans son odeur, ses cheveux et sa peau, ses bas et sa voix douce comme de la soie.

Le rire de ma machine ne marche pas, le rire n'est pas un rire. Il hoquette, s'élève puis retombe. C'est un toussotement plutôt qu'un rire. Un avortement du son. Une chose qui s'effraie d'exister. Une raclure de gorge ou un tassement de voyelles écrasées sur des consonnes mal formées. Une susurration d'organes malades. Le rire d'un corps sans gorge ou sans nez, un rire de cordes vocales tranchées, un rire d'handicapé.

Enregistrer le rire des putes. Les putes, la thérapie en barre.

Un second colis est arrivé, autre sculpture légèrement moins malhabile, comme un vase cette fois, ou une coupe. D'autres vers l'accompagnaient.

Ces sculptures absorbent les rires, le temps de les découvrir, de les toucher, de les respirer.

Un orage palpite au loin
Nos pensées s'étiolent
Il est des matins clairs

Le lien avec le passé se brise une deuxième fois. L'apercevoir dans les couloirs, en réunion, le croiser à la cafétéria me fait mal.

Ce soir un paquet, un nouveau, le troisième, je l'ouvre fébrilement, parcours les vers. C'est une sculpture indéfinissable, abstraite. Aucune signature, encore une fois. Je suis de plus en plus perplexe. Qui m'envoie tout cela ? J'ai pensé que, sur l'enveloppe, il y avait peut-être un nom, une adresse, une ville, le cachet de la poste. Mais je ne montrerai rien à personne. C'est mon secret. Je ne veux rien du monde des voyants, aucune aide. Je range la sculpture et les vers sur un petit meuble dans la salle de la machine, comme un complément d'exposition, même si ça n'a rien à voir. J'attends que quelque chose se dévoile.

La nuit un oiseau crie tout contre moi
Son cri me réveille à la lumière
Il m'éblouit

Je crois que ces sculptures font partie d'un tout, comme des éléments d'un puzzle. Quelque chose est peut-être en train d'advenir avec ces objets. Puisqu'avec les femmes rien ne marche, peut-être qu'avec les choses inertes ça collerait. Le truc affreux, se rafistoler avec des objets.

Je suis toujours l'aveugle, de loin, il est comme un ange déchu, je suis son errance ordonnée dans la ville. Pour le souvenir.

J'ai apporté une sculpture au bureau. Je ne sais ce qui se passe en moi qui me pousse ainsi à ne plus m'en séparer. C'est un lien, un événement qui cogne au carreau et dont j'ignore tout, c'est l'image de la surprise au cœur de ma vie désolante et ténébreuse. C'est devenu un rempart contre les inconvenants, un talisman pour aveugle déglingué.

Helen pointe son nez, je veux dire ses talons, il fallait bien que ça me tombe dessus. Un mois que j'ai rompu avec notre rendez-vous hebdomadaire, un mois que je ne l'accompagne plus, un mois que je passe tous mes déjeuners à l'extérieur.

— Guillaume, ah vous êtes là.

Elle ne me laisse pas le temps de répondre et, pour éviter toute fuite, me barre le passage. Je ne peux qu'attendre. Je l'écoute avec résignation. Elle débite un prétexte professionnel, je réponds comme je peux, le rire n'est pas trop présent, la sculpture a du bon, talisman efficient.

Et puis soudain, elle s'arrête au milieu d'une phrase. Son silence est interloqué. Je me demande ce que j'ai fait, si elle a vu un truc à travers les vitres qui isolent vaguement mon bureau des autres, ou si elle a malencontreusement filé son bas. Elle se déplace et vient près de moi.

— Vous sculptez, Guillaume ?

Sa voix est blanche.

— Comment ça ?

— Vous avez une sculpture sur votre bureau.

— Non, je ne sculpte pas.

— Qui l'a faite alors ?

Mais qu'est-ce qu'elle a, elle ne peut pas me laisser tranquille avec mon gri-gri ?

— Je l'ignore.

Le seul objet personnel que j'apporte au bureau, il faut qu'elle le commente. Je sens bien qu'elle s'est penchée et qu'elle l'examine sans oser le prendre dans ses mains. Elle repose sa question sur l'origine de l'objet, elle a une tension dans la voix que je ne lui connais pas. Je réponds que je l'ai trouvé, elle veut savoir où et je me tais. Je ne céderai sur rien, je ne vais pas lui dire pour les colis, les poèmes en braille et le puzzle, j'ai tout cadenassé.

— J'avais cru...

Elle le dit dans un souffle et je comprends de moins en moins ce qui se passe.

— Je vous assure que je ne sais pas, pour une fois que je ne raconte pas d'histoire.

Silence interloqué.

— Il ne vous est tout de même pas tombé du ciel cet objet.

— Si justement.

— Mais...

Elle a voulu parler puis a renoncé. Elle est partie brutalement, sa voix prête à se briser. Talons effondrés.

Mais pourquoi est-elle si troublée ? Quelle importance après tout. À quoi bon chercher, les gens ont leurs méandres, j'ai les miens.

J'ai cru un instant, ça m'aurait fait du bien, je suis folle, le souvenir, ça vous rend fou.

Je ne sais pas si je vais oser l'aborder. Je fais vivre les terres chez lui. C'est tout.

L'hiver se termine. Je reste immobile sous ses fenêtres et l'annonce de jours meilleurs. Qu'est-ce que j'attends ? Quelqu'un va finir par me repérer.

IV

Le temps d'apprendre à vivre

Je viens de glisser dans une crotte de chien. Je m'empêtre dedans, ma canne ripe et je tombe. Merde, merde et remerde. Je ne connais pas grand-chose de plus ridicule dans la vie d'un aveugle. Ne pas savoir si on vous a vu, craindre les rires, les « regarde où tu mets les pieds » d'ados en mal de railleries, toujours très délicats. Heureusement, pas aujourd'hui.

Un homme s'approche de moi tandis que j'essaie péniblement de me relever, m'attrape le bras, m'aide, me demande si je ne me suis pas fait mal. Je reconnais cette voix.

— René ?

— Tu m'as reconnu ?

Je suis tellement estomaqué de le trouver là que je ne peux rien ajouter d'autre.

— Je passais par là et je t'ai vu au loin, j'allais venir te dire bonjour, je tombe à point nommé on dirait.

Je parviens à articuler un merci. En fait, ça me fait plaisir qu'il soit là, je me sens moins seul. Il m'accompagne chez moi, je le laisse monter comme si c'était naturel, il me demande mes clés, je lui indique où je les range, je ne veux pas foutre de la merde dessus. Nous rentrons dans l'appartement.

C'est étrange à quel point tout est simple avec lui. Très vite je lui parle du rire de Carol tandis que je me lave les mains. Ça me vient, comme une évidence, parler du rire de Carol à un inconnu parce qu'il n'a pas sursauté en découvrant mon visage. Parler du rire de Carol à un homme qui me relève d'une chute dans une merde. Ça me fait du bien.

— Tu sais, c'est affligeant une femme qui rit quand on est difforme.

— Oui, je comprends.

Il le dit si naturellement, comme s'il avait toujours su qu'un aveugle défiguré qu'il viendrait de relever d'une chute lui parlerait de ce rire, que j'ai soudain envie de le garder avec moi, de l'empêcher de partir.

— On boit un café pour se remettre ?

— Volontiers.

Pour ce « volontiers » je l'embrasserais.

— Ça ne te gêne pas qu'il n'y ait rien aux murs ?

— Pourquoi y aurait-il quelque chose ? Non, c'est très bien, je n'ai besoin de rien de plus pour te rencontrer chez toi.

Il faudra que je raconte ça à ma mère qui me fait la vie pour que j'égaie l'appartement.

Je m'isole à nouveau dans la salle de bains pour laver ma canne, pénible au possible. Je javellise l'embout. S'il y a un truc que je ne supporte pas dans ma vie d'aveugle, c'est la merde au bout de ma canne. C'est bien d'ailleurs pour cette raison qu'il n'est pas question que j'aie un chien.

René est formidable, il ne touche à rien, m'attend. Du coup, le foutoir organisé ne me pèse plus.

On parle en buvant notre café et je vois bien qu'il n'a pas du tout envie de partir. On parle de tout et de rien, il me pose des questions sur ma vie avec un naturel désarmant. Il veut tout savoir, comment je prends mes repères dans le métro, si les commerçants me connaissent, s'il m'est arrivé qu'on me refile des fruits pourris. Oui, au marché, mais j'ai fait un scandale tellement hallucinant qu'un flic est intervenu. Il m'a calmé, a demandé au marchand de me donner – et non de me vendre – ses pêches et le tour était joué, réputation de choc dans le quartier. Sinon, ma mère me fait les courses. Je raconte la façon dont elle m'envahit parfois, avec ses commentaires permanents sur ma façon de vivre. Il comprend, il écoute. Tout devient léger. Puis la conversation se raréfie, je n'ose pas l'interroger, si seulement je savais comment faire avec les inconnus.

Nous nous jurons de nous revoir et il me dit de noter son numéro de téléphone. Je le rentre dans mon portable et le note sur l'ordi, c'est plus sûr. On prend de toute façon rendez-vous trois jours plus tard, ce sera dimanche, il adore les courses de chevaux, il m'emmène. Pourquoi pas, entre le galop des chevaux et l'ambiance dans les tribunes, j'aurai de quoi écouter.

Je n'ai pas osé lui dire que je tournais autour de chez lui depuis des jours et des jours sans oser l'aborder. Il y a des merdes providentielles. J'avais besoin de retrouver le contact avec le monde des aveugles.

Sur fond de *Clavier bien tempéré*, je rampe dans l'appartement. Depuis trente minutes au moins. Je me fais un effet reptilien, ça pourrait ne pas être désagréable si la situation n'était pas tragique. Mes clés sont tombées, ont disparu, impossible de savoir où. Je suis enfermé chez moi et René m'attend. Je suis obligé de décommander mon dimanche avec lui. Il a proposé de venir m'aider mais j'ai refusé, qu'il aille parier pour moi au champ de courses, je lui ai dit mise sur le 11, c'est mon jour de naissance.

J'enrage tellement de n'avoir donné de double à personne depuis que ma mère a laissé son jeu chez moi, que je me mets dans la machine d'un coup, pour tout oublier, cris dans le ventre et cheveux sur la tronche.

Je ressors de là un peu calmé et réfléchis. Des clés, c'est pas facile à égarer, ça ne roule pas, ça rebondit à peine, ça glisse modérément. Je refais l'appartement à quatre pattes. Pas de doute, je ne trouve rien. En même temps, je n'atteins pas l'arrière des meubles et je soupçonne mon trousseau de s'y être glissé, parce que je ne vois pas d'autre raison à sa disparition. Au cas où, je retourne tous mes sacs et tâte partout où j'ai l'habitude de le ranger. Rien non plus. Je n'ai pas rêvé, c'est pourtant bien lui que j'ai entendu tomber.

Le téléphone sonne, René arrive.

— Je suis là William, je reste derrière la porte. On essaie de trouver une solution, sinon on appelle un serrurier mais vu ta porte, ça va te coûter les yeux de la tête.

— Je ne te le fais pas dire.

— On va réembobiner les événements depuis la dernière fois que tu as eu tes clés en main.

Je réfléchis, on réfléchit. Le cocasse de la situation ne m'effleure pas un seul instant. Je remonte à l'endroit où je me trouvais quand mon foutu trousseau m'a échappé des mains. Il est tombé alors que j'étais au beau milieu du salon, ce n'est pourtant pas immense chez moi.

— Passe le balai.

— Je n'y avais pas pensé. J'y vais, bouge pas.

Comme s'il allait bouger. Si Peter sort, il va se marrer.

— Chou blanc, rien à l'horizon qui puisse ressembler de près ou de loin à des clés. Par contre, pas mal de petites saloperies.

— Comme quoi ?

— Des lames de rasoir, un bout de fil électrique, des pièces de monnaie, beaucoup de poussière, des punaises mortes, quelques sauterelles, des papiers.

Et tout d'un coup je me reprends, l'heure est grave et nous on passe en revue tout ce que mon sol recèle.

Je crois que René a du mal à se retenir de rire, il est méfiant avec les rires à mon encontre, je lui en sais gré. Je passe le balai absolument partout et je me sens un peu incongru de faire ainsi le ménage à fond comme jamais je ne l'ai fait, tout ça pour pouvoir ouvrir à mon pote coincé de l'autre côté de la porte.

— J'entends un bruit René, je hurle.

— Tu es où ?

— Dans la salle de bains.

— Victoire !

Je lui ouvre et on tombe dans les bras l'un de l'autre. Là, c'est pas possible autrement, on rit, même moi.

— Tu vois cet appart, j'ai cru qu'avec mon balai je n'en finirais jamais, eh bien, la première fois que je suis entré dedans, je l'ai trouvé incroyablement petit. Comme quoi, tout est question de point de vue. C'est ma mère qui l'a déniché. Au début, je me cognais partout, on habitait un appartement dans le New Jersey nettement plus spacieux. Ma mère s'arrachait les cheveux à me voir tout renverser, et je dois dire que j'ai cru ne jamais y arriver. Et puis je me suis habitué, j'ai cessé de me cogner, tout est rentré dans l'ordre et mon corps dans les mesures de l'appartement.

Il a un petit silence qui doit lui servir à examiner les lieux parce qu'il me pose la question fatidique.

— Mais au fait, comment tu t'y retrouves dans ton bordel ?

— C'est vrai que je suis un aveugle bordélique, on ne peut pas dire autre chose, c'est à l'institut que ça a commencé, les éducs s'arrachaient les cheveux. On croit que ça n'existe pas les aveugles qui ne rangent rien, on croit qu'il faut que tout soit impeccable, chaque chose à sa place, eh bien non. Chez moi, c'est le parcours d'obstacles. Carton de l'ordi au milieu du passage, classeurs qui traînent depuis deux ans pour d'hypothétiques rangements, livres jetés au pied du lit, courrier en vrac, sac de couchage dans les papiers, prises et fils d'ordinateur sur le bureau, CD partout, seuls les vêtements sont un peu à l'abri. C'est le bordel, mais ça n'a pas de secret pour moi.

Je raconte tout ça à René, l'air de me moquer de moi-même et je réalise que je n'ai jamais parlé comme ça à quiconque.

— Tu sais où sont les choses au moins ? À part les clés, bien sûr.

J'entends le rire contenu dans sa question.

— Bien sûr que je sais où sont les choses, il suffit de s'en souvenir, ça marche comme ça pour les aveugles, René.

Il ne dit rien, et dans ce rien il y a comme un abîme étrange, un silence nostalgique, ou peut-être pas, indéfinissable en fait, j'ai presque un petit malaise et me lève pour préparer le dîner. René se déplace pour venir m'aider mais quelque chose l'arrête en chemin. Silence discret mais intense. Ça y est, qu'est-ce qui traîne encore chez moi ? Je l'entends s'éloigner, il entre dans la salle de la machine, il fallait bien que ça arrive, la porte était ouverte. Ce n'est qu'avec ma mère que je ferme à clé.

— Guillaume, c'est quoi cette machine ?

Je ne peux pas faire autrement que de jouer les artistes, même si j'ai honte de lui avouer mes lubies. Je lui présente la machine. Il en fait le tour, me pose quelques questions d'usage mais ne semble pas s'y intéresser plus que cela. Je l'entends prendre une sculpture dans ses mains, la reposer, en prendre une autre.

— Attention René, c'est fragile, j'y tiens.

— C'est vrai ? Tu y tiens ?

Il a une curieuse précipitation dans la voix, reste un long moment avec les sculptures dans les mains. Silence embarrassé. Je ne sais pas quoi dire. Un malaise me vient et je l'invite à regagner le salon.

Ses mots ont laissé une trace. Je les repasse dans ma tête, le jour, la nuit. Qu'est-ce qu'ils ont tous à se focaliser sur ces sculptures ? De quel étrange message sont-elles porteuses ?

Quelques jours plus tard, j'attends René. J'ai étalé toutes les sculptures devant moi sur la table du salon, je suis assis derrière. Je vais lui demander pour quelle raison ces sculptures l'ont à ce point troublé.

Il entre, me dit bonjour et s'arrête net. Le silence est long. Il s'assoit et soupire.

— Ma fille a fait ces sculptures. Elle était...

Sa voix s'englue dans sa gorge. Je ne l'aide pas.

— Elle était aveugle, comme toi.

Je ne réponds pas, complètement désarçonné par cet aveu.

— Elle a disparu, on ne l'a jamais retrouvée, elle a disparu un soir, alors qu'on était en vacances, elle a laissé une lettre, elle s'est suicidée.

Et là il se tait, il se tait si sauvagement que je parle quand même.

— Pourquoi me les envoyer ?

— Ce souvenir, trop fort, trop douloureux encore. J'ai voulu donner ce souvenir. Ton attitude me rappelait ma fille. Ton air dans Central Park, quand on s'est rencontrés. J'ai su que j'aurai une histoire forte avec toi. Ta façon de me dire l'homme sans nez, elle disait toujours je suis la fille sans yeux. Tu étais comme elle, de cette rébellion sourde, personnelle, intime. Tu étais seul. Tu marches seul à New York, alors j'ai voulu te faire moins seul avec ces sculptures, et puis c'était pour moi sans doute aussi. Elle écrivait, j'ai tapé en braille quelques-uns de ses vers.

— Mais c'était ton souvenir à toi, moi ça ne m'était rien.

Et soudain, une colère me vient. Je ne suis pas un déversoir à souvenirs.

— Comment sais-tu que je marche seul ?

— Je t'ai croisé parfois.

— Tu m'as suivi ?

C'est ça de ne pas voir, ce privilège de la vision, voir de loin.

— J'avais envie de te parler, de devenir ton ami, je ne savais pas comment faire, tu m'avais expédié si vite la première fois, je ne voulais pas te brusquer, et je ne pouvais pas renoncer à un lien avec toi, qui me la rappelait si fort. J'ai attendu très longtemps avant de t'aborder. Et un jour, j'ai craqué. Ne m'en veux pas, c'était de la pudeur.

René est arrivé dans ma vie et, pour une fois, je suis utile à quelqu'un. Pour une personne je compte. René a besoin de moi. Pour ce que je fais vivre du souvenir de sa fille. Avec moi, il le retient davantage, le perd moins. Je ne suis plus le pauvre aveugle sans nez, le santné perdu dans l'antre de la finance, là pour le décorum, pour faire bien, celui qu'on brandit comme instrument de négociation. Vous comprenez, on a un handicapé dans le service, on est des gens bien. Il n'est pas tout à fait indispensable, mais c'est un handicapé. Vous devriez en embaucher un, c'est enrichissant. René vient humaniser ma solitude et je peux enfin me reposer dans un coin de ma vie.

— Comment tu t'es habitué à la cécité ? Neuf ans, c'est tardif.

René me parle sans détour.

— Jamais on ne s'habitue. Longtemps j'ai cru que ça reviendrait. À dix-huit ans, quand j'ai eu plus d'années de cécité que d'années de voyant, j'ai compris que c'était fini, que ça ne reviendrait jamais. Il m'a fallu du temps. Et ta fille, elle avait vu ?

— Oui, jusqu'à l'âge de cinq ans.

— Comment est-elle devenue aveugle ?

— Une maladie. Une erreur de la génétique, quelque chose s'est trompé dans ses chromosomes. Elle devait devenir aveugle, alors ça s'est fait.

— Elle en a souffert ?

— Oui, mais curieusement pas tant que ça. C'est peut-être à cause de moi. Je lui disais, un jour tu seras dans le noir, et ce jour-là, tu entreras dans le monde merveilleux des histoires de bruits. C'est quoi les histoires de bruits ? me demandait-elle, avide. Ce sont les histoires magiques que nous murmurent les objets quand ils font du bruit, seuls ceux qui ne voient pas ont le droit de les connaître. Et comment tu les connais toi ? Moi, c'est ma grand-mère qui me les a racontées. Elle était dans le monde merveilleux des histoires des bruits ? Oui, elle ne voyait pas, elle écoutait. Mais toi, pourquoi elle te les a racontées, tu n'y avais pas droit normalement ? Parce qu'elle savait qu'un jour j'aurais une fille et qu'à cette fille il faudrait que je révèle le secret des bruits, alors, elle m'a préparé. Tu comprends, elle ne pouvait pas vivre assez longtemps pour te connaître, alors c'est moi qu'elle a désigné pour tout te révéler. Et elle était tellement impressionnée, ma fille, d'entendre ça, tellement, qu'elle avait presque hâte de devenir aveugle. Parfois, j'avais honte de ce que je créais. Et parfois, je me disais que c'était le seul moyen de l'aider à passer le cap. Poétiser le drame, y greffer du merveilleux. Quand elle est devenue aveugle, elle m'a dit à l'oreille, papa ça y est, je suis dans le monde merveilleux des histoires de bruits, mais c'est un secret, seulement entre toi et moi. À chaque bruit elle m'appelait, et pour chaque bruit j'inventais une histoire. Le goutte-à-goutte du robinet était le murmure du génie de l'eau appelant les fées de l'air pour les inviter à une fête au fond du lavabo. Je lui demandais de me décrire leurs habits, prétextant que seul un aveugle pouvait les voir dans sa tête, et elle inventait des tenues extravagantes, et on riait, comme de vieux complices. Le clang des volets était l'appel de l'oiseau-lyre, il frappait de son bec le volet pour qu'on lui donne des graines, et chaque soir nous apportions des graines, et chaque soir Liz me décrivait les couleurs de ses plumes. Il changeait d'habit si souvent que j'en avais le vertige. En réalité, j'ai adoré cette période, elle m'a fait avaler le handicap, à moi autant qu'à elle. On était si proches.

— Elle te manque ?

Il soupire tellement que j'ai honte d'avoir posé une telle question.

— Rien n'est pire que cela, perdre un enfant. Personne ne peut savoir avant. Personne.

Sa voix disparaît derrière l'émotion et je crois que j'ai vraiment gaffé. Mais comment lui préciser que j'ai aussi ce handicap à l'endroit des autres.

— Et ta femme ? Elle s'en occupait comment ?

— Pour l'école, les vêtements, les médecins, pour tout ce qui était pratique.

— Une mère, quoi.

Je pense à la mienne et un soupir de désolation me vient.

— Moi c'était pour les agréments de la vie, tu comprends, le vent dans les feuilles, la résonance des pièces, la couleur d'un scarabée posé sur sa main, le décryptage des voix humaines.

— Pourquoi est-elle morte ?

Silence douloureux, il faut vraiment que j'insiste comme ça ? Je suis obligé d'être désagréable ? D'aller chercher là où ça fait mal ?

— Un chagrin d'amour.

Je suis atterré, se suicider par amour.

— C'est de ma faute, je voulais tellement la protéger de la désolation des rapports humains, j'ai tellement tout édulcoré. L'homme la menait en bateau. Ça avait l'air fantastique, trop, quelque chose clochait. Tu vois Guillaume, c'était trop parfait. On ne dit pas comme ça à quelqu'un qu'on vient de rencontrer que c'est la femme de sa vie. Surtout qu'il n'en était pas à son galop d'essai, il avait vingt ans de plus que Liz. Il la voulait en permanence avec lui, il en avait un besoin constant, comme si elle le sauvegardait de quelque danger connu de lui seul, ça aussi c'était bizarre. Alors j'ai dit mes réticences, la façon dont je flairais quelque chose de louche, je lui ai demandé d'être prudente. Comme elle ne comprenait pas mes doutes, j'ai insisté, je lui ai même conseillé de ne plus le voir. Elle n'a pas compris, on s'est disputés. On ne se disputait jamais. Elle a bien sûr continué à le voir. Je me suis fâché. Je lui ai dit qu'elle gâchait sa jeunesse avec un homme qui l'utilisait. Il lui servait le discours dont toutes les femmes rêvent, des « jamais je n'ai aimé une femme comme je t'aime », des « nous vieillirons ensemble », il paraît même qu'il versait des larmes de bonheur. J'essayais de la raisonner. Tu es sûre qu'il n'a pas dit la même chose à toutes les autres ? Il change quand même de femme tous les ans, c'est toi-même qui me l'as dit. Elle me claquait la porte au nez et me traitait de jaloux. Je l'étais peut-être, je voulais surtout la protéger. Elle croyait ses discours, elle pensait que leur amour était sans précédent. C'était ses mots à lui, avec toi c'est si différent. Il faisait même de la cécité un atout. À l'entendre, jamais une femme ne l'avait compris à ce point. On ne m'a jamais aimé comme ça, c'est parce que tu es aveugle, Liz. Au bout de quelques mois, il a commencé à piquer des colères pour des broutilles, un mot en trop, une excitation dans la voix quand elle évoquait ses amis, un défaut d'attention à son égard. Puis, après l'avoir portée aux nues, il s'est mis à s'agacer, à la critiquer, à être moins disponible. Et un jour, il l'a quittée, comme ça, brutalement. Le filon était usé, il avait besoin d'une nouvelle proie. J'étais malade de la voir si désespérée, ne comprenant rien à ce qui lui arrivait, ne pouvant mettre des mots sur la façon dont elle était passée du statut de femme adulée à celui de femme encombrante et délaissée, comme ça, si rapidement, après toutes ces promesses. Une distorsion cognitive, tu vois bien. Et un jour, elle a disparu.

— Où cela s'est-il passé ?

— Sur la côte bretonne, en France. Elle s'est jetée de la falaise.

— Tu l'as vue ?

— Non, on n'a jamais retrouvé son corps. L'eau est très profonde à cet endroit, il y a des courants, elle a dû être emportée. Elle a laissé une lettre. C'est idiot, certains jours je la porte sur moi. Ça aurait été plus facile si on avait retrouvé le corps. On se dit toujours ça, je n'en suis même pas sûr. Après tout, l'eau et son murmure, ce sont de beaux linceuls.

— Comment est-elle allée au bord de la falaise ? Seule ?

J'insiste, je me fais honte, mais j'ai une envie de savoir pas possible, c'est comme si elle était un peu de ma famille, comme si je l'avais moi aussi perdue.

— Non, une amie l'a accompagnée. Liz lui a demandé de la laisser un moment. Quand elle est revenue, une heure plus tard, Liz avait disparu. Elle l'a appelée, cherchée, en vain, elle a fini par appeler la police qui a organisé les recherches, mais ça n'a rien donné.

— Cette amie, le regret doit être terrible.

— Oui.

J'ai mal pour lui, je crois que c'est la première fois que j'ai mal pour quelqu'un. Le silence s'installe. Pour passer à autre chose, je lui demande quel est son métier, un sujet qu'on n'a curieusement pas encore abordé.

— Je suis scénariste, mon vieux.

— Scénariste.

— Oui, je fabrique des histoires. Je travaille chez moi, c'était pratique quand Liz était petite.

— Dans tes histoires, il y a des aveugles ?

— Jamais.

— Ta femme, elle est partie ?

— Oui, peu après la disparition de Liz. Le coup classique, la perte de l'enfant handicapé, le couple explose. Je passais presque tout mon temps dehors, alors elle est partie. Elle a eu raison. Ça nous a aidés à tourner la page.

Je ne me reconnais pas de poser toutes ces questions, de m'intéresser à la vie de quelqu'un. Il a fallu trente ans de cécité pour que j'y arrive. Il me touche cet homme.

René est un homme de trop de mémoire. René a le cœur plombé de trop de souvenirs. Alors René me donne sa mémoire. J'adore ses récits, ses inventions, même s'ils n'ont pas su garder Liz en vie.

La mémoire désordonnée de René est un divertissement sans fin, si léger, si grave à la fois. Il livre tout sans suite, comme ça lui vient. Liz a huit ans, douze ans, Liz vient de perdre la vue, c'est une jeune fille, Liz appelle son père, une histoire de bruit papa, Liz a onze ans, Liz est dans la lumière déclinante, juste avant la chute dans le noir, Liz va entrer au lycée, Liz est si belle avec son teint pâle et ses yeux alanguis, Liz plaît aux garçons, René est jaloux, René crie pour la première fois sur sa fille qui découche, René a peur du désir des garçons sur le corps de Liz, René voudrait protéger Liz, mais Liz est éperdument amoureuse, et René lui demande de ne plus voir cet homme, il n'est pas pour elle, et Liz devient folle, et Liz se jette dans la nuit, dans l'autre nuit. Liz meurt et disparaît.

Avec René, on se raconte des histoires d'aveugles. On s'installe dans le canapé. On parle de tout et de rien, et surtout de ces détails qui prennent pour nous, les aveugles, une importance insoupçonnée. J'ai l'impression que, pour une fois, quelqu'un me comprend.

Il aime m'entendre parler de l'insignifiant. Il fume la pipe. Je suis les mouvements de sa tête à mesure que l'air déplace l'odeur. Il me demande comment je fais pour toujours le regarder quand il parle. Je ris. Ta fille aussi, non ? Oui, elle aussi. Ses questions directes me reposent tellement des scrupules des autres. Cet étonnement des voyants m'amuse, c'est facile de regarder sans voir.

— Petit, je cherchais mes yeux. Je touchais ce vide, toujours surpris de ne pas les trouver. Je pouvais appuyer, ça ne me faisait pas mal. Je pouvais frotter, rien ne revenait, pincer, cogner même, je ne réussissais qu'à me faire des cocards.

René rit, il raconte que sa fille approchait des miroirs de ses orbites vides, pour « voir de l'extérieur » comme elle disait.

— Ce que je ne supportais pas, c'était de ne pas pouvoir toucher le feu. Tout le monde s'extasiait devant la cheminée, sauf moi. Et le pire, le pire, tu me diras pour ta fille, c'était les bulles. Mon cousin, en France, prenait un malin plaisir à faire éclater les bulles devant moi pour que je les attrape, et moi, comme un imbécile, je courais, je me cognais, il hurlait de rire jusqu'à ce qu'un adulte prenne ma défense et lui demande d'arrêter.

— Ma fille, les bulles, je lui disais que c'était des baisers d'ange, qu'elle ne devait pas bouger jusqu'à ce que la bulle éclate sur son visage, et quand la bulle éclatait sur son visage, il rayonnait.

J'étais jaloux d'une invention si poétique, là où moi je ne vivais que la frustration.

René revient me voir régulièrement. Les jours succèdent aux jours, je parle sans m'arrêter. Je parle de mon enfance d'aveugle, René est toujours là pour écouter, pour me faire la vie moins seule.

— Le lac Michigan, tous de s'extasier. Pour moi, c'était comme mon lavabo. À peine plus grand. Non, j'exagère, mais comme les lacs en France dans lesquels je me baignais petit, de petits lacs dont on pouvait faire le tour à vélo sans se fatiguer.

Il riait René, il riait à gorge déployée de mes méprises d'aveugle qui raconte le monde. Et moi je riais de l'entendre si bien rire, je me réconciliais peu à peu avec les rires.

René me fait écouter un CD. Des voix, celle de sa fille, la sienne, entremêlées. Elles disent la joie des mouvements des feuilles dans les arbres lors de leur escapade à Chantilly, le roulis de la mer à Étretat, les conversations chics à Deauville quand ils se promènent sur les planches, les pavés disjoints à Cabourg, le goût des cannelés à Arcachon, l'espace vide sur la place du Capitole à Toulouse, les orchidées sauvages des Pyrénées, l'odeur de la Provence, inimitable et nostalgique, l'agitation parisienne.

Notre tour de France s'achève déclare une voix d'enfant si fraîche que mon cœur semble se briser. J'en tomberais presque amoureux. Mais ce serait le comble, aimer une morte. Carol est loin. Le deuil de René m'aide à faire le mien.

René n'avait rien fait de la mort de sa fille. Rien que remuer des idées. Il a tellement pensé à ce qu'il aurait dû faire, à ce qu'il a manqué, laissé échapper ou même pas imaginé. Il a tellement cru avoir tout fait du vivant de Liz, qu'il n'a rien fait de sa mort. Il ne voyait pas où ça avait péché. Désespérément parfait. J'avais bien envie de lui dire que c'était peut-être là le problème, mais j'ai renoncé.

Avec René, j'acquiers un statut. Il a tellement envie de connaître la façon dont je pense le monde. Son écoute et sa patience ont un effet adoucissant. Être handicapé me rendrait presque fier, c'est dire. J'ose lui raconter ce que je n'ai jamais dévoilé à personne.

— Quand j'étais petit, j'avais de drôles de fantasmes nourriciers. Je voulais manger les gens pour voir ce qu'ils voyaient, les avoir à l'intérieur de moi, m'en repaître puis les digérer des jours durant et tout regarder comme eux. Et parfois, je voulais que ce soit eux qui me mangent, me retrouver à l'intérieur de leur corps pour qu'ils sachent ce que signifie ne rien voir. Ce que je mangeais, je le goûtais avec fanatisme, pour cette raison-là, parce qu'à chaque aliment je m'imaginais dévorer des gens. Ma mère, ça la rendait folle. Les endives braisées, par exemple, je les laissais fondre sur ma langue, indéfiniment, et quand ma mère me demandait ce que je faisais, je disais :

« Attends maman, il n'a pas fini.

— Qui n'a pas fini ?

— Bah, Mr Bill.

— Mr Bill, de qui parles-tu ?

— Bah oui, celui qui est là, dans ma bouche. »

Et je lui désignais ma bouche remplie d'endive chaude.

« Je ne vois que de l'endive.

— Justement, c'est lui, il est blanc comme une endive, tu le dis assez souvent. »

Et ma mère soupirait, désolée.

René rit. J'aime ce rire quand je lui raconte ça.

Je lui montre ma machine. Dans tous ses détails, je lui explique tout, sans pudeur, avec une joie farouche, et il comprend, et je me demande comment c'est possible qu'il comprenne à ce point.

— Fais-moi essayer ton truc, Guillaume.

— Tu es sûr ? Il y a des sauterelles dedans tu sais, tu veux que je les enlève ?

Il dit non, il veut essayer comme ça. Je la mets en marche et le place au milieu avec une joie terrible. Je flotte dans une espèce de nirvana étrange tandis qu'il se fait balancer dessus des cheveux, des sauterelles, tandis que les cris se succèdent et qu'un masque s'emboîte sur son visage.

Quand il sort de ce voyage inédit, je suis quand même un peu penaud, je me demande ce qu'il va en dire. Il ne dit rien, pendant un bon moment. C'est un silence respectueux et ce silence me fait tout drôle.

— Tu es un artiste Guillaume, ne fais pas semblant, c'est une œuvre d'art, je le crois vraiment.

— L'œuvre d'un fou, tu veux dire.

— Une œuvre.

Le bien que ça m'a fait cet épisode, c'est à peine si j'avais déjà connu ça ailleurs. Même Philip ne m'avait pas fait cet effet, ce pauvre Philip que je n'ai jamais rappelé pour lui raconter ce que ma machine devenait.

On n'a plus reparlé de la machine mais ça nous a davantage libérés. C'est lui qui a commencé à inventer des jeux. Chercher notre mot préféré, en français et en anglais, et c'est pas forcément le même. Chercher le mot le plus angoissant, puis le plus cocasse. Moi, en français, j'avais envie de dire « démoniaque » à toutes les sauces, lui, c'était « circulez ».

— Circulez, tu n'as pas tort finalement, ça fait son petit effet, surtout si c'est un aveugle qui le dit. Dans la rue, ils s'aplatissent tous contre les murs, je les entends se serrer sur mon passage quand je crie « circulez », ça m'arrive tu sais.

J'essaie de le convaincre mais il ne me croit pas et il n'a pas vraiment tort, je me vante. Dans la rue, je m'efface le plus possible, c'est les autres qui me balancent des mots, des « sale gueule » ou autres inepties que je rêverais de venger.

— On pourrait sortir et gueuler des « circulez » à tout va, pour essayer.

— Génial. Et on pourrait varier, « vous êtes faits comme des rats », propose René en détachant chaque syllabe.

J'éclate de rire en m'imaginant le faire, tandis qu'il tire sur sa pipe avec un petit ricanement discret.

— J'ai une idée, si on clamait « je vous aime », propose René soudain excité. Les gens seraient décontenancés, ce serait drôle, on devrait essayer, allez Guillaume, on va dans la rue !

Et on descend dans la rue, et je crie « je vous aime », et René me dit que les gens se retournent en souriant ou s'écartent, et je crois avoir les quinze ans que je n'ai jamais trop eus.

On continue les expériences. « Vous m'emmerdez » est plutôt risqué, surtout qu'il est impossible d'anticiper ce que vont faire les gens puisqu'on ne les connaît pas. Mais selon René, vu qu'on ne peut pas s'empêcher de rire – surtout moi –, ils ont juste l'air offusqués. Ça leur arrive aussi de soupirer ou de marmonner « jeu idiot ». En tout cas, aucun n'est venu nous taper.

Ça m'a rappelé une scène affreuse d'un homme hurlant à mon visage dès lors que je le croisais dans la rue, comme ça, sans raison. Je sursautais à chaque fois et, après, je marchais tout recroquevillé en filant le plus vite possible. L'homme riait de voir ma peur, éclatait d'un rire strident, un autre rire à ajouter à ma collection de mauvais rires. Ça a duré une semaine, puis il s'est lassé, a déménagé ou s'est fait enfermer, je n'ai jamais su. Mais j'ai longtemps gardé une appréhension quand on me croisait de trop près.

Un autre, immobile contre une palissade, s'était exaspéré lorsque je l'avais heurté avec ma canne. Attention à toi, parce que ce n'est pas la première fois, avait-il aboyé devant mon visage, d'une voix menaçante. Pardon monsieur, je ne vous avais pas entendu. J'avais un peu bafouillé, bien sûr. Il m'avait rudement empoigné par la manche et je me demandais comment me dégager sans encombre lorsqu'une femme s'était arrêtée pour voler à mon secours. Ça ira pour aujourd'hui, mais ce n'est pas la première fois, petit impertinent. L'homme avait fini par me lâcher, mais il avait prononcé le mot « impertinent » d'un ton si méprisant que, longtemps après, ses paroles résonnaient encore à mes oreilles. Impertinent de vouloir se déplacer ? Impertinent de sonder les obstacles ? Impertinent de ne rien voir ?

— C'est du passé tout cela, oublie ! Viens plutôt m'aider à demander l'heure aux passants, propose René.

— Vous avez l'heure, madame ?

— Vous avez l'heure, monsieur ?

Et, tous les deux, côte à côte, on demande inlassablement l'heure. Les gens répondent, mais s'écartent vite, très vite, sans rien ajouter, certains ne répondent pas du tout, effrayés sans doute.

Ça me vient brutalement, je tends la main à une personne, et en même temps je lui parle.

— Mon têtard est mort hier.

On me serre la main, en bafouillant un truc inaudible du genre « mon pauvre monsieur ». Bien sûr, je ne sais pas si le pauvre s'adresse au têtard, ou à ma tronche, ou à mon cas de serreur de main incongru, mais je m'en fiche. Je me sens libre de tout tenter, René volera à mon secours en cas de pépin. Les serreurs de main se succèdent et, à chacun, je sers une autre proposition. Une vieille dame s'attendrit sur ma poule faisane décapitée. Enfin, c'est la seule, les autres ne s'attardent pas, du tout, comme pour l'heure.

C'est fou comme ces séances m'ont libéré de mes peurs de la rue, des gens, des crieurs ou des violents. Je me suis senti libre de parler, de bouger, d'accompagner les passants, libre d'être un aveugle de rue, un aveugle perdu et un aveugle incongru, libre d'être un aveugle qui parle.

Et soudain, mon humeur change, et soudain, je m'arrête net. Je me rappelle que ce n'est pas si drôle de ne pas avoir d'amis, pas si émouvant, que c'est même plutôt pathétique cette façon de fabriquer du vide autour de soi, Carol, Helen, Johnny, Philip, ma mère.

— Allez, je croyais qu'on était là pour rire, ponctue René.

Je râle dans ma barbe. De toute façon, moi, il faut toujours que je finisse par me plaindre, c'est comme ça.

Je reçois une invitation, ça se sent à l'épaisseur de l'enveloppe et à son format, au grain du papier, tout un ensemble de choses protocolaires qui me rendent assez perplexe. René me la lit, c'est un faire-part de mariage. Bertrand et Florence, des amis d'études perdus de vue depuis tellement d'années que ça me fait tout drôle qu'ils m'invitent. Il y a un petit mot me rappelant qu'ils me doivent leur rencontre. Ils s'étaient tous les deux proposés pour me guider à l'université. En échange, je prenais des notes pour eux. Avec le braille abrégé, j'étais d'une efficacité redoutable. Après leurs études, ils sont rentrés en

France. Je ne pense plus à eux depuis longtemps. Je ne sais pas quoi faire, quoi répondre. C'est René qui m'encourage à y aller.

— Ce sont de vieux amis, c'est bien de retrouver les anciens amis, c'est un lien avec la France.

— Je ne veux pas de lien avec la France.

— Il faut bien un jour, quand même, dit-il d'une voix douce et discrète.

René est toujours prudent avec moi sur les sujets sensibles. Il propose de m'accompagner, il me convainc.

En France, je vais aller en France, je vais retrouver la France. C'est inimaginable. J'en parle à ma mère qui tique à l'idée de laisser sa place d'accompagnatrice à René. Comme elle n'a pas trop d'argent à mettre dans un voyage, elle encaisse sans trop de difficultés. Je lui promets de tout lui raconter à mon retour, et puis je lui annonce – j'en ai subitement l'idée – que je vais visiter mes lieux d'enfance, nos lieux à nous, à Courbevoie, l'immeuble, l'école, le parc, pour voir ce qu'ils sont devenus. C'est comme un cadeau que je lui fais. J'explique à René pour les lieux d'enfance, le silence de René est mon cadeau à moi, un silence ému, il me dit que ça lui fera doublement plaisir de m'accompagner.

Nous sommes dans l'aéroport, René et moi. Le brouhaha est incroyable. D'habitude, j'évite les voyages en avion et toute cette cohue des aéroports.

Des bruits de pas m'environnent et me perturbent, talons hauts, crissements de tennis plates, converses caoutchouteuses, talons aiguilles cinglants, pas précipités, cris, chutes d'objets. De l'écho partout, la salle est immense, infinie, farcie d'obstacles, désespérément pleine, il faut zigzaguer à un point tel que j'ai perdu le fil depuis longtemps. Je ne me sens pas trop bien, j'ai presque une petite nausée, mais René me protège, alors ça va quand même.

Je me laisse guider comme un paquet bien docile. On marche à n'en plus pouvoir, les sols se succèdent, il y a parfois des tapis roulants. Ça souffle. Dans les aéroports ça souffle, ça ventile, ça n'arrête pas. Léger, chuintant, voire carrément strident. Je me demande ce que c'est. Je ne vais pas à chaque fois interroger René qui a la bonté de me véhiculer partout et qui m'a l'air vaguement préoccupé bien qu'il n'en dise rien. On passe devant tout le monde à l'enregistrement, comme pour les contrôles. Et, en prime, on monte les premiers dans l'avion. C'est le seul avantage de mon état. La passerelle crie affreusement sous nos pieds, tout tremble, je ne suis pas vraiment rassuré mais René marche d'un pas alerte et ne semble s'étonner de rien. Le cauchemar va prendre fin. Je marche dans un passage étroit et moquetté, on me dit régulièrement « bonjour monsieur, bienvenue à bord » d'une voix suave et douce et je peux me laisser tomber sur un siège. Il y a une petite boîte lisse sur mon accoudoir, des boutons, devant moi un truc plat. Je ne comprends rien, ça fait trop longtemps que j'ai pris l'avion, tout a changé. Il fait frais, la clim est un peu trop forte et elle souffle dans ma direction, mais je ne sais pas comment la réorienter. Il y a une drôle d'odeur de plastique et j'ai déjà envie d'aller aux toilettes. La foule arrive, ça parle tous azimuts, les casiers à bagages claquent. Je renonce à me lever. La ceinture, comment fonctionne-t-elle ? J'ai vraiment tout oublié. Une odeur de parfum m'arrive dessus, elle est affreuse, pourvu qu'elle ne s'installe pas dans mon secteur olfactif. René vient de s'asseoir. Je me laisse bercer par le brouhaha. Un bruit de moteur vient déranger ma rêverie. Ça y est, on va décoller. Je vais pouvoir dormir.

Finalement, être en France me fait plaisir, c'est inattendu. Entendre cette langue dans la rue, la parler, y retrouver ce que j'étais avant l'accident, c'est comme si je renouais avec une part de moi. J'aime écouter les bribes de conversation dans les rues ou dans les magasins, j'aime imaginer ceux qui parlent. J'ai l'enfance au bord des lèvres et le sourire dans la tête.

Avant le mariage, nous avons le temps d'aller voir les lieux de mes années de voyant, comme je l'ai promis à ma mère. Je me souviens de l'adresse bien sûr, 37-39 rue Jean-Baptiste-Charcot, un lieu que j'ai tellement revu en rêve que je pourrais le décrire dans ses moindres détails. Même le numéro de téléphone m'est revenu, c'est fou la mémoire.

L'immeuble. Je le touche dans ses moindres détails, du moins ce que je réussis à atteindre. Petit, je ne connaissais pas sa texture, adulte je ne reconnais plus l'image de mes souvenirs. J'essaie de les superposer, c'est difficile, je suis un peu déconcerté, j'ai peur d'être déçu. Je pense à ma mère, et peu à peu des scènes de mon enfance me reviennent, des scènes à regarder. Le gris clair des murs, ma mère qui m'attend en tenant la porte pour éviter de ressortir la clé, la façon dont on guettait les enfants des voisins à leur insu, depuis la passerelle. Je reste un moment, avec mes images revisitées, ces images qui, hier encore, étaient scellées dans un repli inatteignable de mon cerveau. René ne dit rien, il m'accompagne, il respecte mon temps, mon temps d'aveugle qui se souvient de son enfance de voyant, il ne dit rien non plus quand une larme perle au bord de mes yeux éteints. Quand je me réveille de cette émotion, je lui demande de me décrire l'endroit, tout, le plus précisément possible. Il y a toujours la passerelle pour mener à la porte d'entrée, l'appartement en contrebas, ce rez-de-jardin qui plaisait tant à ma mère, avec ses fenêtres qui donnaient sur un espace vert, là où mon père devait perdre les têtards qu'il me rapportait. René décrit, il a tellement les mots, il comble un peu ma frustration de ne pouvoir toucher que la porte. Les images se bousculent dans ma tête, réactualisées par les descriptions de René. Il me cite les noms des occupants de l'immeuble, face à l'interphone. J'en connais la moitié. Ils sont restés.

Une fois qu'on a épuisé tout ce qu'on pouvait faire avec cet immeuble, on prend le petit passage qui mène au boulevard. J'essaie de regarder dans ma tête, mais je ne peux rien forcer, il faut attendre que les images reviennent d'elles-mêmes. René me cite le garage Harold, jaune, je ne vois rien. Le grand immeuble marron avec son arche, l'église, la place, l'entrée du gymnase, il me décrit tout, mais rien ne me revient. Si, le Monoprix, je le vois dans mon souvenir, l'épicerie, celle où, à cinq ans, j'ai volé un bonbon plat, la boulangerie. Et je pense à toutes les fois où je devais me faire accompagner pour y aller, ma mère me précédant, ma mère racontant à tout le monde l'accident, encore et encore, la boulangère le ressassant à toutes les clientes, et je me demande ce que je suis venu chercher de toutes ces humiliations passées.

Je veux aller à l'école. La maternelle est pleine d'enfants qu'on entend crier dans la cour. René me décrit tout, et tout me revient, et j'ai toutes les peines du monde à me retenir de pleurer.

René me raconte ce qu'il voit à travers les vitres, le hall d'entrée, les murs recouverts de faïence beige, le chambranle de la porte jaune, le verre épais des portes. Je le touche. Dépoli me dit René, presque carrelé, je m'en souviens. Au fond du hall, des portes vitrées, là où j'ai dit au revoir à ma mère lors de la première séparation, elle pleurait, je souriais. Ces portes donnent sur la cour, au fond la cantine. À gauche de la cour, une rangée de fenêtres, rebords très larges. Des enfants essaient d'y grimper, ils n'y arrivent pas, l'un d'eux a un manteau rouge, son écharpe le gêne, il la lance par terre, sa mère va le gronder. C'est moi, mes souvenirs se mêlent follement aux descriptions de René.

J'aime ces images qui se réveillent, je ferais tout pour les garder.

Nous longeons la cantine, me dit René. Elle était immense, elle a dû prendre une taille humaine maintenant que je suis adulte. Une odeur de friture s'échappe de l'une des façades et je m'y arrête plusieurs minutes. La seule chose vivante que je peux sentir. J'aurais tout donné pour être là avec mes yeux, une fois, une seule fois retrouver mes yeux pour voir ces lieux de l'insouciance enfantine. Mais ils se dérobent sans cesse et mes yeux ne servent plus qu'à laisser filer mes larmes d'avoir perdu ce que je fus, un garçon turbulent au corps entier. Je n'étais pas retourné à l'école après l'accident.

Jusqu'au bout j'ennuie René. Il y a un parc, je veux y aller. Il est obligé de tout décrire. L'allée jalonnée de bancs, la serre à droite. On y allait tous les jours après l'école. Ma tante nous accompagnait parfois, avec mon cousin dans son landau et son sempiternel sac bleu. À tous les copains qui s'approchaient, je disais fièrement, c'est mon cousin, comme j'aurais dit c'est un ballon neuf, mais ils s'extasiaient moins que si ça avait été un ballon.

René me fait passer par un escalier, là où je me suis marié pour la première fois – et la seule d'ailleurs – à sept ans, avec Élodie, la fille d'une voisine de l'immeuble. Je demande à René de chercher les collines de terre. Elles ont disparu, remplacées par des jeux. Je les regrette, j'aurais pu les toucher, les tâter, y retrouver la saveur des chutes lorsque, enfants, nous nous roulions dedans.

Nous avons continué à marcher, le parc m'a paru grand, grand comme dans mon souvenir.

— Tu te débrouilles René, tu me trouves la piste pour les patins à roulettes.

Je suis vaguement despotique et René est d'une gentillesse déconcertante. René s'est débrouillé et on a marché sur la piste, seuls. Ils sont où les enfants ? Aux jeux me dit René. Les patins ne sont plus à la mode.

— Guillaume, j'aperçois une sorte de terrasse, ça surplombe la partie basse du parc, tu veux qu'on aille en bas ?

— En bas, je n'ai aucun souvenir du bas, en bas, ça n'existe pas, on n'y allait jamais en bas, m'emmerde pas avec ton en bas.

Il reste silencieux un moment. René attend toujours que ça passe quand je m'énerve.

Un coup de téléphone nous rappelle la nécessité de foncer au mariage.

Je retrouve Bertrand et Flo. Toujours la même voix, chaleureuse, toujours le même phrasé, le même rire espiègle de Flo, et tout en français. À New York, on mélangeait souvent les deux langues.

— Quel plaisir de te voir, tu es d'une élégance, tu nous fais honneur, s'exclame Flo en m'embrassant. On est tellement heureux que tu sois venu.

Et moi, cette dernière remarque me fait tout drôle.

— Tu n'as pas changé, s'exclame Bertrand.

Je soupire, si seulement j'avais eu un nez à leur montrer. Je leur présente René et ils partent saluer d'autres personnes, je ne les verrai sans doute pas beaucoup. Tout l'après-midi nous suivons le mouvement. René me décrit les gens, les lieux. Les jeunes mariés viennent nous voir un moment, on a le temps de parler un peu durant le cocktail, les banalités d'usage, un résumé de nos vies, ma mère, leur fille de trois ans, le boulot, puis ils passent à quelqu'un d'autre.

Nous dînons, je fais attention à la façon dont je me tiens, nous sommes à la table des amis de longue date, ça me fait plaisir d'être considéré comme un ami de longue date, même si je ne sais pas si je suis vraiment leur ami. Je suis assis entre René et une femme constamment tournée vers son compagnon. Soit ils viennent de se rencontrer, soit je l'indispose. Les musiques s'enchaînent. Les invités dansent entre les plats, je sens les mouvements, j'entends les pas. J'ai très envie de danser mais je ne sais pas quelle femme inviter alors je m'abstiens. Je m'emmerde un peu, on ne me parle pas vraiment et René sympathise avec sa voisine alors j'écoute les bruits environnants et je bois à petites lampées les vins de premier choix qu'on nous sert.

La musique bat son plein, les rocks me font envie et ma solitude crasse me retombe dessus, implacable, hurlante, insupportable. Flo et Bertrand savent que je danse, je leur en veux de ne pas me présenter de cavalière.

Mes pensées vont et viennent, sans suite, ma mère, l'enfance, mes dialogues sur internet, tout y passe, ma rancœur à l'égard des femmes, Carol, tout un ensemble de choses aux relents nauséabonds. Au milieu de ce fatras sans suite, la musique se fait tout d'un coup impérieuse. Elle me pousse à me lever, plein d'agacement revanchard, de vin et d'envie de bouger. Je danse ou plutôt je me remue, pas une vraie danse dont j'ai le secret, non, un truc différent, une caricature de danse, je ne sais pas en fait, une expression de ma haine qui se préparait en souterrain et qui a ressurgi, intacte. Je n'entends plus mon corps résonner, mon ventre gargouiller, mon cœur battre, mes veines vibrer, mes cheveux tournoyer – je les ai détachés pour faire plus sauvage. Je suis cette musique de demeuré, je me fonds en elle et tout le reste se meut avec moi, bouge, oscille, tangue. J'oublie que je ne vois rien, que je ne suis comme personne ici. Je me saoule davantage parce que quelqu'un a la bonté de me livrer une bouteille de vin blanc, je siffle le vin. C'est comme ça, un aveugle, ça se saoule pour oublier qu'il ne voit rien, qu'il ne réussit pas, qu'il n'a pas de femme. Eux, se saouler, ça leur rappelle leur jeunesse. Mais moi je m'en fous, la jeunesse, j'en ai pas eu. Hosto. Yeux bandés. Défiguré. Fini. Peux plus rien voir. Institution. Puis inclusion. Parce qu'il est intelligent votre fils, madame. Vie détruite. Maturité avortée.

Je m'arrête, épuisé, je suis en sueur, je recule d'un pas pour atteindre ce que je crois être une chaise et là je tombe. Je tombe. Jamais un adulte ne tombe comme ça dans un mariage. Moi si. Je tombe de ne pas voir. René est là, René est toujours là, mais c'est trop tard, je suis tombé, seul, encore seul, seul à tomber, seul à me relever même s'il m'aide, cet homme qu'à cette minute je déteste, lui et sa bonté viscérale.

— Pourquoi t'es toujours là à m'aider ? Lâche-moi.

Je suis là, debout. Et, debout, le gémissement me vient. Je gémis et je crois approcher ce fameux gémissement de mes neuf ans.

J'ai trente-neuf ans et je tombe, j'ai trente-neuf ans et je gémis, j'ai trente-neuf ans et je suis perdu pour l'amitié, la vie et la normalité.

Je rentre de France, un peu chamboulé. Je n'ai pas le courage de tout raconter à ma mère dès le premier soir, j'attendrai demain.

Je retourne à la banque.

Vers dix-sept heures, je reçois un coup de fil. C'est le Presbyterian Hospital.

— Monsieur, on vient d'admettre votre mère à l'hôpital, un accident de voiture, c'est grave. Venez tout de suite.

Je fais au plus rapide, préviens Helen, appelle un taxi et sors, un peu hagard.

— C'est pour vous le taxi, monsieur ?

Les tentatives du chauffeur pour nouer la conversation m'envahissent. Je dois essuyer un interrogatoire en règle, c'est fou comme les gens qui t'aident ont envie de savoir qui tu es, comme si tu leur appartenais, le temps d'un trajet.

Il va chercher une hôtesse, on me frôle, des gens me dépassent, des pas rapides, des bribes de conversation, des appels lointains. Je marche, incapable d'attendre. Une douleur me prend au genou gauche. Je tâtonne, je me cogne à des sièges et me demande ce qu'ils font, comme ça, en plein milieu de l'entrée. J'ai dû oublier de balayer avec ma canne.

L'hôtesse arrive enfin, note mon nom et m'accompagne jusqu'à la chambre.

Ma mère est là, allongée, figée. Elle est reliée à un curieux dispositif que je n'identifie pas, un embrouillamini de tuyaux disposé un peu partout. Et, au milieu de ce partout, il y a sa tête. Je la touche, sa peau, son visage, ses cheveux. Je reconnais tout, sauf sa voix. Elle est là, son corps est là, mais rien ne bouge.

— L'accident a été très violent, un chauffard, il roulait au milieu de la route. Votre mère a été vite secourue, il y a des témoins, vous pourrez leur parler si vous le souhaitez, m'explique le médecin.

Leur parler, qu'est-ce que cela changerait.

— On fait des investigations. On ne peut rien vous dire d'autre. On ne sait pas quand elle se réveillera.

Ma mère est dans le coma. Et dans le coma, elle ne dit rien. Ça n'arrive jamais d'habitude. Si j'avais pu penser qu'un jour, de son vivant, elle se tairait.

— Je vais vous demander de nous laisser monsieur, on doit pratiquer des examens supplémentaires.

Quelqu'un m'attend pour me raccompagner. Je rentre chez moi comme un automate. Je m'assois à mon bureau, sans prendre le temps de poser mon sac.

Je respire profondément. Trente-neuf ans et pour une fois sans la crainte que ma mère débarque chez moi et tombe sur la machine, les cheveux ou les bas.

J'y retourne le lendemain. J'ai décidé d'y aller en métro. Je ne vais quand même pas prendre le taxi à chaque fois. J'étudie le trajet. Ma synthèse vocale me fait des propositions et moi, docile, je note, à mesure qu'elle déroule les étapes pour relier East 10th Street à l'hôpital. Prendre le métro à Tompkins Square jusqu'à 8th Avenue, marcher jusqu'à 14th Street, puis reprendre le métro jusqu'à 168th Street. Le GPS me guidera dans les parties à pied, je devrais arriver à peu près entier à l'hôpital. Moi qui déteste me sentir dépendant d'une navigation connectée, je vais être servi. Ça va bien me prendre une heure cette histoire.

Je suis dans une sorte de transe, un espoir mêlé d'excitation morbide. C'est moi, moi l'handicapé, qui viens voir ma mère à l'hôpital, inversion des rôles, mes neuf ans revisités. Comment ma mère se réveillera-t-elle ? Avec le nez en moins ? une oreille ? un pied ?

Comme je ne sais pas trop quoi dire, je lui raconte mon séjour en France, je lui parle de tout, du parc, de l'immeuble, de tout ce que j'ai revu, je raconte mes impressions d'enfant, celles d'adulte, tout est mélangé et j'ignore si elle s'y retrouve. Je parle comme ça me vient. Et le mariage aussi tant que j'y suis, ça me fait de la conversation, quoique j'aurais pu garder le mariage pour un autre jour, parce qu'après je serai peut-être un peu sec face à cette mère de silence. Je ne parle pas de ma chute, de cette condition d'aveugle qui s'est soudain rappelée à moi comme une aliénée.

C'est dans la nuit que l'hôpital m'appelle.

— Monsieur, venez le plus vite possible, c'est au sujet de votre mère.

Je m'habille en hâte. Il est quatre heures du matin quand j'arrive à l'hôpital, la crainte chevillée au corps. Je file jusqu'à la chambre, j'entends de loin les voix dans le couloir, il y a de l'agitation, mais quand j'apparais, tout le monde se tait. Un silence lourd, comme jamais je n'en ai entendu, un silence que je ne parviens pas à décoder. Le médecin vient vers moi. Il me met la main sur l'épaule.

— Monsieur, je suis désolé, votre mère vient de mourir. Nous avons essayé de la ranimer, je viens de constater le décès. Toutes mes condoléances. Nous allons vous laisser seul avec elle.

Ils partent tous. J'entre dans la chambre, perdu au milieu de la pièce. Je m'assois au bord du lit et, au bord du lit, sans oser un geste, je murmure un « au revoir maman ». Puis je prie, c'est la deuxième fois en quelques mois. Je prie à mi-voix pour ma mère, pour moi, pour nous, pour qui voudra. Je reste longtemps ainsi. On frappe à la porte, je ne réponds pas. Je prends la main de ma mère, encore chaude. Je l'embrasse. Je n'ai jamais fait ça. Je l'embrasse encore. On frappe à nouveau, ils entrent. On me dit sur un ton cérémonial qu'il me faut à présent laisser l'équipe s'occuper de ma mère, que je peux attendre dans le couloir, que ce ne sera pas long. Je vais dans le couloir sans un mot et je reste planté là. Une infirmière me propose une chaise.

— Vous pourrez y retourner quand ils auront fini.

Je reste là longtemps, sans pensée, sans bruit intérieur, sans rien. Je reste, planté sur ma chaise comme une statue.

Ils viennent me chercher.

— Elle est prête.

Prête à quoi ? Prête à plus rien du tout. Je rentre à pas de loup, sans bruit, les mains vides, la tête vide. Je vais jusqu'au lit et là je la touche, je touche ma mère, un peu prudemment, puis davantage. Ils ont enlevé tous les tuyaux et autres sondes qui la raccordaient à la vie. Je suis là, sans savoir quoi faire, tout seul, désespérément seul, et je comprends – mais trop tard – que je n'avais jamais envisagé cela.

Pour la première fois de ma vie, je me dis que ma mère se tait pour toujours. Elle ne me reparlera plus jamais, je n'entendrai plus jamais le son de sa voix. Et, face à elle, je pleure, des larmes silencieuses, sans discontinuer. Je pleure tout ce que je n'ai pas pleuré depuis toujours, je pleure. Je pleure le souvenir de sa voix, le fracas de ses arrivées chez moi, l'indécence de ses paroles, le choc de ses atermoiements, la douceur de ses bas, l'odeur de ses cheveux, les paniers de légumes, les visites à Bleecker Street, tout se mélange tandis que je pleure.

Avec l'aide de René, je vais chez ma mère, je touche ses affaires, ses vêtements, ses manteaux, ses sacs, ses bas que je renifle longuement et les larmes montent, violentes et ténébreuses.

Je touche partout, ses papiers, ses livres, ses produits de beauté, son lit, ses draps, son oreiller, son odeur indéfinissable qui me plaisait tellement. Je touche sa table de nuit et son livre en cours, sa lampe de chevet, le rebord de sa fenêtre, le haut de ses armoires. C'est comme si je ne la connaissais pas vraiment, comme si je la découvrais pour la première fois. Je sens ses manies dans la cuisine, ses bocaux de graines, ses pots en verre, sa vaisselle, ses plantes, ses boules à thé. Je découvre des choses que je n'ai jamais vues, qu'elle ne m'a jamais montrées et c'est comme si j'entrais dans son intimité par effraction.

Pendant que je passe la main partout, René vient parfois me voir, m'explique, me seconde, décrit. Jamais ma mère ne m'aurait autorisé à faire cela. Ses chaussures, ses dessous, ses lunettes, ses écharpes, ses gants, son journal intime que je ne suis pas sûr de vouloir ouvrir un jour, ses livres que René me cite patiemment, un à un, ses affiches sur les murs, ses tableaux. Je ne connaissais plus ma mère, ou si peu. Durant des heures je touche ces objets morts à sa présence.

René m'aide à trouver les numéros de téléphone des amis de ma mère. Je préviens la famille, tout le monde. C'est difficile, je n'ai pas les mots. Elle nous a quittés, je dis. On l'enterre mardi, je dis. René m'accompagne pour tout préparer. René organise tout en fait, c'est moi qui l'accompagne.

On enterre ma mère. Ils sont venus à l'enterrement, les tantes, les cousins, les vieux amis français de ma mère et j'ai dû leur parler à tous et je ne sais pas comment j'ai pu survivre.

René et John ne me lâchent pas. Ils me guident tour à tour tandis que je flotte. Les collègues de ma mère sont venus.

— Il y a du monde, me dit John, d'un ton incrédule.

Helen, George et Johnny sont là, avec d'autres employés de la banque. Peter Byron et Nancy aussi. Philip a fait le déplacement, ça m'a touché, il m'avait appelé trois jours plus tôt, comme ça, pour prendre des nouvelles de ma machine, on en n'a même pas parlé. Carol n'est pas venue, pourquoi serait-elle venue ? Lucy non plus.

Je ne sens rien, je suis anesthésié. Sans ma mère, je ne comprends pas comment c'est possible. Sans elle pour me dire la couleur de mes pantalons, le bienfait des radis noirs ou des gélules de pissenlit. Sans elle pour me rappeler le temps où je voyais, sans elle pour citer mon père et paix à son âme, sans elle pour me rappeler qu'il est temps que je trouve une femme, sans elle pour que je lui commande mon gâteau préféré, celui qui lui demande trois heures de préparation mais je le fais pour toi Guillaume. Sans elle. Trente-neuf ans et sans ma mère.

J'ai traversé cette journée, l'église, le cimetière, le restaurant, comme on traverse un désert sans ombre, dans le silence et l'accablement.

Seul un événement m'a décontenancé et restera à jamais gravé dans ma mémoire.

Helen s'approche de moi, après l'incinération, elle me prend la main, comme pour me dire quelque chose d'intime.

— Guillaume, je n'ai jamais osé vous le dire, j'ai eu un fils, il était aveugle.

Après un silence un peu grave, elle poursuit.

— Il est mort d'une récidive de sa tumeur, il avait à peine vingt ans, il est mort au moment où l'on croyait le danger écarté. Il faisait des études d'art, le seul aveugle de l'école, il était doué en sculpture, très doué, les profs mettaient beaucoup d'espoir en lui, moi aussi.

Elle s'arrête un moment, j'attends.

— Ça me faisait du bien de vous côtoyer, pour partager un peu avec vous de ce monde perdu. Je tenais à ce qu'on embauche un aveugle dans mon service. Il était comme vous, rebelle, original, libre. J'ai même cru que vous sculptiez, vous aussi, ça m'a beaucoup troublée.

On est rentrés de l'enterrement, René et John sont restés avec moi le soir, John a dormi là, puis il est reparti le lendemain midi et j'ai été seul, complètement seul.

Depuis, je ne suis plus le même. Depuis, je me traîne. Tout m'est une torture, tout me pèse. Je tourne en rond, je ne veux voir personne, même pas René.

Les jours passent, dans un automatisme noir. René m'appelle, il insiste pour venir, je refuse obstinément.

On sonne, c'est René, il tente malgré mon refus, il sait que ça ne va pas. Il me parle à travers la porte, il s'acharne tellement que je finis par lui ouvrir, et de mes entrailles me remonte une rancœur incroyable.

Je largue tout, comme un paquet trop serré qui exploserait en plein vol. Non, un aveugle n'est pas là pour tout supporter, l'absence de salutations quand les gens passent croyant qu'il ne les a pas reconnus, les sollicitudes déplacées, les fruits pourris, les sourires entendus dans son dos, les chuchotements, le ramassage quand il tombe, la pitié quand il devient orphelin, le dévidoir de souvenirs. Et là je crie que je ne suis pas un dévidoir, dévidoir, dévidoir, je hurle le coup du dévidoir, les sculptures, là pour rappeler une autre, comme Helen avec son fils. Et moi alors, et moi ? Je le crie si fort que René fuit.

René fuit, j'ai fait fuir René, trop de précautions, gentillesse insupportable, personne ne peut plus s'occuper de moi et de mon inaliénable envie de détruire les liens qui me relient à eux, aux gens normaux.

Ils ont tous fui. Ils m'ont tous fui. Trop fou de ma folie d'handicapé.

Quand René reviendra, trois jours plus tard, pour parler, je laisserai ma porte fermée et tous les appels seront filtrés et je continuerai à fuir cet homme et son souvenir ahuri qui me pèse plus que toute ma vie et tous mes deuils réunis.

Ses souvenirs, ses sculptures je ne vais pas les lui rendre, jamais, je les vole à son passé, ils sont miens. Je les garde, pour ce qu'ils me coûtent d'absence, d'oublis et de normalité regrettée.

Ma machine est vide, elle aussi, comme je peux être vide moi-même. Ma machine ne me sert plus à rien, je veux rompre avec tout, même avec elle. Je vais quitter New York, partir. Je ne vais pas me suicider comme l'a fait la fille de René, je quitte physiquement la place pour m'installer le plus loin possible. C'est une autre façon de dire la même chose.

Je laisse tout, ou presque, et surtout la machine. René en fera ce qu'il voudra. Je lui vole ses sculptures, je lui donne en échange ma machine. Comme ça on est quitte. Destruction, pourrissement, pieuse conservation, j'ignore quel sort il lui réserve, je m'en fous. Ma machine ne m'appartient plus. J'écris à René pour lui dire mon départ.

René, je pars, très loin, si loin que personne ne me trouvera plus. Je te laisse ma machine, fais-en ce que bon te semblera, je cesse de détruire les liens, je pars, ne me cherche pas. J'ai donné mon préavis pour l'appartement, fais ce que tu veux de mes affaires. Je passe de l'autre côté du miroir.

J'ignore ce qu'il comprendra à cette lettre.

Je repars de zéro, sans René, sans Carol, sans Helen, sans Lucy, sans ma mère, sans personne, vide de ce vide que je n'ai cessé de créer autour de moi, vide comme le sont mes orbites, elles et leurs faux-semblants, vide de cette façon de jouer un rôle qui m'épuise, vide du besoin de ma machine, cet ersatz d'amour pitoyable.

Je repars de zéro. Et, dans ma solitude folle, je gémis. Ce gémissement est ma troisième naissance. Sublime cri d'aliéné, lente orchestration du son, interminable préparation des cordes vocales, agonie d'une voix humaine.

Je suis seul dans ma nuit sans fin, ma pauvre nuit de naufragé du regard.

Je déménage, je vais loin de cette ville de la déchéance, je mets tout ce que je peux comme distance. Ils ne me retrouveront pas, je fais tout pour. Je quitte tout, je leur laisse tout.

J'emporte seulement les sculptures de René et mes vêtements, d'eux non plus je ne peux me défaire.

Je commets un larcin avec cette histoire de sculptures, un vol affreux, celui de la mémoire de cet homme, mais je ne peux pas m'en séparer. De ma machine je peux, de ces sculptures non, elles sont le lien qui me rattache à la vie, l'espoir d'un lien avec les hommes, l'espoir d'une amitié ou d'un échange, l'espoir fou que j'ai eu de ne plus être seul. Même déçu, cet espoir est ce qui m'a fait vivre, ce que je conserverai de mon passé.

Épilogue

Je vis comme je peux, enfoncé dans ma solitude au milieu de nulle part, dans un coin de verdure, dans une vieille maison isolée à des milliers de kilomètres de New York. Une maison dont personne ne voulait, j'ignore pourquoi. Je l'ai dénichée sur internet et j'ai tout de suite su que c'était le bon endroit. Signature du bail discrète par personne interposée, l'argent de ma mère me finance la location. Je suis complètement incognito. Je vis bien, avec l'aide d'une femme dévouée, Lexie, recrutée via un site d'aide à domicile. Elle vient me faire le ménage et les courses une fois par semaine. Elle ne pose jamais de questions, elle doit croire que tout est dû au handicap. Ça m'amuse. Je lui ai fait promettre de ne révéler à personne mon identité. Elle me prend pour un excentrique, à moins qu'elle ne m'imagine en bandit reconverti à la suite d'un accident qui m'a coûté les yeux. Et le nez.

J'habite quelques pièces de ma grande maison. La cuisine, le salon, ma chambre et le bureau. Le bureau, c'est pour les sculptures, c'est la pièce des sculptures, comme jadis la pièce de la machine. C'est aussi la pièce des livres. Sculptures et livres, deux formes d'un même discours, les paroles des hommes sur les hommes. Le reste de la maison est abandonné à l'hiver, aux chats, au vent dans les planches les soirs de grand froid. J'aime que cette grande maison soit vide.

J'évite la compagnie des humains, quels qu'ils soient, je m'en porte à ravir même si je sais que ça n'aura qu'un temps. Ne plus avoir de contact avec personne, ne courir aucun risque. Ma misanthropie latente s'exprime pleinement. Je la laisse vivre.

Seul, je suis seul, et seul je suis enfin un homme entier que personne ne remarque. J'en oublie mon nez disparu et mes yeux à ciel ouvert.

J'écoute de la musique toute la journée, je me baigne dedans. C'est la première chose que je fais au réveil et la dernière avant de me coucher. Je suis habité par la musique.

Je pense parfois aux uns et aux autres, à Carol ou à Helen, comme ce que fut une autre vie en d'autres temps et je me plais même à imaginer des temps si reculés que ni l'eau courante ni l'électricité n'existaient, pas même les courriers pour se faire moins seul ou la radio pour imaginer qu'on nous parle, lorsque lentement l'ennui nous submerge.

L'année se termine, la suivante commence et, un jour de chaleur sur la neige fraîche, j'écris à René. J'ai seulement pensé qu'il avait peut-être cru à un suicide, mes derniers mots étaient équivoques. Je crois que je me suis réveillé de la souffrance que mon départ avait dû produire. Quelques jours plus tard, Lexie m'apporte sa réponse.

Je suis si content d'avoir de tes nouvelles. Je n'ai jamais cru à un suicide. Tu étais trop ancré dans la vie malgré tes bizarreries. En parlant de bizarreries, ta machine, tu n'imagineras jamais. Je l'ai prise chez moi, dans la chambre de Liz, c'était un échange, les sculptures, la machine, je l'ai bien compris. Mon proprio est venu voir l'appartement, il voulait le reprendre pour ses enfants. Il a visité, il est tombé sur la machine. Son air ahuri quand il l'a vue. J'ai cru mourir de rire. Il était sous le charme, mais vraiment. Il m'a posé mille questions, j'étais embarrassé, il voulait savoir d'où elle venait, qui l'avait construite et tout un tas de renseignements. J'ai hésité. Je suis resté évasif, distant. Alors il m'a offert un verre dans le bar du coin et là il a lâché le morceau. Il est marchand d'art, la machine l'intrigue. Et d'un coup ça m'est venu, je lui ai raconté l'histoire, toi aveugle, la mère folle, les jets de salive, le nez, les insectes à grignoter, la mèche, le cri, les sons susurrés, les rires. Il a essayé de ne pas trop le montrer, mais je le voyais bien, il était tout excité. Ça va faire un tabac, il dit qu'il en est sûr, c'est dans le créneau de ce qui se fait. Et avec une histoire pareille, vous pensez. Il me l'achète. Là, bien sûr, je pouvais de moins en moins dire non. Mais la vendre, c'est impossible, je lui ai dit, son créateur me l'a confiée, je ne dois pas m'en séparer. Il m'a proposé un marché, me la louer, la montrer. Je lui ai demandé deux jours de réflexion puis j'ai accepté de le revoir. On a fait affaire, enfin, j'ai fait affaire en ton nom, en expliquant que j'étais ton commanditaire. J'espère que tu ne m'en voudras pas d'avoir pris toutes ces initiatives. Il m'a présenté un ami écrivain, on a écrit un texte, ta machine a été exposée plusieurs fois, elle fait effectivement un tabac, je la loue à prix d'or. Je garde l'argent pour toi, pour le jour où tu réapparaîtras. Elle rapporte beaucoup tu sais, tu es riche. Et, enfin, je sais où t'envoyer l'argent.

Au-delà de cette histoire, j'aimerais beaucoup te revoir, en espérant que la douceur de vivre est parvenue jusqu'à toi. Tu me manques.

René qui pense à toi.

Je garde cette lettre sous mes doigts, longtemps, je ne sais pas quoi faire, j'hésite. Je sais bien que c'est autant mon histoire d'aveugle que la machine qui vaut ce succès, l'aveugle sans nez. J'ai envie de lui demander quel nom il a donné à l'inventeur. Mais surtout c'est la chaleur des mots de René qui me touche, il n'a pas changé, sobre et juste. Je ne me sens pas encore prêt à le revoir. Je lui écris.

Cher René,

Heureux d'avoir de tes nouvelles, heureux que tu n'aies pas cru à un suicide. Plus tard pour une rencontre. Je vais bien. La machine ? Je suis surpris, plutôt content de constater qu'elle supporte à présent les proximités diverses. Merci, on se réserve pour plus tard, merci pour l'argent, merci pour tout, surtout que personne ne sache, je n'ai pas fini mon temps de solitude, je compte sur toi.

Guillaume.

On s'écrit, René et moi, régulièrement, je signe des papiers officiels pour qu'il gère la machine. On s'écrit avec un plaisir croissant, et la colère s'éloigne de plus en plus. Cela tient comme ça deux ans.

Puis, un jour, je reçois un courrier de René, il est excité, ma machine a reçu un prix prestigieux, ou plutôt moi, *il faut sortir de l'ombre Guillaume, c'est le moment, viens recevoir ton prix.*

Je ne peux pas René, reçois-le à ma place. Tu me représentes, je ne veux pas devenir un article de foire, s'il te plaît. Et il accepte. Je lis les journaux, des portraits-robots circulent, je ne les vois pas mais je les imagine, je ris. Helen a même été interrogée, les journalistes se sont démenés. Carol aussi, ça me fait bizarre de lire l'interview qu'elle a donnée, elle est élogieuse, elle parle du mystère, elle dit qu'elle a toujours regretté ma disparition. Lire cet article me donne un sentiment de malaise qui perdure la journée entière, puis ça passe.

L'argent nourrit ma solitude et la permet indéfiniment. Ma machine fait le tour du monde, j'ignore cet engouement, j'ignore toutes les sollicitations. Lexie est extrêmement dévouée, discrète, elle tient sa langue. Je me cache aux yeux du monde, je ne sors pas, personne ne me connaît. Mais je sais que ça ne durera pas, qu'un jour on m'apercevra et que, avec les réseaux sociaux et ma pseudo-notoriété, on me reconnaîtra.

Ce jour arrive, il y a une fuite, j'ignore d'où elle vient. Des journalistes sonnent à ma porte. Lexie est là, elle sort et refuse de les laisser entrer, elle est dans tous ses états, elle a peur d'avoir laissé filtrer quelque chose, je la rassure, ça devait arriver. Ils sont revenus tous les jours pendant une semaine, je n'ai jamais ouvert, ils se sont lassés. Je crois que c'est mon silence qui rend ma machine si attractive.

René retrouve sa verve, il m'écrit des choses folles.

Ta pauvre machine qui vivait dans une solitude parfaite, a quitté son anonymat souffreteux pour tomber dans la multitude, et elle exulte, elle ne se tient plus de joie, elle trépigne de rire. Le rire qui n'avait jamais vraiment marché, tu te rappelles, est devenu splendide.

Si tu veux, je t'enverrai un enregistrement. Par contre le gémissement se perd, on ne peut pas tout avoir.

Carol vient régulièrement rajouter des mèches. C'est d'un drôle, elle raconte à tout le monde le coup du vol des cheveux, elle s'en glorifie, tu adorerais.

Et moi, ce sont les lettres de René que je me mets à adorer.

J'hiberne depuis six ans au fond d'une vallée oubliée. Cette réclusion m'enrobe, me réchauffe l'hiver, me pousse dehors l'été, pour chercher le soleil au creux de la colline environnante. J'ai la compagnie d'un chat, échoué là par hasard. Le temps court sur ma mémoire, j'attends qu'il ralentisse pour sortir de mon enveloppe de reclus. Ce n'est pas pour tout de suite, bien que des signes apparaissent çà et là, un pont jeté par la mairie entre les deux rives de la rivière, en bas de chez moi, ménageant un discret passage aux promeneurs, une portée de chatons nés du chat devenu chatte par l'opération du Saint-Esprit ou par manque d'observation de ma part, mon quotidien envahi par une armée de moustiques rageurs que j'ai dû exterminer. Il y a longtemps que je ne mange plus les insectes, c'est fini, ça m'a passé avec l'installation dans cette maison, c'est ma mère qui aurait été contente.

Alors un jour, ça arrive, le débarquement des hommes dans ma vie. Et ce jour, c'est aujourd'hui. Alors que Lexie avait pour mission de refouler le courrier – depuis le coup des journalistes mon adresse est connue –, tâche dont elle s'acquittait parfaitement, décourageant tous les inconvenants qui m'écrivaient, elle déroge et m'apporte une lettre en braille.

Et soudain, la saveur des colis de René me revient en mémoire. Une nostalgie du fond des âges me prend. J'hésite, je crains une rupture de solitude mais la tentation est trop forte, je me mets à lire.

Une femme m'écrit.

Monsieur,

J'ai entendu parler de vous et ma curiosité a été attisée. Je suis aveugle, comme vous. Et comme vous j'aime l'art. J'ai essayé votre machine, ce fut un voyage incroyable, j'aimerais beaucoup que l'on puisse se rencontrer. Appelez-moi si vous le désirez. Merci.

C'est tout, avec un numéro de téléphone, et une signature, Lenna.

J'hésite longtemps, j'attends devant la lettre. Je crains de ne pas savoir faire vivre cette relation, je vis reclus ici depuis si longtemps.

Et puis c'est trop fort, l'envie de parler vraiment à quelqu'un, quelqu'un comme moi, pas Carol qui rirait, pas René qui m'aiderait en tout, pas Helen qui m'exploiterait, pas Lucy que je paierais. Quelqu'un comme moi, qui tâtonnerait comme moi, qui tituberait comme moi dans les méandres des chemins, qui hurlerait l'absence d'images ou renoncerait aux couleurs du temps lorsque, dehors, la campagne se réveille de l'hiver. Alors je l'appelle.

Elle est charmante. Elle parle à l'économie. Pour une fois, c'est moi qui raconte, je parle de mon besoin de repli après New York, j'évoque ma vie recluse depuis six ans. Je dis que je suis content qu'elle m'ait écrit.

Elle a tout son temps, elle ne travaille pas, elle peut se déplacer, la distance ne lui fait pas peur. On décide de se voir.

Je l'attends, pas du tout comme j'ai attendu Gail, je l'attends dans une forme de tranquillité. Je suis monstrueux mais elle ne le verra pas, j'ai un visage effacé mais elle n'en saura rien, j'ai la tête farcie de bizarreries mais rien ne transparaîtra. Elle n'écoutera que ma voix, la façon dont l'espace s'aménage autour de moi à mesure que mes gestes se déploient. Elle suivra mes pas dans la maison, je la guiderai jusqu'au salon et puis elle attendra que je prépare un café, et tout cela me repose à l'avance, même si j'ai une sorte de précipitation dans les préparatifs. Ça fait si longtemps qu'un inconnu n'est pas venu chez moi. J'en suis à présent persuadé, seule un aveugle pouvait me sortir de ma solitude.

Je lui ai demandé de venir seule, ou tout au moins que son accompagnateur parte avant qu'elle ne sonne, je ne veux pas d'un regard de voyant sur moi. Elle a accepté. Elle me fait confiance.

Elle sonne. Lorsque j'ouvre, je ne sens rien de la surprise qui accompagne généralement la première image que j'offre au regard. Je reste silencieux un moment pour goûter cet instant tellement précieux.

Elle me dit bonjour, me demande si je suis William, je réponds par l'affirmative tandis que j'entends une voiture repartir. Je la fais entrer. Elle est sur la réserve, sa voix est presque sucrée, légère, un peu émue. Sa présence installe tout de suite de la discrétion, c'est agréable, ça me fait du bien, je lui propose de prendre mon bras, aveugle guidant une aveugle. Je l'emmène jusqu'au salon.

Ce n'est pas un café qu'elle veut mais une citronnade, je vais lui en préparer une, elle attend et je sais qu'elle ne touchera à rien, qu'elle ne verra rien, qu'elle ne commettra aucune indiscrétion. C'est tellement agréable comme sensation que je dois avoir un sourire béat.

On se raconte, elle parle d'elle, elle a un père français – elle s'exclame quand elle connaît mon origine –, une mère américaine. Je lui demande si elle les voit souvent, sa voix se perd, silence tellement triste que je ne dis plus rien. Elle ne raconte que cela de sa vie.

Je parle, je raconte tout, comme ça, mon accident à neuf ans, la France, New York, la banque, ma mère, et bien sûr la machine. La fameuse machine qui l'a amenée jusqu'à moi et sur laquelle elle me pose des questions toutes plus déconcertantes les unes que les autres.

— J'avais l'impression de vivre votre vie lorsque les jets sont arrivés sur mon visage. Et le cri, c'était comme s'il sortait de ma poitrine. J'aurais presque aimé goûter des insectes mais ils mettent des grains de sucre, c'est dommage.

Elle rit. J'essaie de rire moi aussi mais mon rire est un peu forcé, c'est tellement curieux d'entendre parler des effets de ma machine, c'est tellement nouveau pour moi. Elle sent que je suis ébranlé, étonnement mis à nu, bien que je n'en ressente aucune honte. Elle passe à autre chose. Elle dit qu'elle a pris une chambre au village, qu'on pourra se revoir bientôt, dans la semaine, elle aimerait bien, et ça me fait drôle d'entendre ça. Elle me dit en riant qu'on lui a parlé de moi. « Vous connaissez l'aveugle ? » lui a demandé la boulangère. « Pas encore, a-t-elle répondu. Tout le monde en a entendu parler ici, mais on ne le voit jamais. » Les gens du village sont donc au courant. Oui, elle le confirme, « tout le monde dit que vous êtes mystérieux mais très gentil ». Là je suis étonné, comment peuvent-ils dire ça ? Lexie, Lexie dit ça de moi, depuis les journalistes elle parle un peu. Je pense à lui en vouloir puis je me calme, comment pouvait-elle faire autrement, ils ont dû tous lui tomber dessus. Je comprends mieux pourquoi Lenna n'a pas eu peur de venir chez moi.

— Alors vous savez pour mon visage ?

— Oui, bien sûr.

Son « bien sûr » me déconcerte, elle est d'un naturel parfait.

— Ça ne vous dérange pas ?

C'est une question idiote mais je n'ai pas pu la retenir.

Elle éclate d'un rire franc.

— Mais pourquoi donc voulez-vous que ça me dérange ?

Comme j'ai peur qu'elle n'ait pas compris je raconte dans les détails les pommes dauphine, l'hôpital, mon réveil d'aveuglé et de sansnez.

J'entends son silence amusé.

— William, pourquoi l'absence de nez me dérangerait ? Je ne le vois pas, et c'est comme ça, comme d'autres les cheveux roux, les genoux cagneux ou les sourires en coin si j'ose dire, ça n'a rien à voir avec le reste.

Cette légèreté de la communication me plaît. Je suis d'accord, je ne peux qu'être d'accord. Je savais que cette femme allait être reposante.

Le temps passe, c'est le soir, la personne qui l'a amenée va venir la chercher, on se promet de se revoir.

Elle est revenue une autre fois, on a parlé davantage, marché dans le jardin. C'était agréable, son odeur, sa légèreté, ses accélérations dans la voix, je ne les avais pas remarquées la première fois.

Je ne sais pas ce qui se passe, mais quelque chose d'elle est là, en moi, en permanence. Je mange avec elle, je rêve avec elle, je me repose contre elle, je sens mon cœur battre même en son absence.

La nuit qui s'était posée sur mon existence n'a plus cours. La nuit dont nous sommes extraits se lève et les décombres de mes années d'errance se dissolvent en elle. Cette femme est la présence revisitée, la beauté sans faille, celle des sourires intérieurs et des attentes simples. C'est comme si j'étais là, avec elle et ses images enfermées sous ses paupières.

Lorsqu'elle revient, elle me demande de lui faire visiter la maison. Et moi qui ne vais jamais dans certaines pièces, je l'emmène. Je les redécouvre avec elle, je découvre la façon dont Lexie les range, je les visite à nouveau comme si c'était la première fois, avec les meubles, les armoires anciennes qui étaient déjà là à mon arrivée, les tables, les fauteuils. Cette maison m'a été louée avec une part de mobilier, j'ai fini par tout acheter avec l'argent de la machine. J'avais tout oublié. Il me semble que l'espace autour de moi se dégage, s'agrandit, il me semble que ces pièces vont se mettre à vivre à présent que Lenna les parcourt, y pose ses mains, sa présence, sa voix, ses surprises, son rire un peu tendre lorsqu'elle trouve un objet qui lui plaît et qu'elle me le donne à toucher pour que je lui raconte son histoire. Et, pour elle, je raconte des histoires d'objets. Les chandeliers, cloches, et autres tableaux prennent du relief, s'animent d'une vie propre. Je me réveille à ma mémoire et j'y mêle les objets qui peuplaient ma vie de voyant, les objets que j'ai toujours eu envie d'avoir, les rêves et les étonnements.

Nous écoutons de la musique, celles que nous préférons, offertes l'un à l'autre, elle le violoncelle d'un concerto de Dvořák, comme une plainte infiniment recommencée, moi le piano de Bill Evans.

Après ce temps d'écoute, il y a un silence, assez long, un silence de l'intérieur des âmes, quelque chose qui n'a pas de nom et que je découvre avec elle, un silence si particulier que je ne sais pas le nommer.

— Tu sais regarder, toi, finalement.

C'est elle qui parle la première.

— Regarder quoi ? je demande.

— Regarder de l'intérieur.

— Et c'est comment, regarder de l'intérieur ?

— C'est comme toi. Quand je suis avec toi, je me sens regardée de l'intérieur.

Ce soir-là, elle est repartie sur ces mots et je n'ai pas su quoi en faire. Seulement là, avec sa désertion, j'ai eu une brûlure du corps, sa présence autour de moi me manque. Depuis, je ne peux plus faire autre chose que de l'attendre ici, dans cette lumière que je ne vois pas, là où elle a disparu.

REMERCIEMENTS

À Sofiane Benlahcen et Cédric Lasserre pour leurs témoignages et à toutes les personnes aveugles que je côtoie depuis des années.

À mes amis lecteurs pour leurs conseils avisés, Nathalie Bedouin, Christine Deschamp, Cécile Malengrez, Nathalie Pagnac, Catherine Rousset, Lionel Ray.

À Nathalie Dezan et Nicki Chaudoir pour leurs informations sur New York et à Sylvain Gressot pour ses tenues de dandy.

Composition : PCA
Achevé d'imprimer
sur Roto-Page
par l'Imprimerie Floch
à Mayenne, en mai 2022.
Dépôt légal : mai 2022.
Numéro d'imprimeur : 100531.
ISBN 978-2-7152-6021-4 / Imprimé en France.

544133